섬호정 蟾湖亭

섬호정

하용준 장편소설

글누림

| 본문에 앞서 |

    경남 하동군 읍내에 있는, 일명 향교 뒷산이라고도 불리는 갈마산은 1961년 처음 하동공원으로 조성되었는데, 2003년에서 2004년에 걸쳐 하동군에서 대대적으로 산책로와 여러 가지 시설물을 보완하여 재조성하였다.
    다른 길도 많지만 특히 향교 쪽에서 느릿한 걸음으로 10여 분 올라 산정에 서면 너뱅이들이라는 너른 들판, 굽이쳐 흐르는 섬진강, 하동 읍내의 전경 등 아름다운 풍광을 두루 살펴볼 수 있다. 그런 까닭으로 하동공원은 가히 하동의 상징이라고 할 만한 곳이다.
    섬호정은 그 산정에 서 있는 정자인데, 설립 과정을 살펴보면 얼른 이해하기 어려운 대목을 발견할 수 있다.
    구전에 따르면, 일제강점기인 1926년 조선총독부에서 전국 각 군마다 농업보습학교를 1개교씩 설립하라는 훈령을 하달하여 하동에서도 학교를 새로 설치하게 되었는데, 조선시대의 객사인 하남관이 후보지로 선정되었다.
    이에 하동의 유림에서는 삼남에서 가장 아름다운 누각이라는 평판을 듣고 있던 객사의 정문 계영루가 헐리게 된 것을 크게 안타까워하여 계를 조직한 뒤 십시일반 계금을 갹출하여 헌 재목을 사들이고는 그것으로 향교 뒷산에 정자를 짓고 섬호정(蟾湖亭)이라는 현액을 내걸었다.
    아무리 헐릴 위기에 처했다 하더라도 조선시대에 임금의 생위패를 줄곧 모셔 왔던 객사의 재목으로 사사로이 풍류나 즐길 정자를 지었다? 그것도 다른 사람들도 아니고 객사를 지켜내어야 할 위치에 있던 유림이 오히려 발 벗고 나서서?

조선왕조가 망국으로 전락한 일제강점기 상황이었다고 해도 전국 각지에서는 유림 본연의 명맥이 면면히 이어지고 있던 때인데, 비록 객사가 폐허 지경에 있었을망정 하동 유림이 무엄해도 너무나 무엄한 짓을 한 것이 아닌가 말이다.

그 내막을 알아보고자 지난해 가을 하동군으로부터 지원을 받아 1926년에서 1927년 당시의 하동 유림과 청년단체 등 하동 군민과 하동 지역에 대한 자료조사를 시작하였다. 그 결과, 겉으로 회자되는 섬호정의 건립 이야기 속에 암호문처럼 깃들어 있는 은밀하고도 용의주도했던 일련의 사연을 해독해 내기에 이르렀다.

비록 이 짧은 소설을 통해서나마 하동 군민들이 단합된 마음으로 하동공원 산정에 있는 정자 섬호정을 더욱 아끼고 자랑스러워하면서 반드시 후손들에게도 그 건립 취지를 바르게 전하여 애향의 긍지를 드높이는 계기로 삼는다면 바랄 것이 없겠다.

물심양면으로 집필 지원을 해 주신 하동 지역의 여러분들을 한 분 한 분 밝혀 감사의 뜻을 전하는 것이 도리겠으나, 한결같이 공연히 생색내는 일이라 여겨 손사래를 치시는 모습에서 옛 사람들에 이어 또 한 번 하동인의 깊이 있는 겸양의 인품을 깨닫게 되었다.

사시사철 언제 찾아가도 아늑한 고향과 같은 정취가 흐르는 곳, 하동. 책이 출판되면 맨 먼저 그분들을 모시고 섬호정에 둘러앉아 졸저 한 권과 막걸리 한 잔을 올리고 싶은 마음 간절하다.

2012년 7월
우전산인(雨前散人) 하용준

|차례|

• 본문에 앞서 · 4

|제1장| 풍류랑 風流郎 · · 9

|제2장| 물길 위의 사내 · · 23

|제3장| 목마른 강 · · 47

|제4장| 계영루의 달빛 · · 73

|제5장| 학을 닮은 사람들 · · 99

|제6장| 소쩍새가 우는 뜻 · · 129

|제7장| 청학동의 얼굴 · · 161

|제8장| 견우의 칠석날 · · 191

|제9장| 갈마산에 선 선비 · · 221

|제10장| 왕대를 심어라 · · 255

|제11장| 첫눈 오는 날 · · 283

|제12장| 각색 없는 사연 · · 307

제1장 풍류랑風流郎

 때는 늦가을이건만, 한낮에는 초여름 날씨를 본보이다가 저물녘이 되어서는 기온이 뚝 떨어지기 일쑤이다. 밤이 되면 동삼(冬三)에 앞서 이른 길 내려 온 몇 날 고추바람이 심술 사납게 코끝으로 달려드는 것만 같다.
 낫 같은 초승달이 밤하늘을 깊이 갈라 갈 즈음이었다. 못가 공원을 산책을 하다 말고 주머니에서 입가리개를 꺼내 시린 코를 덮어 한쪽 귀 끝을 걸고 있는데, 휴대 전화기가 한차례 짧은 진동을 하였다.
 그리 바쁠 것도 없어 근처에 있는 나무의자에 앉았다. 편지함을 열어보니, 경남 하동군에 세거하고 있는 공보(空甫) 손 선생이 보낸 긴 글이었다. 껌 종이 크기의 화면에 적혀 있는 깨알 같은 글씨를

제 1 장 풍류랑(風流郎) 11

차근차근 읽어보고는 잠시 답신을 망설이지 않을 수 없었다.

'갔다 온 지 얼마나 되었다고…….'

고작 열흘 전이었다. 그때의 간곡한 사연이란 참 지금 생각해도 과분하기 짝이 없었다. 모교 동문 선후배 사이인, 풍류를 아는 사람 셋이 문득 한자리에서 의기투합을 하였는데, 그 즉시 강가에 집을 한 채 짓고, 전기를 끌어다 놓고, 낚싯대를 놓아 빨래판만한 잉어를 다섯 마리나 낚았으니 가장 먼저 집을 보여주고 잉어회 맛도 보여주고 싶다고.

그리하여 만사휴의(萬事休矣)하고 달려가 보았더니, 강변에 지어 놓았다는 집은 대나무로 뼈대를 치고, 부직포 따위를 방한 덮개로 얹고, 바닥에는 스티로폼 구들을 놓은, 어떻게 보면 이누이트인들의 이글루와 같았는데 근처 농가에서 전기를 끌어와 백열등을 밝힌 것이 고개를 끄덕이게 하는 운치가 있었다.

잉어는 벌써 여러 날 전에 세 마리의 배를 갈라 그 쓸개만으로 술을 담가 놓은 뒤였고, 남은 두 마리는 내가 보는 즉석에서 강 사장이 회를 쳐 피를 정성스레 닦아내고는 잘 썰어 안줏감으로 푸짐히 차려내었고, 여 처사는 남은 대가리와 뼈에 묻은 핏물 역시 말끔히 닦아 양은동이에 물을 가득 부어 센 불에 올려놓는 것이었다.

"우전(雨前), 이게 그 유명한 섬진강 잉어 쓸개주에 잉어회라네. 자, 어서 맛 좀 보게나."

공보장(空甫丈)의 말에 하 민망하여 구중(口中)을 머뭇거리며 술잔을 들지 못하였다. 반기며 권하는 석 잔 술을 잇달아 받아 마시고 보니 그제야 뒷골이 다소 느슨해졌다. 포개 얹은 발치에 별빛이 어린 고요한 강물이 흐른다는 것과 그 강물 속에서 취척취척 물고기가 노닐고 있음을 새삼 깨달았다.

"하 선생, 이거 쭈욱 한입에 털어 넣으소."

강 사장이 왕사탕만한 잉어 쓸개가 담긴 큰 잔에 소주를 반쯤 부어 건네는 것이었다. 여 처사가 웃었다.

"그거 자시면 홀로 지내는 밤이 괴로울 거인데."

상상치 못한 환대에 무엇을 주저하랴. 꿀꺽꿀꺽 넘겼다. 푸른 여의주 같은 것이 입에 들어왔다. 술 한 모금 머금고 목젖을 크게 삼키자 잉어 쓸개는 미끄러지듯이 식도로 넘어가버렸다.

"가끔 놀러 오소 글 구상이 잘 안 되면 여기 앉아서 강물만 바라봐도 머리가 맑아질게요."

"벌써 아주 맑아진 느낌입니다. 아름다운 경치에다가 이렇게 좋은 분들이 많아서 아예 이사를 오고 싶군요."

불 위에 올려놓은 양은동이에서 더운 김이 무럭무럭 오를 무렵, 둘러앉은 여러 입에서 어화(語花)가 풍발하였다. 깊은 밤 취중에 나무젓가락으로 장단을 맞춰가며 불러댄 노래는 온전히 끝까지 부른 것이 없었을지언정 섬진강을 출렁거리게 하기에 충분하였다. 한바탕 음주가무 이후 컬컬해진 목을 달랠 것을 달리 찾을 필요가 없었다. 한껏 고아낸 구수한 잉어뼛국물에다가 굵은소금 한 지분(指分)

던져 넣어 훌훌 불어 마시는 맛이란!

"손 선생님, 이 집 이름은 있습니까?"

"그건 우전이 지어줘야지, 허허. 그런데 참, 처음에 이곳으로 터를 정하고 땅을 파보았더니 이상하게도 옛날에 누군가 오두막 같은 것을 지었던 흔적이 있었다네."

"그래요? 전에도 풍류심에 충만했던 분들이 있었나 보군요?"

"그런가? 그러면 우리가 뒷북을 친 셈이 되는 거인데?"

"아무려면 어떤가."

이튿날, 그 하동 땅 섬진강변 작은 대숲 아래, 길가에서는 보이지 않는 은밀하고도 아늑한 반구형 오막을 나는 만오정(萬吾亭)이라 이름 지었다. 그런 뒤, 낫으로 근처 버드나무 밑동을 깎아 세 글자를 조그맣게 새겨놓고, 한사코 하루 더 쉬었다 가라는 공보장의 손을 가만히 뿌리치며 내년 봄날을 기약한 뒤, 돌아왔다.

'하루가 급하게 만나 볼 사람이 있다? 중요한 일이다?'

그것이 이번에 그가 보낸 편지 글의 요지였다. 이모저모 생각 끝에 다녀오기로 결정한 나는 내일 오전 중에 출발하겠다는 답신을 보냈다. 무슨 일인지는 알 수 없지만 그에게 중요한 사안이라면 그건 곧 나에게도 중요한 사안인 것이다. 우리는 서로 그런 관계가 된 지 오래이므로.

하동까지는 170km. 도착시간과 목적지를 정해 놓고 가는 것만큼 지루한 여정도 없을성싶다. 목적지에 제 시간에 도착하는 것이 제

일 목표가 되는 탓이다. 가는 동안 주위 풍경을 느긋이 감상할 마음의 여유도 거의 일지 않는다. 그저 도로에 차량 소통이 원활하여 약속한 시간에 늦지 않기만 바랄 뿐이다.

나는 평소에도 여행을 즐겨한다. 시간이 나면 여행을 하는 것은 물론이거니와 일부러 시간을 내어서라도 여행을 한다. 그런데 답사 여행이 아닌, 여느 때의 나의 여행에는 몇 가지 독특함이 있다. 출발 전에 여정을 계획하지 않는다는 것과 여행지에 대한 감상과 풍경을 기록이나 사진으로 남기지 않는다는 점, 그리고 여행을 마치고 돌아와 남에게 여행담을 늘어놓지 않는다는 것이다.

그렇기에 나의 여행에는 기행문이라든가 여행후기라든가 하는, 여행 뒤의 흔적이 있을 리 없다. 여행의 감흥과 풍광, 그 모든 것은 오직 현장에서 가슴 속에 충분히 담고 오자는 주의이다. 그러면 세월이 흘러 추억할 만한 것이 하나도 안 남지 않느냐? 추억을 하고 싶을 때면, 다시 말해 어느 한때의 여행의 기억이 희미해지고 아련해지며 그리워지면 다시 가면 되지 않느냐고, 설령 여행지의 과거의 모습이 많이 변했더라도 다시 그곳에 가기만 하면 거짓말처럼 생생히 기억되고 고스란히 추억된다고.

기록과 사진을 실물(實物)로 남기기 위한 여행이 아니라, 여행의 흥취를 심물(心物)로 간직하고자 하는 것이 일관된 내 여행의 경향이다. 하지만 이번과 같은 경우는 이유를 짐작할 수 없는 초대, 또 그 초대에 따른 여행인지라 예기치 못한 답사 여행이 될지도 모른다는 생각에 필기구와 사진기를 가방에 챙겨 넣기는 하였다.

'쓸 일이 없으면 좋겠는데…….'

길가 조그만 공터에는 낯익은 짐자동차가 한 대 서 있었다. 그 옆에 차를 대어 놓고 샛길을 따라 강변으로 내려갔다. 공보장은 시원히 펼쳐진 섬진강을 배경으로 만오정 옆에 서서 두 팔을 벌리며 환하게 웃었다.

"우전! 어서 오게."

큰 품에 한차례 얼싸안은 뒤에 만오정에 들었다. 그는 잉어 쓸개를 우려내 담근 차라며 뜨겁게 데워 한 잔 권하였다. 한 모금 맛을 보고는 비릿한 느낌이 들어 소금을 달라고 한 뒤 적당히 간을 해서 마셨다.

"특이한 맛이군요."

"우전이 좋아하는 술맛만큼이야 하겠는가."

"그런데 시급한 일이라니, 도대체 무슨 일입니까?"

"전에 내가 이 만오정 터를 다질 때, 앞서 오두막의 흔적이 있었다고 했던 말, 기억하는가? 그 오두막의 이름이 벌래재(伐來齋)였다네."

"그래요?"

"칠 벌 자, 올 래 자라고 하더군."

"다분히 군문(軍門)과 관계된 명칭인데요? 언제 있었던 겁니까?"

"한번 맞혀보게."

"임란 때인가요? 아니면 일제 때인가……. 그건 그렇고, 터만 남은 오두막의 명칭을 어떻게 알게 되었습니까?"

"그걸 잘 아는 사람이 있더군. 아마 우전이 소설을 짓는 데 큰 도움이 될 만한 분일 것 같아서 내가 우전을 급하게 청했네. 자, 차를 다 마셨으면 가면서 얘기하세나."

운전을 손수 하겠다고 해서 차 열쇠를 내어주었다. 자리를 고쳐 앉고 반사경을 조절한 뒤에 공보장은 차를 몰아 읍내 쪽으로 향하였다.

"하동공원에서 만날 사람이 있다네."

"만오정이 옛적에 벌래재였다고 알려주신 분이겠지요?"

"그렇다네. 젊을 때부터 타지로 가서 이것저것 사업을 제법 크게 했던 분인데 몇 년 전에 고향으로 돌아와 정착을 하신 분이라네."

"손 선생님과 같은 악양 분이신가 보군요?"

"그건 아닐세. 화개 의신 쪽으로 올라가다 보면 선유동계곡이라고 있는데 그 산속에 집을 짓고 홀로 사신다네."

"손 선생님의 지인 중에 오늘 처음 듣는 분이네요."

"아마 그럴 걸세. 올봄에 차 축제 때 처음 인사를 나눈 뒤로 간간이 서로 안부하고 지내는 어른일세. 알고 봤더니, 우리 양조장에서 다달이 막걸리 한 말을 시켜다 자신 지 오래되었더군."

읍내에 들어선 공보장은 향교를 지나쳐 하동공원으로 오르는 계단 입구에 차를 세웠다. 어른과의 첫 대면에 빈손이 뭣하여 가게를 찾아 음료수라도 좀 살까 했더니 공보장이 다 준비해 놨으니 염려 말라고 하였다. 상대방에 대한 배려를 바탕으로 늘 계획과 준비가 철저한 분이니 두 말 할 것이 없었다.

우리는 나란히 향교 뒤쪽으로 나 있는 나무 계단으로 올랐다. 공보장의 걸음은 나는 듯하였다. 바로 뒤따라가지 못하는 나를 가끔 뒤돌아보고는 잠깐씩 기다려주었다. 세도 셀 수 있을 만큼 그리 많지 않은 계단을 오르는 데도 나는 가쁜 숨을 몰아쉬었다.

산마루턱에 올라선 그는 쉬지 않고 정자 쪽으로 걸음을 놓아갔다. 길이 다소 편해져서인지 정자에 도착한 뒤로 나는 곧 평소의 숨결을 되찾았다.

"여러 차례 만나보았는데 진정성이 있는 어른이더군. 그래서 지난번에 우전이 만오정을 다녀가고 난 뒤에 우전 얘기를 했더니 예상외의 반색을 하면서 꼭 이곳에서 한번 만났으면 하지 않겠나."

"만나자는 이유는 말씀을 안 하시던가요?"

"이따가 오시면 같이 들어보기로 하세나. 시간이 좀 남았군."

정자 밖 사방 풍경을 둘러본 뒤 천천히 편액들을 살펴보았다. 발기문, 상량문 등이 걸려 있었다.

"저런 것들은 얼마나 오래된 건가?"

"정묘년이라⋯⋯. 일제 때 지은 것이군요."

"어떻게 그걸 아는가? 일제 때 정묘년인지 다른 때의 정묘년인지?"

"문묘직원이라는 말이 있네요. 일제 치하 이전에는 향교의 가장 큰 어른을 도유사라고 했는데, 한일합방 이후부터 일제가 그 격을 낮추어 문묘직원이라는 호칭으로 바꾸었습니다. 그러다가 광복이 된 뒤에는 전교라는 명칭을 써 오고 있지요."

정자에서 내려와 주변을 거닐었다. 밑동에 시멘트가 발린 커다란 벚나무 아래에 작은 시비가 있었다. '하동포구 팔십 리', 남대우가 지었다고 적혀 있었다. 평소에 공보장이 즐겨 부르는 노랫말이기도 하였다.

하동포구 팔십 리에 물새가 울고
하동포구 팔십 리에 달이 뜹니다.
섬호정 빗돌 위에 시를 쓰는 사람아
어느 고향 떠나온 풍류랑인고.

"일제 때부터 유행하기 시작했다더군."
"그래요? 그런데 어느 고향을 떠나왔다는 풍류랑은 누구를 말하는 걸까요?"
"글쎄, 특정인을 일컫기야 하겠는가? 하지만 모르긴 해도 우전처럼 향기가 있는 사람이긴 하겠지. 허허."
그때 등 뒤에서 굵은 음성이 크게 들렸다.
"아니오!"
놀라 반사적으로 돌아보았다.

제1장 풍류랑(風流郞)

"그 풍류랑은 어떤 한 사람을 지칭하는 게 맞소"

양복을 잘 차려입고 짧은 백발을 깨끗이 빗어 넘긴 노신사가 서 있었다. 그 곁에는 다방 여종업원인 듯한 아가씨가 커다란 보자기를 손에 들고 한눈을 팔고 있었다. 공보장이 다가가 먼저 인사를 나누었다. 그리고는 나를 소개하였다.

노신사는 내가 공보장보다도 한참 더 젊은 사람임에 의외라는 눈치였다. 가까이 다가가서 보니 노신사의 연세를 한눈에 짐작할 수 없었다. 그만큼 비밀스런 옛 연륜이 배어 있다는 말인가. 어쨌든 상당히 연로한 풍모만은 틀림없었다.

"어르신, 시에 나오는 풍류랑은 누구를 말하는 건지 여쭈어도 되겠습니까?"

노신사는 말을 아꼈다. 잠시 어색한 기운이 감돌자 공보장이 여기서 이럴 게 아니라 일단 정자 위로 올라가자며 노소(老少)를 이끌었다. 아가씨를 시켜 자리를 깔게 하고 신문지 위로 페트병에 담아 온 막걸리와 잔을 차리게 하였다. 안주는 하동의 특산물인 가막조개를 무친 것이었다.

아가씨를 돌려보낸 공보장은 페트병을 내게 건네주었다. '청학곡주'라는 상표가 붙어 있었고, 두 글자 사이에는 대봉감 그림이 그려져 있었다. 종이컵에 따르자 노신사는 주저 없이 술잔을 들었다.

"자, 목부터 축이십시다."

가을날 사방이 탁 트인 정자에서 마시는 술맛은 이마를 스치는 바람처럼 맑고 달았다. 긴장이 조금 풀리는 것 같았다. 노신사가 안주를 들기를 기다려 나는 확인하고자 여쭈었다.

"이 정자도 예전에 섬진강변에 있었다는 벌래재와 같은 때 지어진 것입니까?"

"그렇다고 봐야지요. 그런데 벌래재는 왜정 때 개인이 지은 것이고 이 섬호정은 하동지역의 유림이 나서서 지었다오."

"예에? 그 국치국난의 간고(艱苦)한 시절에 병약하기 짝이 없는 선비라는 사람들이 한가하게 산수나 바라보고 풍월이나 읊자고 이걸 지었단 말씀입니까?"

그 순간 노신사는 무거운 목소리로 한마디 내뱉었다.

"다들 그렇게 알고 있기는 하지."

"그렇다면 다른 숨은 뜻이 있다는 말씀입니까?"

"그건 차차 알아보기로 하고, 작가 선생이 아까 내게 물었던 저 풍류랑이 어떤 사람이었는지 그것부터 먼저 들어보겠소?"

"이곳 섬호정과도 인연이 깊은 사람입니까?"

"깊다마다. 섬호정과도 깊고 벌래재와는 인연이 더 깊고."

노신사는 잠시 말문을 닫았다가 열었다.

"실은 이 섬호정에 얽힌 그 풍류랑의 이야기를 들려드리려고 손 사장한테 작가 선생이 한번 다녀갔으면 좋겠노라고 간곡히 부탁을 했었다오."

가볍게 입술을 떨면서 말을 이어가는 노신사를 바라보았다. 타지의 낯선 글쟁이한테 앞뒤 없이 도대체 무슨 이야기를 들려주려는 것인지. 지긋이 허공으로 날아가는 그의 눈길을 좇았다. 하지만 그 눈길이 머무는 곳이 어디인지 알 수 없었다.

제2장 물길 위의 사내

집안 식솔들이 모두 따라 나왔다. 대문 밖에는 삼복이 나귀의 고삐를 쥔 채 서 있었고, 장호인은 안장을 맨 뱃대끈과 발등거리를 살펴보고 있었다. 두 사람은 참봉을 보고 고개를 숙였다. 참봉은 장호인의 시중을 받아 나귀에 올라탔다.

"평안히 다녀오십시오."

심 씨가 인사말을 하자 모두 허리를 굽혔다. 참봉은 남옥을 바라보았다. 요조한 티가 물씬 풍겼다. 여형규가 보이지 않았다. 심 씨가 눈치를 채고 입을 열었다.

"오늘이 반공일이라 오후 늦은 때나 되어야 집으로 돌아올 겁니다."

"공일이 아니었나? 요즘 그 아이 학업은 어떠오?"

"제 나름대로는 애쓰고 있는 듯하니 지나치게 심려하지 마십시오."

"무릇 학문은 스스로 마음을 붙여야지 억지흉내로 애쓴다고 될 일은 아닐 터."

이어 참봉은 남옥에게 한마디 하였다.

"너는 아랫것들이 하는 집안일일랑 신경 쓰지 말고, 더위나 먹지 않도록 조심하거라."

"예, 어르신."

장호인이 앞서 가고 삼복은 그 뒤를 따라 참봉을 태운 나귀를 끌었다. 워낭소리가 짤그랑짤그랑 울렸다. 아랫담을 따라 내려와 동리를 벗어나자마자 논둑길로 들어섰다. 남쪽으로 내려갈수록 켜켜이 구불구불한 논배미는 누런 이무기들이 누워 있는 듯하였다.

논에는 모가 한참 자라고 있었다. 사발잠방이를 입고 호미를 든 작인(作人)들이 김매기에 여념이 없었다. 나귀 소리가 나자 그들은 허리를 폈다가 손을 앞으로 모아 고개를 숙여 절을 하곤 하였다. 하나같이 흙보다 검은 얼굴이었다.

해가 중천에 오르기 한참 전인데도 온 땅덩어리에서 더운 김이 피어나고 있었다. 열흘 넘게 염천(炎天)이 이어지는 바람에 물이 걱정이었다. 농부들 사이에 물싸움이 나지 않으면 다행인 날들을 위태롭게 넘기고 있었다.

소요대 앞에 이르러 참봉은 나귀를 멈추게 하였다. 겨우 연명하

듯 실 가닥처럼 흘러가는 화심천을 물끄러미 바라보았다. 장호인이 혀를 찼다.

"유량(流量)이 말이 아닙니다. 더 늦기 전에 물막이를 하고 퍼내야 할 것 같습니다."

"그렇게 물을 댄들 논바닥을 며칠이나 적시겠는가. 좀 더 두고 보세. 하늘이 땅을 버리는 일은 만고에 없는 법이니."

대한의 독립에 빗댄 말처럼 여겨져 장호인은 등골이 오싹하였다. 참봉의 말끝에 얼른 주위를 둘러보았다. 다행히 듣는 귀가 없었다. 삼복에게 눈짓을 해 나귀를 이끌게 하였다. 징검다리를 건넌 뒤 길을 따라 내려와 섬진강변에 이르렀다.

굽 돌아 흐르는 물길을 따라 나룻배 몇 척이 쪽구름처럼 떠가고 있었다. 그 중 배 한 척이 괴이쩍었다. 다 헤진 맨팔윗도리를 벗은 듯 입은 듯 아무렇게나 걸친 한 사내가 삿대질을 하고 있는데 그 삿대 끝에 깃발이 달려 있는 것이었다.

"저 매단 것이 뭐인고?"

"제 낯짝을 그려서 저렇게 달고 다니는 놈입니다."

"얼굴을? 어인 연유로?"

"멀리서 봐도 제 놈 배라는 것을 사람들한테 알리려는 의중이 아닐까 합니다."

"그럴 양이면 배에다 표식을 해두면 될 것을 어찌 하찮은 삿대에다 깃발을 매달고 다닌단 말인가?"

"그래서 미친 놈 소리를 듣는 놈인데, 저놈이 장터에 나타나면 희롱하기 좋아하는 사람들이 저놈의 고깃배를 장군배라고 불러주고, 또 저놈더러 장군님, 장군님, 하면서 막걸리 사발을 얻어걸리기까지 합니다."

"어디 사는 놈인가? 이름은 뭐이라 하고?"

"화개 선유동에 파묻혀 사는 영대라는 놈입니다. 한데, 저놈이 미친 놈 소리는 듣고 있어도 제 딴엔 속에 갈무리해 둔 딴청이 있을 법도 합니다."

"딴청이라니?"

"조선팔도가 왜놈들 세상이라 그놈들과 같이 땅을 밟고 다니기 싫어 물길로 다닌다는 말이 있기에……"

"어처구니가 없는 놈일세? 그래 물은 땅을 흐르는 게 아니라던가?"

"그러게 말입니다. 그런데 저놈 말로는, 물은 땅과 달리 시시각각 흐르는 것이라 늘 새 물이니 쪽발이와 또 그 앞잡이 노릇을 하는 놈들과 한데 뒤섞여 디디고 오가는 추잡스런 흙땅만 같겠느냐는 겁니다."

"허어, 별난 놈이로고. 허면 생업은 고기잡이인가?"

"전엔 대목(大木) 일을 했는데 언제부터인가 그만 두고, 강을 오르내리며 투망질을 일삼고 있다고 들었습니다."

"목수도 아무나 갖는 재주가 아닐진대 왜 썩힌다던가?"

"그것까지는 모르겠으나, 내키면 가끔 집을 고치는 일은 하러 다니는 모양입니다."

"뱃고물에 앉아서 키질을 하고 있는 아이는 아들놈인가?"

"장터에서 못된 짓을 하던 놈을 붙들어서 버릇을 고쳐 놓으려고 제 집에 데려갔다가 그 길로 거두어 기르고 있는 아이라고 합니다."

강변 가까이 나 있던 길은 다시 산으로 접어들었다. 참봉은 끄덕거리는 나귀 대가리를 견불견(見不見)하면서 곱씹었다. 왜놈들과 같이 땅을 밟고 다니기 싫어 물길로 다닌다는 말, 어불성설이긴 해도 제법 강단이 엿보이는 놈이었다.

비탈 여기저기에 아이들이 있었다. 나무집게로 소나무에 붙은 솔벌기를 잡고 있던 그들은 참봉을 보자 인사를 하였다. 대부분 작인들의 자식들이었다. 장호인이 물으니, 보통학교 담임이 소나무가 죽으면 안 된다고 한 명에 하루 백 마리씩 잡아오라고 시켰다는 것이다. 볼에 목덜미에 팔뚝에 쏘여 붉게 두드러기가 오른 녀석들도 있었다. 나귀가 지나칠 겨를에 아이들은 서로 머뭇거리더니 한 놈이 하나 둘 셋 하자 한입으로 목청껏 소리쳤다.

"참봉 얼신, 안녀이 댕기가이소!"

"따각따각……."

삼복은 나귀를 끌어 언덕바지를 넘었다. 읍내를 훤히 내려다보며 걷는 내리막길은 더없이 수월하였다.

삼거리 오른쪽에 신사가 있었다. 합장한 손을 뜻하며 서 있는 도리이 앞을 참봉은 나귀에 탄 채 곁눈질도 한차례 하지 않고 무심히 지나쳤다. 신사를 끼고 돌아 석등이 늘어 서 있는 길을 내려오자 가방을 메고 줄줄이 우체국에서 나오던 집배원들이 길을 비켜서며 선절을 하였다.

객사 앞에 이르러서야 참봉은 나귀에서 내렸다. 읍내로 갈 때면 한번도 빠짐없이 들르는 곳이었다. 강을 향해 나 있는 객사의 정문 계영루는 이층 누문(樓門)이었다. 날아갈 듯이 두 추녀 끝 부연을 배래기 넓은 소매처럼 들어 올리고 있었다.

안으로 들어선 참봉은 잡초가 무성히 자란 뜰 한가운데에 서서 망궐패가 없어진 빈 전우(殿宇)를 향해 선 채로 네 번 절을 하였다.

계영루에 올랐다. 동쪽 뜰에 계수나무가 두 그루 서 있었다. 한때는 눈부시게 밝은 암꽃 수꽃이 피고 더 찰 수 없어 터질 것만 같았던 삼추(三秋) 만월의 달빛을 온몸으로 고스란히 받아 안았던 나무였다. 백사(霸使), 달빛을 나르는 사자였다. 아니, 달 속 바로 그 계수나무의 넋이 나부시 지상에 현신한 자태였다.

세상이 바뀐 지 얼마 지나지 않아 객사가 객사 구실을 못하게 되었을 즈음, 여염이건 화류장(花柳場)이건 가릴 것 없이 꽃꽂이바람이 불어닥쳐 가지를 마구 꺾고 잘라내었고, 계피가 위장에 좋다고 함부로 벗겨내었으며, 열매로는 부녀들이 목걸이를 만든다고 온 나무를 치고 흔들어 끝내는 달의 정령, 달의 혼백이 떠나고 만 통한의 고목이었다.

참봉은 여섯 두리기둥 하나하나를 손으로 쓰다듬었다. 그리고는 고개를 들어 대들보를 쳐다보았다. 칠백 년이나 된 칡뿌리를 캐다가 얹었다는 마룻대였다. 그것도 언제 어떻게 사라질지 모를 일이었다. 가슴이 그지없이 미어져 고개를 들었다. 서남쪽으로 멀리 흐르는 섬진강에는 시든 버들잎 같은 고깃배들이 떠 있었다. 망국의 현실이 바로 거기에 있었다.

"그만 가세."

누각에서 내려와 다시 나귀에 오른 참봉은 객사의 서쪽에 장엄하게 서 있는 관공묘(關公廟)를 지나쳐 갔다. 관우가 타고 다녔다는 명마 적토마가 새겨진 커다란 두 문짝이 활짝 열려 있었다. 무성한 수목과 화초들 사이로 보이는 문 안 재실에서 젊은 남녀가 신식 혼례를 치르고 있었다. 여느 때보다도 더 격세지감을 느낀 참봉은 고개를 돌려버렸다.

그러나 거기에는 또 다른 것이 있었다. 얼마 전에 백남일 군수가 옛 관아가 낡고 높은 데 있다고 하여 수백 보 아래쪽에 새로 지은 군청이었다. 건물과 담장은 왜풍이고 정원은 왜색이었다. 참봉은 짐짓 삼복을 나무랐다.

"오늘은 어찌 이리 걸음이 더딘고!"

앞서가던 장호인이 잰걸음을 치면서 뒤돌아보고는 얼른 오라 손짓을 하였다. 향교와 앞뒤로 가깝게 이웃한 예배당을 지나던 참봉은 기분이 좀 누그러졌다. 몇 해 전의 기억이 떠올라서였다.

매일 새벽과 밤으로 크게 쳐 대는 종소리가 귀에 거슬리기 짝이 없었다. 점잖게 항의를 해도 고집불통 목사에게 전혀 통하지 않았다. 급기야 온갖 인맥을 들여 회유를 하기도 하고 협박도 해보았지만 별무신통이었다. 병을 얻어 자리에 누울 지경에 이르러 천지신명의 감응이 있었던지 좋은 꾀가 떠올랐다.

"이보오, 야소 목사. 종을 그만 치라고 안 할 터이니 한 가지 약조를 하오. 종을 치기는 치되, 새벽에는 반드시 서른세 번을, 을야(乙夜)에는 꼭 스물여덟 번만 치라는 말이오. 행여 잘못 쳐서 횟수가 들쭉날쭉 하는 일이 없도록 매번 잘 세어서 치란 말이외다. 우리 조선팔도는 관아에서나 절간에서나 다 그렇게 치니, 알아들었소?"

그때부터 참봉은 차마 듣지 못할 소음으로만 생각하던 예배당 종소리를 전조(前朝)의 파루와 인정 소리로 여기게 되었다. 그로써 귀로는 그윽하게 들리기 시작하였고, 병이 날 뻔했던 마음은 흐뭇하기까지 하였다.

"작은댁에 들렀다 가시렵니까?"

"되었네. 바로 가세."

참봉은 예배당과 향교 사이에 있는 소가(小家)를 지나 풍화루에 이르렀다. 나귀에서 내린 참봉의 심기가 다소간 편해 보여 장호인이 평소에 별러 온 의구심을 꺼냈다.

"저어, 마님. 전부터 궁금증이 든 것인데, 향교의 문 이름이 풍화루라니 어쩐지 어감이 좀……."

"어감이 어떻길래?"

"바람 풍 자, 될 화 자가 아닙니까? 소인의 안목으로 바람에 스러진다는 뜻 밖에는 달리 해석을 할 수 없는지라……."

"허허, 장 서방이 글을 좀 더 읽어야겠군. 저 바람 풍 자에는 민심이나 여론이라는 뜻도 있다네. 그래서 풍화라고 하면, 고을 안 민심이 화목하고 바른 여론이 형성되어 간다는 뜻이 되고, 그것이 바로 우리 향교가 존치되어야 하는 이유라네."

참봉은 풍화루 동쪽 문으로 들어섰다. 동재도 서재도 유생의 발자취는 끊긴 지 오래인지라 향교 안은 적막마저 감돌았다. 계단을 올라 대성전을 향하여 허리를 네 번 굽혔다. 뜰에 서 있는 큰 은행나무가 푸른 잎을 무성히 피워내고 있었다. 수백 년 세월을 한결같이 지켜온 모습에 참봉은 한 그루 나무만도 못한 나라꼴에 입맛이 썼다.

명륜당으로 내려왔다. 댓돌에 구두가 몇 켤레 놓여 있었다. 안으로 들어서서 군기침을 하며 문묘직원실이라고 팻말이 붙어있는 문을 열었다. 삼베옷을 입은 지인들 넷이 부채질을 하며 차를 마시고 있다가 참봉을 반겼다.

"여보오, 중보(重寶). 좋은 소식이 있소 올봄에 일경에 체포되었던 회봉(晦峰) 선생께서 기소 중지가 될 가능성이 크다고 하오."

박민채의 말에 참봉은 놀라면서도 기쁜 낯이 되었다. 이병용이 입을 열었다.

"지난 기미년 불란서 파리의 일에 이어서 올봄 심산(心山) 선생이 또 한 번 거사를 일으키고 만주로 돌아간 뒤로, 일경이 경북의 선비들을 불령(不逞)의 근원으로 주시하고 있는 터에 우리 경남이라고 달리 보지는 않을 듯 하외다."

"윤견(允見)의 말이 옳소. 매사 삼가고 또 삼가야 할 터."

이성래의 말에 모두 고개를 끄덕였다. 최상렬이 우려 섞인 목소리를 내었다.

"그것보다도 더 심각한 일이 있소 올 유월 순종황제의 인산일(因山日)에 경성학생들이 들고 일어난 뒤로 총독부가 단단히 작심을 하여 무슨 일을 꾸미고 있다는 소문이 있소."

"송암(松庵), 그건 어인 말씀이오?"

"학생들에 대한 시책이 바뀔 것 같다고 하오."

"어떻게 바꾼다는 것까지는 들은 바가 없소?"

"팔도 곳곳에 새 학교를 세울 것이라는 말을 얼핏 듣긴 하였는데, 여기저기 수소문을 해보아도 무슨 학교를 또 새로 짓겠다는 건지는 알 도리가 없더이다."

나루터로 고깃배들이 몰려들고 있었다. 영대도 그 틈에 끼어 능숙하게 배를 부렸다. 배가 닿자 수돌은 키를 당겨 놓고 잽싸게 뛰어내렸다. 그리고는 영대가 던져준 뱃줄을 나루턱에 묶었다. 그 겨를에 영대는 배의 이물에서 고물로 삿대를 비스듬히 세워 놓아 제 얼굴을 그린 깃발을 바람에 나부끼게 하였다.

무거운 어망 두 채를 둘러메고 배에서 내린 영대는 아랫장터로 향하였다. 참게 어망을 두르고 신이 난 수돌이 앞장서서 걸으면서 그리 바쁠 것 없이 걸음을 옮겨가는 영대를 자꾸만 돌아다보았다. 그러다가 오가는 사람들과 툭툭 부딪히곤 하였다.

"앞을 잘 보고 가야지."

"퍼뜩 좀 오이소"

광평송원의 하상정에서는 양반들이 모여 앉아 짐짓 점잖을 떨며 기생들이 젓가락으로 집어주는 은어 회를 먹고 있었다. 영대는 그쪽을 향해 침을 칵 뱉었다. 수돌이 그 모양을 보더니 저도 따라 뱉고는 먼저 장마당으로 들어섰다.

송원 너머로 펼쳐져 있는 아랫장터에서 가장 큰 규모는 단연 어시장이었다. 바다에서 올라온 해산물과 물고기는 물론이고 섬진강 수계에서 잡은 가막조개와 은어, 참게 등을 나무상자에 담아 중구난방 난전으로 벌여 놓은 상인들의 호객소리로 귀가 따가웠다.

"물 좋은 생태 사려!"

"꽁치가 한 두름에 오십 전이오!"

영대는 그곳을 지나쳐 민물고기를 파는 상인들이 몰려 있는 곳으로 갔다. 비릿한 내음이 더 진하게 풍겨왔다. 상인 하나가 영대가 메고 있는 것을 보더니 저에게 넘기라고 팔을 끌었다. 영대는 어망을 바닥에 내려놓았다.

"수돌아, 시세나 좀 알아보고 가자."

상인은 어망 아구리를 벌려 안에 든 것을 살펴보면서 노래하듯이 중얼거렸다.

"어디 좀 보자, 참게가 스물일곱 마리에다가 은어가 네 근쯤 되겠고, 이건?"

영대는 고개를 쳐드는 상인에게 뭘 그리 놀라느냐 듯 반문하였다.

"왜 그러오? 쏘가리를 처음 보오?"

"아, 아니오. 요즘 이렇게 큰 놈들은 거의 다 씨가 마른지라……."

"전부 얼마나 되겠소?"

상인은 입맛을 다시더니 조심스럽게 살 금을 놓았다.

"낫게 쳐서……. 어떠오? 쌀 한 말 값이면 되겠소?"

영대는 상인을 한차례 쏘아본 뒤 아무 대꾸도 하지 않고 어망을 집어 들었다. 수돌도 얼른 두 손으로 참게 어망을 들었다. 영대는 두 되 값을 더 쳐주겠다는 상인의 말을 뒤로 하고 윗장터로 올라갔다.

"쇠고기가 한 근에 오십 전이오!"

"자, 계란이오, 씨암탉이 갓 낳은 계란이 단돈 닷 푼이오!"

"소금 사려!"

"눈 같은 백설탕이 한 근에 이십오 전이오!"

"여름 나기 좋은 삼베 사 가오! 한 필에 칠 원 하는 것을 육 원 오십 전에 가져가오!"

조선종이와 일본 화선지를 같이 파는 한지전, 깡통에 등유를 담아 파는 석유전, 섬통에 가득가득 백탄과 흑탄을 담아놓은 숯전, 길가에 장작을 산더미처럼 쌓아놓은 땔감전과 석탄전을 지나치자 싸전과 잡곡전, 짚신전, 질그릇전이 이어져 있었다.

시끄럽고 번잡하기 이를 데 없었다. 각색 난전 앞에 서서 흥정을 하는 사람, 흥정하는 것을 구경하는 사람, 그 사이를 비집고 오고 가는 사람이 끊이지 않아 서로 어깨를 부딪는 것은 예사였고, 발을 밟고 밟히는 경우도 여기저기에서 흔하였다.

수돌의 손을 잡고 윗장터를 빠져 나온 영대는 이미 파장하여 한산해진 우시장을 지나 읍내 번화가로 걸었다. 큰길에서도 사람을 실은 자동차와 승합차, 짐바리를 진 우마(牛馬)에 자전거까지 뒤엉겨 연신 빵빵거리고 히힝거리며 따르릉거리는 소리가 울려나오고 있었다.

장날만 되면 전쟁이 났나 싶을 정도로 되풀이 되는 광경이었다. 삼남에서 부산 빼고는 가장 큰 장이었다. 갖가지 임산물과 농축산물에서 해산물과 강산물, 온갖 공산품에 이르기까지 없는 것 없이 집산 매매되는 거대한 요지경단지였다.

"아재예, 언자 어디로 가서 팔라 캅니꺼?"

"잔말 말고 따라오너라."

정미소를 지나고 사진관을 지나고 인쇄소를 지나고 자전거방을 지나고 여관 건물들을 지나는 동안 수돌은 볼멘 표정으로 발을 내던지듯 걸으며 묵묵히 영대를 뒤따랐다.

하동에서 가장 큰 요릿집인 옥려관 문을 밀치고 들어간 영대는 일본인 주인 앞에 어망을 내려놓았다. 흥정은 단번에 성사되었다. 쏘가리 두 마리는 사 원, 나머지는 몽땅 일 원에 사겠다는 말에 영대는 두말없이 넘겼다. 앞으로도 쏘가리를 잡으면 갖다 달라, 값은 최고로 쳐 주겠다는 일본인 주인에게 인사를 하는 둥 마는 둥 밖으로 나왔다.

"값을 잘 받은 겁니꺼?"

"그럼. 육 원이면 쌀이 거의 두 말 값이다."

영대는 수돌에게 십 전짜리 지전 다섯 장을 쥐어주었다. 그제야 수돌의 낯이 환해졌다.

"읍내 구경하고 나면 나루터에 있는 주막으로 오너라. 사이다 사 먹지 말고 우유 사 먹어야 한다. 알겠지?"

"예, 아재. 고맙습니더."

수돌을 보낸 영대는 빈 어망을 손에 쥐고 다시 윗장터로 향하였다. 싸전에 이른 영대는 차례를 기다리며 주인이 되질을 할 때 되를 치는지 안 치는지 앞사람의 어깨너머로 살펴보았다. 순서가 돌아와 싸전 주인 정춘섭이 영대에게 물었다.

"뭘 얼마나 드릴까요?"

"요사이 값이 어찌 되오?"

"여기 이런 기장쌀이나 콩, 좁쌀은 만주에서 들어온 것이라 값이 싸고, 이쪽 것은 조선 것이라 값이 조금 더하오."

"그러면, 이거 조선쌀 닷 되 하고, 저기 저 햇보리쌀 한 말 주오."

주인은 솜씨 좋게 되질을 해서 마대에 담아주었다.

"전부 삼 원 오십 전이오."

두 마대자루를 들고 돌아서려다 말고 영대는 걸음을 멈추었다. 곡식 무게가 영 가볍게 느껴지는 것이었다. 정춘섭은 또 다른 손님과 말을 섞고 있었다. 영대는 다가가 자루를 내려놓고 되를 집으려고 하였다. 정춘섭이 얼른 말렸다.

"어, 어찌 남의 되에 손을 대오?"

"가만히 있어봐!"

영대는 기어이 되를 집어 쌀을 부어버리고는 살폈다. 별 이상은 없었다. 무심코 뒤집어 되 밑을 만져보았다. 그때 되 밑이 쑥 밀리는 것이 아닌가. 정춘섭이 재빨리 달려들어 되를 빼앗으려고 하자 영대가 한 손으로 밀쳐버렸다. 그는 좁쌀을 수북이 담아놓은 멍석 위로 나동그라졌다.

"어이쿠!"

되는 밑을 밀어 올리거나 내릴 수 있도록 교묘히 만들어져 있었다. 곡식을 되에 담을 때에는 정량을 담고, 손님이 가져갈 마대자루에 부을 때 얼른 되 밑을 밀어 곡식을 얼마간 넘치게 하도록 만든 것이었다. 손님들이 한마디씩 하였다.

"어쩐지 되를 치지 않는다 했더니."

"왜놈, 왜놈, 하지만 이제 보니 조선놈이 더하군, 더해."

영대는 되를 정춘섭의 이마에 던져버렸다.

"이 육시할 놈아, 속이려면 왜놈이나 속일 것이지 먹을 걸 두고 같은 조선 사람을 속이려 들어?"

영대는 사람들과 합세하여 정춘섭의 싸전을 한바탕 뒤집어 놓고 돌아섰다. 그리고는 근처에서 일본인이 열어 놓은 미곡상회로 가서 쌀과 햇보리쌀을 샀다. 앞서 벌어진 사건을 아는 일본인 주인은 되질을 넉넉히 하여 주었다. 묵직한 곡식자루를 둘러멘 영대는 나루터로 갔다.

"이거 뉘신가? 섬진장군 아니신가?"

주막 안에서 불그레한 얼굴로 앉아 있던 이정식이 영대에게 자리를 내어주었다. 선대로부터 물려받은 가산(家産)을 기생질과 노름질로 탕진하고 있기로 읍내에서 이름이 높은 그였다. 그에 빌붙어 술잔이나 빌어먹는 악양 잡놈 임운쇠가 혀 말린 소리를 내었다.

"장군님, 우리 섬진장군님. 장 재미는 좀 보았소?"

"많이 봤지."

"허면, 이 졸병한테 삐루 한 꼬뿌 받아주오."

"양놈도 아니고, 시끄럽소, 고마."

영대는 막걸리를 한 되 시켜 사발 가득 부어 벌컥벌컥 들이켰다. 임운쇠가 이정식에게 물었다.

"한데, 성님. 참봉 어르신 댁에 웬 계집이 하나 들어있다고 하는데 뉘인지 아오?"

"경운당 아씨인가 하는 그 젊은 처자?"

"훗날 형규 도련님의 처로 삼으려고 민며느리로 들여놓았다는 말이 있습디다?"

"그러기에는 나이가 너무 많지 않나?"

"그러면 참봉 어르신이 첩년을 들였나?"

"이미 작은집이 향교 앞에 있는데 본가에 또 들였을라고?"

"첩 수를 나라에서 어디 정해 놓았소?"

"내가 듣기로는 숨겨두었던 딸이라고 하던데?"

"숨겨두었던 딸? 그러면 진주 기생 사이에 난 딸이랍디까?"

"아니, 진주에 살다가 죽은 오랜 지기의 딸이라고도 하더군. 그래서 그런지 집안 머슴들이 아씨라고 부른다잖아. 기품이 있어서 집사인 장 서방도 함부로 대하지 못한다고도 하고."

"그래요? 한데 그렇게 반반하게 생겼다면서요?"

"난들 아나. 한 번도 본 적이 없으니."

영대가 벌떡 일어섰다.

"술맛 다 떨어지게 넘보지 못할 웬 계집 얘기는."

바로 그때 수돌이 들어왔다. 얼굴이 엉망이었다. 영대는 말을 더듬었다.

"너, 너 낯바닥이 왜 그러냐?"

수돌의 뒤로 진주고보 교복 차림을 한 세 학생이 들어왔다. 영대는 수돌을 끌어안고 돌려세우며 물었다.

"저놈들이 그랬냐?"

수돌이 얼른 고개를 저었다.

"아입니더. 저 형들은 날 구해준 형들이라예."

남대우가 영대에게 말하였다.

"장터 외진 곳에서 또래 아이들한테 사이다 빼앗기고, 돈 빼앗기고……. 불쌍하게 얻어맞고 있길래 구해서 데려왔네."

"그게 정말이냐?"

"예, 재수 없이 전에 같이 쓰리질을 하던 놈들을 만났뿌가……."

"그런데 좀 전에 자네, 우리더러 놈이라고 했나?"

유창현이 목소리에 힘을 주자 영대는 뒷머리를 긁적였다. 그리고는 저도 모르게 그랬다고, 아이를 구해주어서 고맙다는 인사를 하였다.

"앞으로 말조심하게."

"예, 예. 도련님들. 살펴가십쇼!"

임운쇠가 기억이 났다는 듯 제 한 무릎을 내려치며 말하였다.

"아까 그 가운데에 서 있던 학생, 그 학생이 바로 참봉 어르신의 장남이신 형규 도련님이오. 기골이 장대하고 부리부리한 눈에, 한눈에 봐도 썩 호쾌하게 생기신 도련님이지, 암."

"어쩐지 틀이 여간 예사로워 보이지 않는다 했네. 신체단련을 많이 한 몸 같던데."

"잘 먹어서 그렇겠지."

"하긴, 만석꾼 집안 자식이니 용의 간인들 못 구해다 먹을까만."

"이만 가오. 천천히 들고 뒤에 오오."

영대는 막걸리 서 되 값을 남기고 곡식자루를 어깨에 짊어진 채 주막을 나섰다. 수돌을 먼저 배에 태운 뒤 뱃줄을 풀고 저도 올랐다. 수돌 앞에 자루를 내려놓고 삿대를 들어 나루턱을 밀자 배는 둥실 물결을 탔다.

물길을 거슬러 오른 지 얼마 지나지 않아 영대는 두 팔에 힘을 주어 삿대질을 하면서 큰 소리로 노래를 흥얼거리기 시작하였다.

"지리산 상봉에 물박달나무, 홍두깨 방망이로 다 나간다. 홍두깨 방망이는 팔자가 좋아, 큰애기 손길에 다 녹아난다아!"

그쯤에서 수돌의 입에서 나와야 할 후렴이 없자 영대는 뒤돌아보았다.

"이놈아. 안 받고 뭐하는 거야?"

수돌이 키도 강물 속에 내리지 않은 채 책을 보고 있다가 고개를 들었다.

"그거 웬 거냐?"

"아까 그 성들이 어릴 적부터 책을 봐야 한다고 한 권 줬습니더."
"너는 글을 모르잖아?"
"그림만 봅니더."
"난 또. 다행이다. 글 배워 어디다 쓰랴. 나라 팔아먹을 문서나 짓지."

화심리 선장리 흥룡리를 차례로 지날 겨를이었다. 흥룡리의 강기슭에 조그만 대숲이 있고 바위가 툭툭 불거져 있는 것이 늦가을에 잉어낚시를 하기에 아주 알맞은 터로 보였다. 영대는 단단히 눈여겨 봐 두었다.

"아재예, 그림 다 봤어예."
"그래? 그러면 지금부터 다시 한다."
"예, 아재."

수돌이 키를 물속에 담그고 천천히 팔자돌림을 해나갔다. 구성진 영대의 목소리가 섬진강 물결 위를 날았다.

"지리산 상봉에 물박달나무, 홍두깨 방망이로 다 나간다. 홍두깨 방망이는 팔자가 좋아, 큰애기 손길에 다 녹아난다아!"

수돌이 받아 새된 소리로 후렴을 하였다.

"아리아리랑 스리스리랑 아라리가 났네. 아리랑 고개고개로 넘어간다아!"

영대가 또 매겨 나갔다.

"지리산 상봉에 비사리나무, 회오리바람에 단풍이 든다. 단풍이

들면은 어떻게 드냐, 뾰로족족 노랑탱탱 단풍이 든다아!"

"아리아리랑 스리스리랑 아라리가 났네. 아리랑 스무고개로 날 넹기노라아!"

"지리산 상봉에 외로운 소나무, 날과 같이도 외로이 섰다. 청천에 뜬 구름 비실로 가고, 물 우에 뜬 배는 임실로 간다아!"

"아리아리랑 스리스리랑……."

제3장 목마른 강

"객사를 헐어?"

"계획이 그렇다고 하오."

"이, 이놈들이!"

참봉은 소리쳐 장호인을 불러들였다. 그 길로 그림자를 떼어놓고 다녀오는 듯 면사무소에 갔다 온 장호인이 서류를 한 부 내놓으며 아뢰었다.

"면서기가 이걸 주면서 하는 말이, 농업보습학교인가 하는 새 학교를 객사 자리에 지을 것이랍니다. 자세한 건 군청에 가서 알아보라고 합니다."

"허면, 그 학교인가 뭐인가 하는 것을 우리 하동에만 짓는다던가?"

"총독부에서 팔도 전역에 일군일교를 설립하라는 시책을 하달하여 도나 군에서 왈가왈부할 일이 아니라고 합니다."

참봉은 분기를 삭이지 못하여 거푸 긴 숨을 토해내었다. 최상렬이 어이없는 표정을 지으며 말하였다.

"연초부터 군수까지 나서서 학교를 지어야 한다느니 한 애기가 사실이었군. 한데 객사를 헐고 짓겠다니 도대체 어떤 정신머리 없는 놈들의 발상인지, 참."

"그게 다 왜놈들이 낸 알량한 수작이지 어디 우리 조선사람 머리에서 나왔겠소?"

참봉은 장호인이 두고 나간 서류를 들추어보았다. 학교의 설립계획이 자세히 적혀 있었다. 참봉이 서류를 내려놓자 함께 앉아있던 유림의 인사들이 한 차례씩 돌려가며 훑어보았다. 박민채가 입을 열었다.

"보습학교를 세우고 그에 설치한다는 과목을 보니, 수신(修身)과 일본어와 산술은 보통학교에서 가르치는 것과 다를 바 없고 양잠, 원예, 작물 따위가 추가되어 있군."

"우리 대한이 농업을 근본으로 하는 나라이긴 하나, 타국에 견주어 현저히 낙후되어 있는 공업의 기흥(起興)이 시급한 터에 만약 공업학교라면 모를까 농업학교라니 가당치도 않은 발상이오."

"윤견(允見)의 말씀에 동감하는 바이오. 농업교육을 하려면 차라리 보통학교 내에 농업보습과를 설치하면 될 것을."

"그렇고말고 산업개발 역군이 절실한 이때에 보습과도 아니고 보습학교라니, 천 번 만 번 생각해도 현금(現今)의 시대적 조류를 역행하는 일이오."

"입학자격도 보통학교와 같고, 월사금도 오십 전으로 책정해 놓았으니 이 또한 보통학교와 동일할 뿐더러 교장도 보통학교 교장이 겸임하도록 되어 있으니, 말이 보습학교지 보습과를 별도로 떼어내는 것과 다를 것이 뭐 있겠소?"

"그러게 말이오. 보통학교 월사금을 내고, 학교 같지도 않은 어정쩡한 이년짜리 보충학교에 다니는 것과 다를 바 없는 일이오."

"말씀들을 들어보니, 보습학교를 세우려는 왜놈들의 목적은 농업의 고급인력 양성에 있지 않고, 필시 제 놈들의 앞잡이로 내세울 면서기나 순사를 길러내고자 하는 데 그 속셈이 있을 것이오."

참봉이 이성래에게 물었다.

"이보오, 학정(鶴亭). 이 사태를 어찌하면 좋겠소?"

"글쎄올시다. 총독부 시책이라니 학교를 짓는 일은 막을 수 없겠지만 객사를 허물고 그 자리에 짓는 일만큼은 없도록 해야 할 것이외다."

박민채가 입을 열었다.

"이러고 우물쭈물 걱정만 하고 있다가 명일에라도 객사를 헐겠다고 인부들을 동원하면 큰일이니 당장 유림의 연명으로 군청에 탄원서를 제출하는 게 어떻겠소?"

"그게 좋겠소. 우선 그렇게라도 해서 군에서 어떻게 나오는지 한 번 두고 보십시다."

농업보습학교 설립이 불가함을 구구절절이 적은 소장(疏章) 같은 탄원의 글을 보냈지만 군에서는 며칠이 지나도록 아무런 답신이 오지 않았다. 답답해진 참봉은 향교 유림을 이끌고 군청 서무과를 찾았다. 서무주임 카타쿠라의 말이 가관이었다.

"탄원서는 잘 보았소만, 학교를 지어 아동들에게 신교육을 시켜 준다고 하는데 어찌 반대를 하오? 공자왈 하는 서당이라도 지어달라고 이렇게 찾아와 바쁜 사람을 붙들고 항의를 하는 것이오?"

"허어, 이놈의 말뽄새 좀 보게?"

"하여튼 총독부 시책이라서 지으라 말라 조선의 유림이 나설 일이 아니니 그만 돌아들 가오."

참봉은 기가 막혀 입도 열지 못하였고 이병용이 달래듯이 말하였다.

"짓지 말라는 뜻이 아니라, 지어도 객사를 허물고 짓겠다는 건 있을 수 없는 일이 아닌가?"

"왜 있을 수 없는 일이란 말이오? 덩그러니 잡초만 자라고 있는 터를 뜻 깊게 활용하자는 데 뭐가 잘못되었소?"

"그러지 말고, 보습학교를 지을 땅을 우리가 내놓을 터이니 객사는 그대로 두라는 말일세."

"그만 돌아가시오. 향교를 헐고 짓겠다고 하기 전에."

"뭐이라? 어디 그렇게 해봐라, 이놈아!"

"높은 분들과 친분이 좀 있다고 해서 좋게 대해 주려고 했더니, 이 늙다리 조센진이 어디에 와서?"

괜히 찾아가 건드려서 동티만 난 꼴이었다. 하급에 있는 젊은 왜놈 한 놈을 붙잡고 실랑이를 더 해봤자 험한 일을 당하는 건 이쪽이라고 생각하여 최상렬이 일행을 떠밀다시피 하여 군청을 나왔다.

"허어, 이 일을 어찌하면 좋단 말인가?"

"도성의 궁궐을 헐고 우리를 만들어 갖가지 짐승들을 집어넣은 악독한 놈들이오. 천 리 밖에 있는 객사 하나 헐어버리는 데 어인 주저함이 있겠소"

"천인공노할 놈들 같으니!"

"날을 봐서 군수에게 접견을 요청하십시다. 그 자리에서라면 저 서무주임 놈과는 다른 얘기가 나올 수도 있지 않겠소?"

"그게 좋겠군. 그렇게 하십시다."

추곡(秋穀)을 공출하는 사무 같았으면 말이 떨어지자마자 한달음에 명륜당으로 달려오고도 남을 군수였다. 그러나 객사를 헐고 보습학교를 짓는 일로 면담을 하자는 청원에는 아무런 기별이 없었다. 군수 부속실에 여러 차례 문의를 하였지만 돌아오는 대답은 번번이 좀 더 기다려 달라는 말뿐이었다.

몰래 무언가 일을 꾸미고 있을지도 모른다는 생각에 하루하루를 보내고 있던 유림은 마침내 군수의 의도가 무엇인지 짐작할 수 있는 사태에 직면하기에 이르렀다. 군수 백남일과 면장 이보형이 은밀히 계획하여 광평송원에서 군민대회를 연 것이었다.

군민대회에는 군내에서 목소리 높기로 유림에 뒤지지 않는 각 면의 청년회 소속 청년들이 대거 참석하였다. 하상정을 단상으로 하여 군수와 면장이 차례로 일장 연설을 하고 내려오자 시대일보사의 하동지국장으로 있는 김계영이 올랐다.

"존경하는 군민 여러분! 우리 군의 대부분을 차지하고 있는 무산대중(無産大衆)의 자녀들에게도 신교육의 기회를 제공해야 하지 않겠습니까! 그런 취지에서 농업보습학교의 설립은 시대적으로도 반드시 필요한 일입니다. 여러분! 우리의 어린 자녀들을 예외 없이 공부시켜 낡고 병들고 권위주의적인 악질 봉건시대의 잔재를 철폐하고 악덕지주들로부터 혁명적 해방을 쟁취합시다!"

수백 명의 박수소리가 터져 나왔다. 이어서 동아일보 하동주재기자인 김대식이 단상으로 올라갔다.

"군민 여러분! 항간에 들으니, 향교라는 곳에 본거지를 둔 악덕지주들이 폐허가 되다시피 한, 군청 위 객사를 보전하려고 농보교의 설립을 반대하고 나섰다는 겁니다! 이게 말이나 되는 소리입니까! 나라도 못 지키고 망하게 하였으면 고개를 숙이고 잠자코 있을 것이지 그들이 무슨 자격이 있다고 우리 자녀들을 위한 학교를 못 짓게 하는 겁니까! 본 기자는 이 자리에서 결연코 유림의 시대착오적 발상을 고발하고 그들의 구태의연한 작태를 규탄하는 바입니다!

또한 이 기회에 감히 제안하건대, 우리 군민의 힘으로 하동교육협회의 창립을 발의하는 바입니다!"

군수 백남일과 면장 이보형의 계략은 적중하였다. 대부분 군내 지주들로 구성된 유림에 대한 반감을 새삼 불러일으킨 뒤, 아이들을 교육시켜 그들은 대를 이어 소작인으로 만들지 말자는 뜻의 군민대회는 전 군민의 마음을 사로잡았다.

보기 좋게 뒤통수를 한 방 맞은 유림은 군수와 면장의 교묘한 행태에 분개하고, 청년들의 말에 큰 호응으로 화답한 군민들을 두고 어안이 벙벙하여 어떠한 명분과 대책을 내놓지 못하였다.

그러는 동안, 일은 일사천리로 진행되어 하동유치원에서 하동교육협회 창립식이 열렸다. 그 자리에서 발기인들은 회장으로 하동면장 이보형을 뽑고, 이사에는 문태규 등을, 평회원으로는 이은우 등을 뽑았다.

이보형에 뒤를 이어 문태규가 이사들을 대표하여 인사말을 하면서 교육사업 뿐만 아니라 계몽운동도 병행할 수 있도록 하동교육발전기금도 조성하자고 제의하자 내빈으로 초대되어 자리를 지키고 있던 참봉이 더 참지 못하고 소리를 질렀다.

"네 이놈, 왜놈 앞잡이 만드는 학교를 짓겠다는 게 청년운동이고 계몽운동이고 민족운동이냐?"

그리고는 이보형을 바라보고 핏대를 높였다.

"이보시오, 소련(少蓮), 왜놈들 속셈도 간파하지 못한 채 젊은 아이들의 말장난에 덩달아 놀아나고 있으니 이 어인 추태이오?"

"뭐이오?"

"눈 좀 똑바로 뜨고 보오!"

문태규가 끼어들었다.

"그러는 참봉 어르신은 왜놈들한테 빌붙어 있지 않소?"

"뭐이라?"

"그 자랑스러운 만석꾼 소리를 듣는 건 왜놈들 덕이 아니면 뉘 덕이오? 왜놈들을 등에 업고 소작인들의 노동력을 착취한 결과가 아니고 뭐란 말이오!"

"저놈이? 네 이노옴!"

그때 하동교육협회 평회원으로 선출된 남일물산 사장 이은우가 같은 회사의 전무취체역으로 있는 여경엽에게 작은 목소리로 말하였다.

"이보게, 운암(雲岩). 자네 장백(長伯)을 좀 말리시게."

그가 나설 것도 없었다. 유림이 참봉을 에워싼 채 데리고 나가고 있는 중이었다. 사람들의 눈길이 고울 리 없었다. 아무도 말은 하지 않았지만 지주유림의 위상은 전에 없이 땅에 떨어진 격이었다.

창립식은 그로써 끝나고 서둘러 연회가 열렸다. 진주고등악육학교 사범과 학생들이 현악삼중주를 연주하는 가운데 사람들은 저마다 술잔을 들고 서서 담화를 나누었다. 시대일보사 하동지국장 김계영이 동아일보 하동주재기자 김대식에게 제안하였다.

"김 기자, 저 늙은이들이 더는 농보교 설립에 대해 반대운동을 일으키지 못하도록 읍내에 적당한 곳 두어 군데에 투고함을 설치하는 게 어떨까?"

"투고함? 옳아, 지국으로 직접 와서 투고하는 것보다 더 적극적인 투고를 이끌어낼 수 있겠군 그래?"

"그렇지. 하지만 투고자는 씨명(氏名)과 주소를 반드시 기재하도록 하세."

"그러면 그게 무슨 투고함인가?"

"무턱대고 타인을 모함하거나 근거 없이 비방하는 일은 방지하고자 하는 것이지."

"알겠네. 그렇게 하도록 하세. 한데 말이야, 금방 떠오른 생각인데 하동교육협회도 창립되었고 하니 이젠 청년 회관을 짓는 게 어떨까? 내년에 완공을 목표로 말일세. 오늘과 같은 중대한 일들을 계속해서 이런 유치원을 빌려서 개최할 수는 없는 일이 아닌가? 예배당을 빌리기도 마찬가지고."

"좋은 생각이군. 군민들 모금을 유도해 보기로 하세."

"흥, 참봉을 위시하여 유림입네 하는 영감탱이들 어디 두고 보라지. 노도와 같이 밀려오는 새 시대의 물결 앞에 곧 무릎 꿇게 될 테니까."

참봉은 달리는 차 안에서 지그시 눈을 감고 있었다. 자동차 한 대를 대절하여 진주로 가는 길이었다. 차가 마동교를 건널 무렵에야 참봉은 눈을 떴다. 평거 다리를 건너 진주 읍내로 들어선 차는 남강 가 요정이 즐비한 곳에 멈추었다.

사인랑(沙茫廊). 참봉이 자주 들르는 요릿집이었다. 차에서 내려 안으로 들어서는 참봉을 본 역인(役人)들이 저마다 허리를 굽혔다. 사방에 청홍사 초롱이 수없이 걸려 있는 뜰을 몇 걸음 가로질러 들어가기도 전에 앞서 기별을 받고 와 일찍부터 기다리고 있던 두 기생이 달려 나왔다. 수년 전에 참봉이 머리를 올려준 기생들이었다.

"어르신!"

"어서 오시옵소서."

"오냐. 그간 잘 있었느냐?"

모갑과 모홍은 각각 참봉의 왼팔과 오른팔을 안고, 그가 오래전부터 정해 놓고 드나드는 독채의 풍류방에 들었다.

"오늘은 너무 번거롭게 차리지 말거라."

"안색이 안 좋으십니다, 어르신?"

"요즘 그럴 일이 좀 있다."

"집안에 무슨 우환이라도 있사옵니까?"

"아주 큰 집안의 우환이지."

두 기생은 영문을 몰라 하였다. 하지만 더 묻지는 않았다. 참봉이 말을 돌려서 하는 것으로 보아 더 물어보았자 직답을 들을 수 없을 것 같아서였다. 잠시 후 아이기생들이 작은 상을 들였다. 모갑이 한 잔 따랐다.

"무슨 술이냐?"

"지난번에 소리를 배우러 악양에 들렀다 돌아오는 길에 읍내 객사에 있는 계수나무 껍질을 조금 벗겨다가 담가둔 것입니다. 어서 맛을 좀 보시어요."

"너조차 그 나무에 손을 대었구나."

"그 나무에 손을 대면 아니 되는 까닭이라도?"

"아니다."

한 모금 술맛을 본 참봉은 잔을 내려놓았다.

"이 술은 머잖아 내가 쓸 데가 있으니 잘 담아 두거라."

모홍이 밖에 일러 다른 술을 가져오게 하였다. 참봉은 취기가 오르자 속내를 비쳤다. 그때서야 참봉의 안색이 좋지 않은 이유를 안 모갑이 위로의 말을 꺼냈다.

"아무리 그래도 그렇지 객사를 헐어 학교를 짓겠다니, 얼마나 상심이 크시겠사옵니까?"

"이젠 나로서도 말리지 못할 일이 되어버렸다."

모홍이 아양을 떨었다.

"천하에 어르신이 작정하시면 못하실 일이 뭐이가 있겠사옵니까? 제 술도 한잔 드시면서 천천히 생각하시어요."

그때 모갑이 참봉 곁에 바짝 다가앉았다.

"어르신, 귀를 좀."

모갑이 무어라 귓속말을 하였다. 참봉의 얼굴이 성냥불을 댄 듯

심(燈心)처럼 환하게 밝아졌다. 참봉의 귀에서 입을 뗀 모갑이 덧붙였다.

"그리만 하신다면, 그 다음부터는 아무 탈 없이 천년만년 갈 것이옵니다."

"내가 거기까지는 사려가 미치지 못했구나. 네 꾀가 장이 용타."

"허면, 어르신. 이제 이년이 시 한 수 지어 올리겠사옵니다."

모홍이 가져다 놓은 필묵을 모갑이 당겨 종이 위에 몇 글자 썼다. 그리고는 참봉에게 붓을 건네었다.

"어르신이 댓구를 놓아주시어요."

참봉이 적어 내렸다. 그렇게 몇 수를 나누는 동안에 모홍은 중얼중얼 읽는 시늉을 하며 이따금 호들갑스러운 감탄을 자아내는 것이었다.

'하동의 비밀동지 한 사람이 연초팔매원을 습격할 것입니다.'

'매사 조심해야 하느니.'

'그동안 그들의 행적을 잘 살펴 왔기에 아무 문제가 없을 것입니다.'

'만주에서 지난번에 들른다더니, 자금은 가져갔느냐?'

'예, 어르신. 한데, 경북에서 벌어진 심산 선생의 뒷일이 아직 마무리가 안 되었으니 다음부터는 미리 연락을 하지 않고 불시에 들르겠다고 하였습니다.'

'잘 알았다.'

참봉은 붓을 놓으며 짐짓 큰 소리로 말하였다.

"이제 그만 하자꾸나. 허허, 내가 오언으로는 모갑이를 못 당하겠구나."

"어르신, 거 어인 말씀이옵니까? 이년의 시 구절이 형편없어 남들이 볼까 두려우니, 이 자리에서 다 태워버려야겠사옵니다."

모홍이 밖의 기척에 귀를 기울이는 가운데 모갑은 윗목에 놓아 둔 화로를 당겨 신선로 화통 속의 숯불을 옮겨 담았다. 그리고는 참봉과 주고받은 필적을 부젓가락으로 뒤적이며 일점 흔적도 남기지 않고 말끔히 살라버렸다.

"자, 이제 너희 둘 중 누가 시조 한 대목 해 보려무나."

읍내 비파리 화산골을 돌아다니던 정모는 드디어 꽃돌을 찾아 하나 찾아내었다. 캐내고 보니 다듬잇돌만한 것이었다. 겉을 잘 갈아 다듬고 받침대를 만들어 세워 놓으면 썩 훌륭한 모양새가 날 듯하였다.

"이 정도면 오십 전은 충분히 받겠는 걸?"

몇 해 전에 진주 골동품거리를 지나치다가 그런 돌을 일본인들이 사 가는 것을 보고 신기하게 여겼다. 군내에 그런 돌이 천지인데 하며 의아스럽게 여기다가 용기를 내어 수석 상점 주인에게 물으니 돌이 있으면 얼마든지 가져오라는 것이었다.

처음에는 캐낸 그대로 내다팔다가 차차 이력이 붙자 표면을 갈고 나무로 받침대까지 만들어서 손을 더 댈 것도 없이 그대로 손님한테 팔 수 있도록 가져다주었다. 일본인 주인은 흡족하게 여겨 값을 좋게 쳐주었고, 정모는 석수장이 일을 하는 것보다 더 나은 돈을 벌게 되어 일없는 날이면 군내 온 산을 뒤지고 다니곤 하였다.

"어두워지기 전에 어서 내려가야겠군."

캐낸 꽃돌을 지게에 얹어 지고 힘겹게 산길을 내려오던 중에 저 앞 모퉁이에서 사람들의 비명소리가 들렸다. 정모는 걸음을 재촉해 갔다. 모퉁이를 돌아드니, 남자와 여자가 쓰러져 있었다. 얼른 지게를 내려놓고 다가갔다.

여자는 목과 팔이 부러져 있었고, 남자는 머리가 터져 피를 철철 흘리고 있었다. 그들 옆에는 연초를 실은 손수레가 놓여 있었다. 여자가 손을 겨우 들어 가리키는 쪽을 바라보니 검은 옷을 입고 검은 모자를 쓴 사람이 황급히 산등성이 너머로 사라져 가는 것이었다. 다시 고개를 돌리자 여자는 그새 혼절해버린 뒤였다.

"이 일을 어쩌지?"

고민하던 정모는 지게는 내버려둔 채 연초가 반쯤 실린 손수레에 남자와 여자를 싣고 읍내로 끌고 내려와 경찰서에 신고하였다.

순사가 그들의 신원을 알아내었다. 남녀는 진주연초원매팔(晉州煙草元賣捌)주식회사 하동영업소의 연초수매인인 강도성과 목진숙이었다. 두 사람은 손수레를 끌고 각 동네를 돌아다니며 연초판매 출장을 끝내고 영업소로 돌아가던 중에 백 원이 넘는 돈이 든 손가방을 탈취당하였다는 사실까지 밝혀졌다.
 순사는 그들이 사고를 당했던 당시의 정황을 물었다.
 "검은 양복을 입은 것 같았고, 모자를 깊이 눌러 쓴 뒷모습만 멀리서 본 지라……."
 정모에게서 별다른 혐의를 찾지 못한 순사는 그의 인적사항을 적고 돌려보내주었다. 경찰서를 나온 정모는 그 자리에 가서 지게를 되찾아 악양 정서리의 집으로 돌아왔다. 기분이 영 개운치 않았다.
 "집에 있나?"
 영대가 수돌을 데리고 찾아왔다. 안색이 좋지 않음을 묻자 정모는 앞서 있었던 일을 말해주었다.
 "허우대가 커 보이고 온통 검은 옷에 검은 모자를 쓴 자……."
 "그 범인이 아무래도 불령선인(不逞鮮人) 같지 않아?"
 "모르지. 독립군인지도 어쨌든 네가 다치지 않았으니 그만 잊어. 행여 다음에도 그런 일이 있거든 그냥 모른 척하고 지나가."
 "사람이 다쳐 있다면 어떻게 그냥 지나가겠어?"
 "잘못하면 뒤집어쓸 수도 있기에 하는 말이다. 지난번에 은홍이 놈처럼."
 "참, 감옥에 들어가 있는 은홍이는 앞으로 어떻게 되는 거야?"
 "모르긴 해도 벌방살이를 좀 더 해야 할 걸?"
 지난 유월에 악양 사람들과 청암 사람들 사이에 풀싸움이 일어났었다. 그런데 사건에 대해 두 지역 사람들의 말이 서로 달랐다.

악양 면민들의 말은 이러하였다. 청암면의 면장이 그 지역민들에게 악양 사람들이 회남재를 넘어와 풀을 베거든 모두 빼앗으라고 하였다. 그래서 풀을 다 빼앗긴 뒤 돌아와 악양 면장에게 대책을 호소하였다. 면장은 산림조합비를 청암면에 다 내었으니 풀을 빼앗길 하등의 이유가 없다고 하였다. 그래서 다시 회남재 너머로 풀을 찾으러 갔는데, 청암면 서기 김영낙이 청암면 주재소 순사를 앞세워 왔다. 순사는 허리에 차고 있던 칼을 뽑아 위협하고 또 칼등으로 때려서 악양 면민들이 부상을 입었다.

이에 청암 사람들의 말은 달랐다. 원래는 악양 면장이 산림조합비를 다 납부하지 않아 우리 청암 면장이 악양 사람들이 넘어와 풀을 베거든 빼앗으라고 하였다. 풀을 빼앗긴 뒤에야 비로소 악양 면장이 미납된 조합비를 다 내었다. 그런 연후에 악양 면민들이 다시 넘어와 풀을 도로 찾아가던 중에 석 짐이 적다고 시비를 일으켰다. 청암면 서기 김영낙을 집단폭행하는 바람에 신고를 받고 순사가 출동하였다. 순사가 오자 더욱 격분한 악양 면민 중 한 사람이 돌을 던져 순사가 얼굴에 맞는 바람에 경찰서에서 무장순사들이 출동하여 악양 사람들이 들고 있던 낫을 빼앗고 옷을 벗긴 뒤 모조리 체포하여 구금시켰다.

"어느 쪽 말이 맞는지, 참."

그리하여 악양 농민 열일곱 명이 잡혀 들어갔는데, 두 지역 간의 분위기가 살인이라도 날 듯 극도로 험악해져 진주에서 검사와 서기까지 직접 와서 조사를 하기에 이르렀고, 더욱이 악양 면장 신동규까지 그 지역 면민과 순사 간의 충돌을 선동하였다는 혐의로 구인되어 있는 상황이었다.

"은홍이 그놈은 왜 순사한테 돌을 던져가지고 일을 크게 벌였는지, 참."

"저는 결코 던진 일이 없다잖아."

"혼자 안 던졌다고 하면 뭐하느냔 말이야. 청암 놈들이 죄다 은홍이를 지목하여 돌을 던졌다고 했다는데."

"하여간 순사 놈이 돌을 맞아 이마가 까졌다고 하니, 개심봉(改心棒)으로 반송장이 되도록 얻어맞든지 죽도록 고문을 당했을 거야."

"아직까지 면회도 안 된다지?"

"응. 악양면과 청암면이 서로 화해하기로 했다는 말이 들리던데 그렇다고 쉽게 풀려나기야 하겠어?"

정모는 영대에게 찾아온 까닭을 물었다.

"그런데 웬일이야?"

"그간 별렀던 일을 하자고 왔지."

"그래? 이래저래 심란한데 그러면 오늘 그 일이나 후딱 해치워버리자."

세 사람은 집을 나와 걸었다. 개치 앞에 이르러 영대는 나루터에 매어 놓은 배를 풀어 강에 띄웠다. 그리고는 물길을 따라 내려가 흥룡리 강변 대숲 아래에 대었다. 정모가 주위를 둘러보았다.

"장소가 아주 멋진데?"

영대가 삽으로 움을 파는 동안 정모는 낫으로 대를 쪘다. 수돌은 영대가 파낸 흙을 삼태기에 담아 강에 뿌리곤 하였다. 대나무를 움 사방 벽에 세우고 거적을 둘렀다. 바닥에도 거적을 깔고 움의 바깥 벽과 지붕은 잎이 달린 대나무 잔가지를 덮었다. 그리고는 강 쪽으로 거적문을 내었다.

"아재예, 여기 샘이 있어예."

수돌이 강변의 작은 사초(沙礁)에서 물방울이 볼록볼록 솟아나는 샘을 발견하였다. 생각지도 못한 일이었다. 정모가 기특하게 여겨 머리를 쓰다듬어주었다. 대롱을 박아 물길을 움집 앞으로 내었다. 바가지를 받쳐 놓으니 모래와 물이 같이 흘러들었다.

"양철통이라도 가져다 놓아야겠군. 모래를 가라앉히면 마실 만할 거야."

"자, 이제 낚시터를 만들어 볼까나."

움집 바로 앞에 있는 바위들 사이에 낚싯대를 걸쳐 놓을 자리를 셋 만들었다. 수돌은 제 자리까지 있는 것을 알고 좋아하였다.

"이름을 뭐로 할까?"

"이름? 무슨 이름?"

"양반들은 집에다가 다 이름을 짓잖아? 뭐이뭐이당 뭐이뭐이정 이라고."

"그딴 걸 따라 하자고?"

"그래도 집 이름이 있으면 좋잖아?"

"큰비 오면 잠겨서 떠내려갈 건데 뭐 하러 이름을 지어?"

"떠내려가면 다시 지으면 되지 뭐. 그러니 영대 네가 근사한 걸로 하나 지어봐라. 술 한 되 받아줄게. 소원이다."

"이름이 금방 지어지나. 생각해 볼게."

"그러면 오늘은 집을 지은 기념으로 한 마리만 잡아 볼까나."

셋은 깻묵을 뭉쳐 매단 낚싯대를 드리운 채 나란히 앉아 강을 바라보았다. 수면 위로 붉은 노을이 비치고 있었다. 잔잔한 물 빛깔이 고왔다. 흐르는 듯 마는 듯한 강 여기저기에서 숭어가 쪽쪽 소리를 내며 뛰어놀아 고요함을 깨고 있었다.

영대는 지난날 읍내 장터에서 만났던, 진주고보 교복을 입고 있었던 세 학생을 떠올렸다. 저마다 두 눈에서 깊은 빛이 나는 게 여간 당당한 위풍이 아니었다. 머릿속으로 몇 년 뒤의 수돌에게 그 교복을 입혀보고 모자를 씌워보았다. 영대는 저도 모르게 흐뭇해졌다.

"수돌아, 너 학교에 안 다니고 싶으냐?"

눈길을 찌에 둔 채 묻는 영대의 물음에 수돌은 대답하지 않았다.

"글 배우면 나라 팔아 묵는 문서나 짓는다면서예? 안 다닐랍니더."

"너는 나라 팔아먹은 놈들보다 더 많이 배워서 나라 되찾아오는 문서 만들면 되지."

"그기 어디 그리 쉬운 일이겠습니꺼."

"사람이 마음 독하게 먹고 노력하면 못할 일이 없지."

잠시 입을 다물고 있던 수돌이 딴소리를 하였다.

"아재는 장가 안 갑니꺼?"

"장가? 허헛, 그냥 너랑 이렇게 살련다."

정모가 끼어들었다.

"참, 신대리에 계시는 유 명창이 집을 좀 고쳐야 한다더라."

"돈은 많이 준다더나?"

"소리꾼이 돈이 어디 있겠어?"

"공짜로 고치겠다는 심보야, 그럼?"

"내 생각인데, 집을 고친다기보다 우리 소리를 지킨다고 생각하고 영대 네가 손 좀 봐주면 좋겠다. 배운 것들은 신가요니 뭐니 하는 것만 부른다마는 입술만 오물거리는 그런 게 어디 맛깔나고 구성진 우리 소리만 하겠어?"

국창이라고 불리는 조선팔도 제일의 소리꾼 유성준. 한때는 어전에서도 소리를 하여 큰 칭찬과 함께 거금을 하사받았다는 그였다. 여러 해 전부터는 고향으로 돌아와 가끔 소리를 배우러 찾아오는 사람한테나 가르치며 여생을 한가롭게 보내고 있었다.

"정모 너의 부탁이니 모른 척할 수는 없지."

집은 사랑채 한 모서리 쪽이 크게 파손되어 기둥이 기울었고 지붕이 내려앉아 있어 위태로웠다. 비가 새는 것은 쉽게 짐작할 수 있었고, 사람이 들어 있다가 지붕 전체가 폭삭 내려앉기라도 한다면 자칫 큰일이 날 만하였다.

"작년 여름에 벼락을 맞아서 이렇게 되었다네. 다 고치는 데 얼마나 걸리겠는가?"

"보름 뒤에 원래대로 해 놓겠습니다."

영대와 정모가 사랑채를 보축(補築)하는 동안 유성준이 소리를 강(講)하는 일은 안채에서 이루어졌다.

유성준과 마찬가지로 악양 출신이지만 진주에 살면서 진주예기조합에서 아이기생들에게 소리를 가르치고 있는 이선유와 산청 출신의 청년 소리꾼 박헌봉이 이따금 머리를 올린 기생들을 데리고 드나들었다. 진주 기생 모갑과 모홍, 진교 기생 남순선과 남농월이었다.

"인간천지 백인간은 부귀공명 쓸데없고, 황국단풍 구추시에 섬진강에 배를 건너……."

"따다다다닥!"

유성준이 채로 북통을 두드려 소리를 멈추게 하였다.

"동편제는 맺고 끊는 대목을 잘해야 한다. 서편제처럼 목을 쓰면서 기교를 부리면 소리 맛이 안 난다는 말이다."

고개를 끄덕인 이선유가 박헌봉에게 말하였다.

"기산(岐山), 자네가 이 아이들한테 한 소리 틔워주지 않겠나."

"어디 한번 해보게."

유성준이 북채를 고쳐 쥐었다. 기생들이 하다가 만 화개타령을 박헌봉이 처음부터 다시 해 나갔다.

"인간천지 백인간은……."

소리를 마치고 나자 유성준과 이선유는 아주 흡족한 얼굴이었다. 기생들은 이목이 수려하게 생긴 젊은 소리꾼 앞에서 낯을 붉혔다.

"이 사람은 소리 연륜이 좀 더 배면 그 수리성 하나로 장안을 호령하겠군."

"아직 더늠이 약하다는 말을 듣고 있습니다."

"그야 자네가 애쓰기에 달린 일일세. 부디 정진 또 정진하게."

남농월이 이선유에게 물었다.

"스승님, 저희는 언제 두 분 스승님의 토별가를 배울 수 있겠사옵니까?"

"허허, 이년들이 걸음마를 떼기도 전에 뛰려고 하는구나. 때가 되면 어련히 강(講)하지 아니 할까 그러느냐. 마음을 조급히 내지 말고 예 계신 유 명창의 가르침을 잘 새기거라."

사랑채 보수를 끝내고 마당을 치우고 있던 정모가 영대에게 다가와 귓속말을 하듯 말하였다.

"영대 너도 삿대질 할 때 수돌이랑 메기고 받고 하는 화개아리랑 한 대목 좀 제대로 가르쳐 달라고 해보지?"

"쓸데없는 소리!"

마무리를 깨끗이 끝낸 두 사람은 안채로 갔다.

"이제 다 되었습니다."

"그래? 그간 고생이 많았네. 한데, 목재다 기와다 하는 재료비와 자네들 삯은 얼마나 쳐주어야 하는가?"

영대는 말을 하지 않고 머뭇거렸다. 딱히 금을 놓는 말이 나오지 않았다. 정모가 팔꿈치로 옆구리를 툭 치자 그때서야 속에 있는 말을 꺼냈다.

"재료값이야 그렇다 치더라도 삯이야 이렇다 하고 정해진 금이 없습니다만, 진주에 있는 관(館)에서 하룻저녁 놀아보는 것이 소인이 평소에 소원하는 바인지라……."

곁에 앉아있던 정모의 눈이 휘둥그레졌다. 유성준이 웃었다.

"그래? 허허, 그러면 큰일이군. 보름 삯치고는 아주 비싼데?"

모갑이 입을 열었다.

"스승님, 심려하지 마십시오. 제가 부담하겠습니다."

"그래서야 쓰나."

"아니옵니다. 저희 같은 몸뚱어리야 저 섬진강 강물이 아니옵니까? 이 굽이 저 굽이 부딪히면서 한세상 흘러가면 그뿐인 터에 굳이 이 배 저 배 가려 띄워서 무엇 하겠습니까?"

이선유가 짧은 탄식을 하였다.

"으음."

남순선이 끼어들었다.

"아무래도 모갑이가 저 치에게 마음이 있는 듯하옵니다."

"언니도 참?"

"네 정녕 그러하냐?"

"스승님, 어인 말씀을 다……."

유성준은 모갑이 말끝을 감추자 북을 둥 쳤다.

"그럼 됐다. 허허."

그리고는 마당에 서 있는 영대를 돌아보고 말하였다.

"자네들이 고소원이라고 하니, 조만간 날을 가려서 이 아이들과 한판 놀아보게나."

제4장 계영루의 달빛

영대와 함께 요릿집이 즐비한 대안동 어귀로 들어선 정모는 난생 처음 와 보는 곳이라 머리가 쭈뼛하고 다리가 뻣뻣해져 걸음이 제대로 떼이지 않았다. 진주관, 백마관과 같은 밝고 큰 건물들에서 저도 모르게 위압감을 느끼고 자꾸만 주눅이 드는 탓이었다.

"영대야, 그냥 대폿집에나 가서 한잔하고 돌아가자. 우리 같은 처지에 무슨 요릿집이냐."

"여기까지 와서 그냥 돌아가자고? 잔말 말고 따라 와."

읍내 이발소에서 머리를 깎아 기름을 발라넘기고, 세탁소에 들러서는 잘 다려 놓은 양복과 모자를 차용하였으며, 양화점에서는 구두까지 빌려 신은 차림으로 거금 이 원씩 내고 하동에서 진주까지 승합자동차를 타고 와 도착한 곳이었다.

"그 요릿집 이름이 뭐라고 했더라?"

"사인랑 아냐?"

"그래, 저기 있네."

요릿집 문 옆 담벼락에는 인력거들이 줄지어 있었다. 두 사람은 안으로 들어섰다. 역인 하나가 잠시 기다리라 하고 코머리를 불러왔다. 코머리는 두 사람이 낯선 얼굴이라 가만히 물었다.

"어디서 오시는 손님들이시옵니까?"

"하동 유 명창 댁에서 왔네."

"아, 그러시옵니까? 어서 드시옵소서."

코머리는 아담한 풍류방으로 안내하였다. 그녀는 문드림잔을 내어오게 한 뒤 기생들의 명렬첩(名列帖)을 내놓았다. 앞쪽에는 그 집에 딸려있는 기생들이 적혀 있었고, 뒤쪽에 예기조합에 소속되어 있는 기생들의 이름이 나열되어 있었다. 영대는 갈피를 넘기다가 명단에서 모갑과 모홍을 발견하고는 그 둘을 부르라 일렀다.

"그 아이들은 일패인지라······."

"일패라 불러주지 못하겠다는 건가?"

"그것이 아니옵고, 그 아이들은 손님들의 풍류심을 돋우는 가무만 하는 기생들인지라 약주 자시는 재미를 즐기시려면 저희 집에 있는 아이들을 부르시는 것이 나을 듯하여 드리는 말씀이옵니다."

"우선 이 아이들을 불러주게. 그 다음은 천천히 생각해 보겠네."

밖으로 나온 코머리는 심부름을 하는 사내아이를 예기조합에 보냈다. 조합에서는 인력거 두 대를 불러 모갑과 모홍의 집으로 가게 하였다. 얼마 지나지 않아 그 둘이 탄 인력거가 나란히 사인랑 앞에 멈추었다. 한껏 단장을 한 모갑이 먼저 내려 모홍과 함께 들어갔다.

코머리를 따라 풍류방으로 들어선 모갑과 모홍은 두 사람에게 큰절을 올린 뒤, 한쪽 무릎을 세워 앉고는 차례로 이름을 말하였다. 그리고는 슬쩍 영대와 정모를 바라본 뒤에 코머리에게 뭐이라 소곤거렸다. 코머리가 나간 뒤 삼패기생 둘이 들어와 영대와 정모 옆에 앉았다. 영대가 입을 열었다.

"이것들은 뭐이냐?"

"술을 칠 아이들은 있어야 하지 않겠사옵니까."

"되었네. 우리는 창기들과 분탕질을 하려고 온 것이 아니라 풍류나 한바탕 즐기려고 왔으니 이 아이들은 내보내게."

모갑이 눈짓으로 삼패기생들을 일어나게 하였다. 영대는 정모에게 술을 따라주고는 제 술잔에도 술을 부었다. 스치는 눈길에 방 입구 왼편 구석에 놓인 두 쪽 가리개가 들어왔다. 한쪽에는 동백, 다른 한쪽에는 매화 그림이 수놓아져 있었다. 영대는 혼잣말인 듯 중얼거렸다.

"기생과 선비를 나타낸 그림이군."

모갑이 자수 가리개에 눈을 주었다가 말하였다.

"손님은 저것을 보고 어찌 그렇게 생각하셨습니까?"

"동백의 붉은 꽃은 기생의 얼굴이요 푸른 잎은 풍성한 초록치마가 아닌가. 또 매화의 흰 꽃은 선비의 얼굴이요 앙상한 가지는 곧은 지조를 나타낸 것이겠지. 그림을 보니, 추위에 시달리는 매화를 동백이 풍성한 치마폭으로 푸근히 품는 듯하이."

"……."

정모가 긴장감을 달래려고 안주도 제대로 집지 않은 채 연거푸 술을 마시다가 어느새 취기에 젖어들었다. 그동안 모갑과 모홍은 세운 한 무릎에 두 손을 가지런히 포개어 올려놓고, 허리를 펴고 앉은 채 꼼짝도 하지 않았다.

"영대야, 내가 노래 하나 할까?"

영대의 대답이 나오기도 전에 정모는 젓가락으로 상을 치면서 그의 장기인 화투타령을 시작하였다.

"정월 솔솔 서남풍에 이월 매조를 맺어 놓고……."

이월령도 넘어가기 전에 영대가 젓가락을 뺏어 상 위에 올려놓았다.

"어울리지 않게시리."

모갑이 영대에게 물었다.

"손님은 저 글이 무슨 뜻인지 알아보시겠습니까?"

영대는 고개를 들어 바라보았다. 천장 밑에 편액이 하나 걸려 있었다. 고려시대 대시인 백운거사(白雲居士) 이규보의 시였다. 영대는 스스럼없이 읽고 풀이하였다.

紙路長行毛學士 종이 길에는 모학사가 멀리 가고
盞心常在麴先生 술잔 속에는 항상 국선생이 있네.

"모학사는 붓을 말하고 국선생은 술을 뜻하니 풍류방에 걸맞은 대련이구만. 백운거사가 워낙 시와 거문고와 술을 좋아하여 삼혹호 선생(三酷好先生)이라 불렸다지, 아마."

앞서 두 쪽 가리개의 그림을 평한 것도 그러하거니와 이규보의 시 구절까지 무릇 대패질 까뀌질을 하는 목수의 입에서 나올 말들이 아니었다. 가만히 듣고 있던 모갑은 가슴에 잔잔한 파문이 일었다. 곁에 앉아 있던 모홍도 뜻밖이라 마땅히 할 말을 찾지 못하였다.

"이래봬도 우리 영대가 소시 적에……."

정모의 잔에 제 술잔을 대어 입을 다물게 한 영대가 한 모금 털어 넣고는 말하였다.

"가야금이나 한 곡 뜯게."

영대의 말이 떨어지자 모갑이 가야금을 무릎 위에 올려놓았다. 잠시 줄을 고른 뒤 목청을 틔우려 병창을 해나갔다.

"청사에 길이 남을 진주의 의로움, 두 사당 위에 또 높은 다락이 있네. 덧없는 세상에 온 것이 부끄러워, 피리소리 북소리 따라 되는 대로 놀고 있네."

영대는 숙연한 느낌이 들었다.

"단가도 아니고, 누구의 시인가보군?"

"그러합니다. 명기 산홍이 지은 시입지요."

"그래? 산홍은 어떤 기생이었는가?"

"지난 광무 연간에 내무대신 이지용 대감이 진주 기생 산홍이 기예가 절륜하고 시서(詩書)를 잘한다는 말을 듣고 경성에서 내려와 만나보니 과연 그러하기에 거금 일만 원을 주겠노라며 소실이 되어 달라고 청하였습니다. 이에 산홍은 '세간이 대감을 두고 오적(五賊)의 수두(首頭)라고 하는데 이년이 비록 천한 기생이오나 사람 구실만은 근근이 하고 있는 터에 어찌 역적의 첩이 되오리까' 했답니다. 이 대감은 그 말을 듣고 격분하여 산홍의 뺨을 한 대 갈기고는 그 자리를 박차고 나가버렸습니다. 그 뒤에 산홍은 이 대감이 강제로 데려다가 탐할까 하여 스스로 목숨을 끊었습지요."

"그런 일이 다 있었군."

"좀 전에 병창을 해 올린 시는 산홍이 그 전에 의기사(義妓司)를 찾았었는데, 그때 지었다고 합니다."

영대는 더 길게 앉아서 술 마실 마음이 나지 않았다. 그만 일어나자는 말에 정모는 머뭇거리기만 하였다.

"뭐해? 가자는 말 못 들었어?"

"버, 벌써?"

"이만하면 유 명창 댁 사랑채를 고친 삯으로 충분해."

일어나 방문을 여는 영대를 모갑과 모홍은 만류하지 않았다. 뜰로 나오자 대청에 앉아있던 코머리가 부리나케 내려와 어찌 벌써 가느냐고 소매를 잡았다. 영대는 웃는 낯으로 타일러 손을 놓게 하고 사인랑을 나왔다. 정모가 자꾸만 뒤를 돌아다보았다. 모갑과 모홍은 문 밖으로 따라 나와 영대의 등짝을 향해 말없이 허리를 숙였다.

정모는 틈만 나면 요릿집에서 논 값보다 진주까지 차려입고 가는 비용이 더 들었다며 영대를 몰아세웠다. 그때마다 영대는 그래그래 하며 고분고분 받아주었다. 해가 바뀌자 닦달해대던 정모는 제 풀에 스르르 수그러들었다.

"영대! 이보게, 영대! 안에 있는가?"

"누구십니꺼?"

수돌이가 방문을 열고 밖으로 나왔다. 화개 면장 김진호가 면 서기를 데리고 서 있었다. 뒤이어 영대도 나왔다.

"날이 찬데 어떻게 여기까지 올라왔습니까?"

"좀 들어가세."

방에 앉은 김진호는 찾아온 용무를 꺼냈다.

"군청에서 객사를 헐 예정인데 해체작업을 할 마땅한 사람을 찾다가 자네에게 맡기기로 했다네."

"할지 아니 할지 물어보지도 않고 군에서 어찌 내게 마음대로 맡기겠다는 겁니까?"

"그래서 이렇게 내가 직접 찾아오지 않았는가 말일세."

"멀쩡한 객사는 왜 헐려고 한답디까?"

"그 자리에 무슨 학교를 지어야 한다더군."

"학교를요?"

"그렇다네. 맡아주겠지?"

"그야 뭐······."

"돈내기로 삼십 원이 책정되어 있는 모양일세. 자네가 생각하기에도 거금이 아닌가?"

"그 일에 달리 유의할 건 없습니까?"

"다만, 해체할 적에 기와와 각각의 재목은 다시 쓸 수 있도록 원형을 보전해야 한다는 게 유일 조건일세."

"그거야 어려운 일이 아니지요."

"그럼 자네가 맡기로 한 걸로 알고 이만 가네."

영대는 그 일로 받게 될 거금 삼십 원을 떠올렸다. 그 돈이면 수돌을 보통학교에 보내 졸업할 때까지 뒷바라지할 수 있는 금액이었다. 그 다음 진학은 그때 가서 생각할 일이었다. 영대는 많이 남기기 위하여 다른 인부는 쓰지 않고 손발이 잘 맞는 정모와 잔심부름을 시킬 수돌만 데리고 공사를 하기로 마음먹었다.

객사의 남문 계영루부터 철거해야 하였다. 영대는 정모와 함께 왕대를 여섯 달구지나 쩌 날랐다. 그것으로 계영루 주위에 기둥을 세우고 띳장을 대어나갔다. 비계가 완성되자 비계 위에 다리를 놓았다. 연일 이른 새벽부터 늦은 저녁까지 작업을 하였다. 겨울이라 해가 늦게 뜨고 일찍 지는 것이 못내 아쉬웠다. 수돌에게 횃불을 들게 하고 밤늦게까지 작업을 이어간 날도 하루 이틀이 아니었다.

"달빛 참 좋다!"

기와를 다 덜어내는 것으로 한 꼭지를 마친 정모가 마른 홍두깨 흙이 덕지덕지 남은 지붕 위에서 하늘을 바라보며 내뱉었다. 아래에서 마지막 기왓장을 받아 쌓아 놓은 영대도 무심코 달을 보았다.

"달빛이 저 계수나무에 걸리는 모습이 보기 좋아 이 누각을 계영루라고 했다지? 좀 아깝다는 생각이 드네."

"아깝긴 뭐가 아까워? 빨리 내려와. 오늘은 그만 하자."

계영루의 지붕이 중머리 깎은 듯한 것을 보고 길을 지나던 군민들과 일부러 찾아와 살펴보던 청년들은 저마다 한마디씩 하였다.

"속이 다 시원하네."

"양반 상놈 없어진 세상이니 저런 것도 이제 필요 없지, 암."

"그래도 우리 하동에서 아름답기로 제일로 꼽는 누각이긴 했지."

"그러면 뭐해? 애들 월사금도 못 내서 학교에서 쫓겨나는 마당인데? 말끔히 헐어버리고 새 학교를 짓게 되면 월사금도 좀 싸질 걸?"

지난 섣달에 하동공립보통학교에서 월사금을 미납한 학동을 다 쫓아낸 사건을 떠올린 말이었다. 재학생 칠백오십 명 가운데 무려 삼백 명이나 쫓겨나자 학부형들이 분개를 하여 학교에 찾아가 격한 어조로 항의를 한 뒤 대책을 강구하고 있는 중이었다.

영대와 정모는 지붕에 올라가 서슬을 걷어내고 서까래를 들어내는 데 여념이 없었고 수돌은 그들이 땅바닥에 던진 재목들을 집어 안아서 한쪽에 쌓아가고 있었다. 누군가 작업장에 쓱 들어섰다.

"둘 다 여기 있다기에……."

"어? 너, 은홍이 아냐?"

"은홍아! 야, 이놈아! 너 언제 풀려났어?"

두 사람은 지붕에서 내려왔다. 배은홍이 씩 웃었다.

"며칠 되었지."

영대는 그의 한쪽 팔이 부자연스러운 것을 보고 물었다.

"너, 팔은 왜 그래?"

"왜놈들한테 고문을 받아서 이렇게 되었지, 뭐. 평생 불구로 살 걸 생각하니 원통해 죽겠다. 이제는 더 무서울 것도 없고 해서 나도 돈만 좀 있으면 서장 놈을 고소해서 매운 맛을 보여주고 싶은데 그럴 힘이 없으니."

"고소를 한들 순사 놈들이 고문했노라 떠벌리겠어? 아서라."

"그런데 어떻게 고문을 당했길래 그 지경이 다 되었어?"

"말린 소 거슥으로 매일같이 마구 두들겨 맞았어. 맞다가 기절하면 물을 끼얹어 깨워서 또 때리고, 비명을 지르면 시끄럽다고 젖은 걸레로 입을 틀어막고……."

"쯧쯧, 얼마나 고생이 심했어 그래?"

"안타깝지만 어쨌든 그만하길 다행이다."

"일 끝내려면 멀었어?"

"아니. 영대야, 오늘은 이만 마무리하자."

"그래 그러자. 우리의 친구 배은홍 군의 석방출옥 환영연을 거행

해야지."

 영대는 흥룡리 강가에 지어놓은 그들만의 비밀 낚시터로 배은홍을 데리고 갔다. 둘러본 그가 즐거워하였다. 정모가 강물에 담가둔 어망을 건져 보여주었다. 커다란 잉어가 세 마리 들어있었다.

 "이거 한 마리 회쳐서 먹자."

 "쓸개는 은홍이 먹이자. 몸보신시켜 줘야지."

 정모는 잉어회를 뜨면서 영대와 진주 요릿집에 가서 기생들과 놀았던 얘기를 들려주었다. 배은홍이 목소리를 크게 내었다.

 "나는 감옥에서 죽을 고생을 하고 있었는데 너희 두 놈은 요릿상 받아놓고 기생을 끼고 놀았다고?"

 "미안해. 다음에 기회가 있으면 너도 데려가 줄게."

 "칫, 또 그런 기회가 생길라고."

 "영대가 방 안에 걸려 있는 그림과 글씨를 풀이하니까 기생 년들이 놀라서 꼼짝도 못하더라, 하핫."

 "하긴, 영대는 글공부를 많이 했었으니까."

 낚시터에 앉아 있던 영대는 아무 말을 하지 않았다. 어릴 적 한때 글 스승이 있었다. 악양의 한학자 박민채였다. 그가 매계리를 넘어 화개로 다니던 길에 집에 들러 목을 축이곤 하였던 것이 인연이 되었다.

 아비의 부탁으로 박민채는 영대에게 천자문을 깨우쳐 주었고, 동몽선습, 명심보감, 소학을 차례로 떼어주었다. 그러는 동안 아비는 그 보답으로 그의 집채 곳곳을 손봐 주었고, 산에서 캐거나 잡은 귀한 것들도 철마다 가져다주었다.

영대가 소학을 다 읽고 나자 박민채는 책 한 상자를 주었다. 그만하면 혼자 공부를 할 수 있다는 말과 함께. 영대는 아비가 세상을 뜰 때까지 그 책들을 읽고 또 읽었다. 하지만 세상은 신학문 바람이 거세게 불었고, 더구나 일본인 천지가 되고나서부터 영대가 한 공부는 더더욱 쓸모가 없게 되어버렸다.

"이제 다 되었어."

움집에 둘러앉아 소주와 잉어회를 나누어 먹다가 정모가 말하였다.

"객사를 헐어내는 게 잘하는 일인지 잘못하는 일인지 모르겠단 말이야."

"시켜서 하는 일인데 잘하고 못하고가 무슨 문제야?"

배은홍의 말에 정모가 물었다.

"영대 너는 어떻게 생각해?"

영대는 수백 년 된 건물을, 그것도 하동의 자랑거리인 아름다운 누각을 제 손으로 해체하여 없애버리고 있다는 데 대하여 회의감이 엄습하였다. 하지만 그 자리에 학교가 들어선다니 그나마 위안이 되었다. 또 일을 끝내고 나면 받을 거금의 보수로는 수돌을 학교에 보낼 수 있게 된다는 생각에 다른 것은 조금도 고민하고 싶지 않았다.

"영대야, 이 집 이름을 지어보라는 거 어떻게 되었어?"

영대는 짤막하게 말하였다.

"벌래재."

"뭐, 벌레제? 그러면 우리가 벌레란 말이야?"

"무식한 놈."

"영대가 어련히 알아서 속 깊은 이름을 지었을라고."

"그런가? 그러면 무슨 뜻인지나 좀 알려줘."

"그냥 왜놈들 없는 세상에서 살고 싶어서 지은 거니까 그렇게만 알아."

"알았어. 벌래재이든 벌레재이든 이름이 뭐 그렇게 중요하겠어? 그리고 우리가 벌레보다 나을 게 뭐가 있어?"

"아무리 그래도 산짐승도 아니고 물고기도 아니고 하필이면 벌레가 뭐야. 좋은 이름도 많을 텐데."

"벌래재보다 더 좋은 이름 없다. 그런 줄 알아."

"그래, 벌레면 어떻고 버러지면 어떠냐. 되는 대로 살아가는 이 놈의 세상!"

영대가 수돌에게 말하였다.

"올봄에는 학교에 보내줄 테니 그렇게 알고 있어."

"예? 학교라고예?"

"계영루를 다 헐었다고 합니다."

"재목은 어떻게 했다던가?"

"군청 창고에 보관하고 있는 중이라고 들었습니다."
"어디다 쓰려고?"
"경찰서장이 일본으로 내어가려고 한다는 말이 있습니다."
"서장이? 무엇 때문에?"
"가져다가 일본에 있는 제 놈 집 연못가에 누각을 세울 작정이라고 합니다."
"이런 고얀! 절대로 못 내어가게 해야 하느니."
"말릴 방법이 없지 않습니까?"
장호인의 말을 들은 참봉은 사랑채 마당을 거닐며 서장이 재목을 반출하지 못하도록 할 방법을 찾기에 골몰하였다. 전날 모갑이 귀띔한 일을 추진하려면 그에 앞서 재목을 확보하는 것이 시급하였다.
"이크, 이크……."
뒤뜰에서 소리가 나 걸음을 옮겼다. 여형규가 택견의 발길질을 하고 있다가 멈추었다.
"날이 추운데 어찌 나와 계십니까?"
"삼한사온이라더니, 그래도 어제오늘은 좀 풀렸구나."
"읍내 객사가 헐렸다면서요?"
"그렇다는구나. 한데, 그 재목과 기와를 서장 놈이 내어가려고 한다는구나."
"그까짓 거 뭐이 그리 대단하다고 걱정을 하십니까?"
"모르는 소리 말거라. 못 내어가게 해야 하는데 큰일이다."

"그러면 불이라도 질러버리지 그러십니까?"
"뭐이? 불을 질러?"
참봉은 아무 생각 없이 철없는 소리를 한다 싶어 혀를 찬 뒤 돌아 나왔다. 서안(書案) 앞에 앉아 곰곰이 생각하니 철없는 생각만은 아닌 듯하였다. 재목을 내어가지 못하게 하려면, 말릴 만한 마땅한 방법이 없다면 불이라도 질러야 할 판이었다.
"그렇게 하여 재목의 절반이라도 건질 수만 있다면……."
참봉은 아우 여경엽을 불렀다.
"불을 내겠다니요?"
"그렇다네. 운암 자네가 힘을 좀 써 주게."
"제가 어떻게 도와드려야 합니까?"
"잘 알아보고 군청 고원(雇員) 중에 적당한 놈 하나를 물색하게. 일을 치른 뒤 입막음을 할 비용은 좀 넉넉히 들일 생각을 하고"
일이 의도한 대로 될지 복잡한 심사가 된 참봉은 읍내로 향하였다. 번화가에 들어서니 신사에서 경찰서까지 길 양편에 늘어 서 있는 석등에 전등불이 환하게 켜져 있었다.
계영루가 있었던 자리는 어둡고 휑하기만 하였다. 고사목이 된 채 계영루까지 잃어 더없이 쓸쓸하게 여겨지는 계수나무에 한 줄기 달빛이 내리고 있었다. 나무에 머물던 달빛은 이윽고 사라진 누문(樓門)을 찾아 여기저기 헤매기 시작하였다.
"내 반드시 재현하고 말리!"

참봉은 향교를 향해 걸었다. 며칠 남지 않은 음력 정월대보름의 줄싸움 준비를 하느라 온 읍내가 밤에도 떠들썩하였다. 하루에 한 번씩 사흘 간 겨루는, 연중 군민들이 가장 많이 참여하고 응원하는 최대의 잔치로 열려오고 있는 전통이 깊은 행사였다.

"형님, 대보름날에 일을 치르기로 하였습니다."

"그래? 그러면 줄싸움을 하는 마지막 날이 되겠군. 불이 나면 금방 끌 수 있도록 채비를 단단히 해야 하네."

"온 군민이 읍내에 모이다시피 하는 날이니 불을 끄는 거야 그렇게 어려운 일이 아니지 않겠습니까?"

"혹시라도 물이 부족하여 재목을 다 태워버리는 큰 낭패는 일어나지 않도록 해야 한다는 말일세."

"잘 알겠습니다."

동군과 서군으로 나뉜 군민들은 집집마다 짚을 내어 꼰 새끼를 들고 나와 줄싸움에 쓸 굵은 동아줄을 엮어갔다. 한 편 줄의 길이만도 백 미터가 넘었고 굵기는 어른의 몸통보다도 굵었다.

대삭전(大索戰)이 시작되자 승부는 동군과 서군이 서로 한 차례씩 이겨 대보름날의 마지막 시합에서 최종 승자가 가려지게 되었다. 이틀 간 일대일 승부를 짜고 진행하였다가 남은 하루에 진짜 시합을 벌이는 것이 해마다 정해진 약속이었다.

대보름날 해질녘이 되었다. 크고 둥근 달이 떠오를 무렵, 동군과 서군 모두 동아줄을 메고 장마당 앞 대로로 향하였다. 긴 행렬은 마치 큰 용이 꿈틀거리며 들어오는 듯하였고, 용머리에 올라탄 앞 소리꾼은 큰 소리로 줄소리를 선창하였다.

"저 건너 서군 줄은!"

그러자 줄을 메고 있던 줄꾼들이 후렴을 넣었다.

"어영차, 허어 허!"

"썩어빠진 새끼줄이요!"

"어영차, 허어 허!"

"우리네 동군 줄은!"

"어영차, 허어 허!"

"질긴 쇠사슬 줄이로다!"

"어영차, 허어 허!"

마주 보며 대로에 들어선 동군과 서군은 줄을 내려놓았다. 동군의 수줄 머리와 서군의 암줄 머리를 걸 때 서로 유리하게 걸려고 한참 동안 실랑이가 이어졌다. 행여 군민들 간에 육박전이라도 날까봐 경찰서 순사들과 군내 전 주재소 순사들이 다 동원되어 장검을 찬 채 지켜보고 있었다. 서로 자기편을 응원하려고 대로에 운집한 군민들은 일만 명도 넘었다.

날이 어두워지자 모든 가로등에 불이 들어왔다. 바로 그때 줄머리가 걸렸다. 신호가 나기 전에 줄을 건드려서는 안 되었다. 줄꾼들은 모두 긴장된 눈빛으로 줄머리 앞에 서 있는 군수의 손을 바라보았다.

"시작!"

군수가 손에 든 깃발을 내리면서 외쳤다. 그러자 경찰서장이 하늘을 향해 공포를 한 발 쏘았다. 그것을 신호로 줄꾼들은 줄을 들어 올려 서로 당기기 시작하였다. 징과 꽹과리, 북소리가 요란하게 울려 퍼졌다. 줄꾼들과 응원하는 군민들은 한목소리를 내었다.

"영차, 어영차!"

한 군내에서 흉년 풍년을 가릴 것이 있으랴만, 이기는 편에는 풍년이 들고 지는 편에는 흉년이 든다는 속설을 곧이곧대로 믿는 군민들은 행여 자기편이 지기라도 할까봐 가슴을 졸였다.

"줄이 어느 쪽으로 넘어가고 있는 거야?"

"아직 팽팽한데?"

"아니야, 조금씩 우리 쪽으로 당겨오고 있는 것 같지 않아?"

"사람이 많아서 어디 제대로 보여야 말이지."

이윽고 승부가 가려졌다는 총소리가 났다.

"탕!"

"우와, 만세!"

줄을 놓은 동군들이 환호성을 터뜨렸다. 응원하던 사람들도 악기를 두드리며 줄꾼들을 따라 만세를 불렀다. 정묘년 음력 정월대보름의 줄싸움에서 지고만 서군 쪽은 땅바닥에 퍼질러 앉아 아이고 아이고 하며 통곡하는 시늉을 하였다.

아우 여경엽과 서 있던 참봉은 시끄러운 군중 속에서 초조한 얼굴로 군청 쪽만 바라보고 있었다. 갑자기 청사 위 하늘이 밝아지는가 싶더니 불길이 치솟았다. 여경엽은 곁에 서 있던 사람들에게 눈짓을 하였다. 그들은 손나팔을 만들어 소리쳤다.

"불이야!"

"군청에서 불이 났다!"

놀란 사람들이 일제히 그쪽을 바라보았다. 군수는 입을 쩍 벌리며 사색이 되어버렸다. 서장이 얼른 순사들에게 불을 끄라고 지시를 내리자 그제야 군수도 군중을 향해 큰 소리로 외쳤다.

"군민 여러분! 어서 불을 꺼야 합니다!"

군민들이 우르르 달려가기 시작하였다. 어느새 바가지며 대야며 양동이를 찾아들고 나서는 사람들도 있었다. 서장의 지휘에 따라 사람들이 길게 늘어섰다. 신사의 우물과 객사 터에 있는 샘물을 길어 올린 그릇들을 손에 손을 이어 건네었다. 군청 직원들은 손수레를 끌고 짐자동차를 몰아 섬진강 강물을 퍼 날랐다. 수많은 사람들이 합세한 터라 오래지 않아 불길은 잡혔다.

하지만 다음 날 아침까지도 잿더미에서 연기가 피어올랐다. 불이 난 곳은 헌 객사의 재목을 보관하고 있는 창고였다. 세 칸 중에 한 칸은 다 타버렸고 두 칸에 넣어둔 재목도 일부분 화마를 입어 재목과 기와가 절반이나 못쓰게 되어버렸다.

불탄 재목 중에는 대들보도 있었다. 다른 재목들은 그렇다 치더라도 수백 년 된 칡뿌리라는 대들보가 다 타버려 군청은 발칵 뒤집

했다. 서무주임 카타쿠라가 경찰서에 방화 여부를 가려 달라고 수사를 의뢰하였다. 분개한 경찰서장은 직접 담당 형사를 정하여 철저히 수사하라는 명령을 내렸다.

고등계 형사 요코야마가 대보름날 밤에 숙직하였던 군청직원 두 사람을 불러다가 취조를 하고 있는데 군청의 주류조사 담당 고원(雇員)인 신덕용이 머쓱한 얼굴로 나타나 자수를 하였다. 창고 근처에서 남포를 켜 놓고 술을 마시다가 용변을 보러 가려고 하였는데, 그때 그만 남포등이 발에 차이는 바람에 유리가 깨지고 불붙은 석유가 창고로 흘러들어 재목에 옮겨 붙어버렸다는 자백이었다.

범인이 순순히 제 실수임을 자인하고 어떠한 처벌이라도 달게 받겠다는 데야 더 수사를 하고 말고 할 것이 없었다. 신덕용이 평소에 불령한 자도 아니었고 그저 시키면 시키는 대로 잡일을 해온 일개 고용인이라 그의 뒤를 캐볼 것도 없었다. 수사는 그렇게 일단락되었다.

"재목은 얼마나 소실되었나?"

"마리때가 전소되어 버렸고 보며 도리도 절반밖에 남지 않았습니다."

"그러면 반출해 보았자 별 쓸모가 없겠군."

"제 생각에도 그렇습니다, 서장 각하."

"에잇, 그것 참."

서장이 재목을 내어가려는 뜻을 접었다는 정보를 얻은 참봉은 고개를 끄덕였다. 신덕용은 과실방화의 죄를 얻어 징역 육 개월에 처해졌다. 참봉은 은밀히 그의 집에 황소 한 마리 값과 상답 서 마지기를 떼어주었다.

"불에 타고 남은 재목을 구입하시겠다고?"

"그렇소."

"그걸 어디다 쓰려고?"

의구심을 가지고 묻는 군청 서무주임 카타쿠라에게 장호인이 별 일 아니라는 듯 말하였다.

"우리 어르신이 향교 뒷산에 아담한 정자를 한 채 짓겠다고 하오."

"정자를?"

카타쿠라는 잠시 생각하더니 말하였다.

"그건 내가 결정할 수 있는 일이 아니니 상부에 보고한 뒤에 알려주겠소."

카타쿠라는 군수 백남일에게로 갔다. 남은 재목을 사다가 정자를 짓겠다는 말에 백남일은 행여 뭔가 잘못되기라도 할까봐 경찰서로 가서 서장에게 의견을 구하였다. 서장은 군수가 있는 자리에서 군내 제일간다는 풍수쟁이를 불러들여 물었다.

"향교 뒷산에 정자를 짓는 걸 허락해도 되겠나?"

"그 산 이름이 갈마산인데, 목마른 말이 물을 마시고자 섬진강에 머리를 박고 있는 형국입지요. 만약 정자를 짓게 된다면 말의 등을 무겁게 누르게 되어 말이 비록 물은 마실지언정 달릴 힘을 얻지 못하게 되니 불령한 자들의 발호를 억누르는 효력이 있을 것입니다."

서장은 빙그레 웃으며 군수를 바라보았다.

"정자를 짓든 저택을 짓든 아무 문제없겠군?"

"그러면 재목을 내어주도록 하겠습니다."

"불하하더라도 쉽게 불하한다는 느낌을 주지는 않도록 하시오."

군청 서무주임 카타쿠라로부터 답변이 돌아왔다. 하지만 재목 값을 턱없이 부르는 것이었다.

"오백 원이나 달라고 했다고?"

"예, 어르신."

"이놈들이 반밖에 안 남은 재목을 두고 황소 다섯 마리 값을 쳐 달라니. 그래 그 서무주임 놈이 다른 말은 하지 않던가?"

"어차피 먹고 자고 하던 곳의 재목이니 향교 뒷산에 옮겨 지어 거방지게 한바탕 놀아보든지 마음대로 하라고 하였습니다."

"고얀 놈! 오백 원이나 받아서 어디다 쓰려고 한다는 말은 없었는가?"

"그 자리에 새로 지을 학교의 건립비용으로 쓰지 않겠습니까?"

"알겠네. 가서 그 금액에 구입하겠다고 하게."

"한데, 어르신. 풍수쟁이의 말이……."

이야기를 다 듣고 난 참봉은 놀라 얼른 풍수쟁이를 불러들였다.

"자네가 서장실에서 한 말이 사실인가? 갈마산 정기를 누르게 된다고?"

"그렇지 않사옵니다. 목마른 말이 물을 먹었으니 안장을 얻어 달려야지요. 정자는 안장이 될 것입니다."

"안장이 된다?"

"그렇습니다. 안장을 얻으면 주인이 올라탈 것이고 그렇게 된다면 천 리 길을 단숨에 내달리게 되지요."

"그 언사 참 묘할세."

"두고 보십시오. 우리 하동은 예로부터 다섯 분야에서 큰 인물이 날 지형지세를 갖추고 있는데, 나라를 구해 낼 큰 장수와 나라에서 제일가는 예인, 문사, 부호, 관리가 바로 그들입니다.

큰 장수로는 임진년에 정기룡 상승장군이 이미 출현하였고, 큰 예인으로는 오늘날 국창으로 불리는 악양의 유 명창과 이 명창이 있는 바입니다. 갈마산 말이 안장을 얻게 되면 이제 드디어 큰 문사와 큰 부호와 큰 관리가 차례로 나타날 것이니 두고 보십시오."

"으음."

"하고, 머잖아 일제는 망하고 말 것입니다."

"마, 망하다니?"

"한 나라가 다른 나라를 경영하려면 가장 먼저 그 나라의 백성들로부터 인심을 얻어야 하는데 왜놈들은 우리 대한 백성들의 인심을 얻기는커녕 뿌리를 도려내고 짜내고 긁어가기에만 바쁘니 어찌 줄기찬 항거에 부딪히지 않겠습니까?"

"힘없는 백성들이 맨주먹으로 항거를 한다고 왜놈들이 망하기야 하겠는가?"

 "덕불고(德不孤) 필유린(必有鄰)이라 하였습니다. 우리 대한은 예로부터 덕이 있는 나라로 이어져 왔으니, 반드시 머잖아 이웃이 있을 것입니다."

제5장 학을 닮은 사람들

참봉은 가까운 몇 사람과 더불어 짓고 다듬은 통문(通文)을 하동 유림 전체에 보냈다. 원로 몇 사람을 제외하고는 거의 다 쌍계사 청학루에 모여들었다. 이층 맞배지붕으로 된 청학루의 방과 방 사이 칸막이 문을 다 떼어내어 보기에도 시원하고 널찍하였다.

주지승 우담(愚潭)이 유차(儒茶)를 내어왔다. 어머니의 젖 맛과 같은 맛이 있다고 해서 조아차 또 달리 젖먹이차라고도 부르는 부드러운 차였다. 다식으로는 삶은 밤이 놓였다. 한 사람이 입을 열었다.

"지난 삼월 초칠일에 오사카에서 큰 지진이 일어났다고 합니다."

"일본 전역에서 교통이 끊기고 가옥이 파괴되었다고 하니, 그것 참."

"수년 전 계해년 가을에 간토 대지진이 일어났을 때 조선인들이

방화와 약탈을 자행한다고 왜놈들이 헛소문을 퍼뜨린 뒤 눈에 띄는 대로 수천 명을 살해한 일이 있지 않았습니까? 행여 그런 사태가 다시 일어날까봐 심히 걱정이외다."

"그런 일이 재발하지 않기만 바랄 수밖에. 우담이 불전에 가피를 좀 빌어주오."

"소승, 그리합지요. 나무관세음보살."

"자, 이제 다 모인 것 같으니, 중보의 말씀을 들어보기로 하십시다."

참봉은 높이 걸려 있는 편액을 올려다보고 있었다. 운제시(韻題詩)로, 옛 사람들이 본격적인 시 짓기를 하기에 앞서 운(韻)을 정한 시였다.

青鶴起樓臺拘外 청학은 세상 밖 누대에서 날고
仙人幾度來仙去 신선은 왔다가도 또 돌아가네.
鶴歸千年後豈知 학이 떠난 천년 뒤를 어찌 알리요.

참봉이 눈길을 돌려 입을 열었다.

"지난날의 영귀사(咏歸社)를 다시 발족하는 것이 어떻겠소?"

"영귀사라면 청학음사를 말씀하시는 게요?"

"그렇소."

"거 좋은 생각이오. 그렇게 하십시다."

"허면, 앞서 시회(詩會)를 열었던 원로 어른들께 자문을 구해야 하지 않겠소?"

"그래야 하겠지요. 경북 유림의 사건에 연루되었던 회봉 선생님도 지난달에 면소방면 되었으니 한번 찾아뵙는 길에 여쭈어보도록 하십시다."

참봉은 진주 기생 모갑이 담근 계피주를 내었다. 그리고는 넌지시 객사 남문 계영루 옆에 있는 계수나무 껍질을 벗겨 담근 것이라고 알려주었다. 사람들은 고개를 끄덕이며 음미하였다.

"중보께서 계영루를 헐어낸 재목을 매입하겠다고 하셨다면서요?"

"소문에 듣자니, 그 재목으로 정자를 짓고자 하신다던데 그게 사실이오?"

"그렇소 나 혼자서 일을 진행할 수도 있지만 우리 하동의 유림이 나서서 한뜻으로 같이 참여하는 게 좋을 것 같아서 오늘 이리 회동을 청한 것이오."

"그러면 그 재목의 구입비를 십시일반 모으자, 그 말씀이오?"

좌중이 눈치를 보는 가운데 이병용, 박민채, 이성래, 최상열 등이 찬성을 하고 나섰다. 그러자 반대를 하고 나설 이렇다 할 명분이 없어 대부분 동의하는 의견을 나타내었다.

"이보오, 중보 중지(衆志)가 모여졌으니 그 일은 청학음사와는 별도로 계를 결성해서 추진해야 하지 않겠소?"

"여러분들 뜻이 그러하다면 그렇게 해야겠지요."

"허면, 어디에다 지을 생각이오?"

"우리 하동은 수해가 잦으니 기왕 옮겨 짓는 거, 지형이 낮은 곳에 지어서는 안 될 것이오."

"향교 뒷산에 지을까 하오만……."

"갈마산 산정이라?"

"거 괜찮겠소이다. 저놈들의 신사보다 높은 곳이니."

"왜놈들이 선선히 거기다가 짓게 하겠소?"

"이미 내락은 받아두었으니 그 점은 심려하지 않아도 되오."

"그래요?"

참봉은 풍수쟁이가 한 말을 들려주었다. 유림들은 반신반의하였다.

"믿을 것이 못 되나, 과히 듣기 나쁜 소리는 아니외다? 허헛."

"정자 이름은 지어놓았소?"

"원래 이름인 계영루를 따 계영정이라고 하는 것도 나쁘지 않을 것 같소만?"

"그렇게 짓자면 계수나무를 옮겨다 심어야 하는데, 이미 죽은 나무를 옮겨 심을 수는 없고 새 나무를 구해다가 심어야 하는 번거로움이 따르지 않겠소?"

"산정에서 보면 섬진강이 굽어보이니 섬호정이라고 하는 것이 어떻겠소?"

"섬호정이라……."

"섬진강을 빼놓고는 우리 하동을 생각할 수 없는 일이 아니오?"

그렇게 하여 정자 이름은 섬호정으로 결정되었고, 옮겨 짓기 위하여 임시로 결성된 계도 섬호정계로 정해졌다.

"청학음사는 정자를 다 지은 이후로 미루는 게 좋겠소."

"그야 그리 급한 일도 아니니 명년에 시회를 가지도록 하십시다."

"지난번 화재로 재목이 반이나 타버렸다는데, 남은 재목과 기왓장으로 계영루를 그대로 재현해 내기란 쉽지 않은 일일 듯하오만?"

"그래서 남은 재목이나마 잘 써서 제대로 지을 수 있는 도편수를 물색하고 있소이다."

"어디 보자, 그런 도편수라면……. 예전에 경남에서 이름난 대목 하나가 화개 선유동에 살지 않았소?"

"그 자는 죽은 지 여러 해 되었고, 그 자식 놈이 제 아비의 기술을 물려받았다지요, 아마."

"영대란 놈 말이오?"

"걸음마를 뗄 적부터 제 아비를 따라 다니면서 까뀌질 대패질로 자란 놈이라고 들었소만."

"허면, 그놈 솜씨도 여간 아닐 터, 그놈만큼 마땅한 놈은 근동에 없을 성싶구려."

"들으니, 그놈은 하나둘씩 왜식 건물이 들어서는 것을 보고는 언제부터인가 먹줄을 놓았다는 말이 있더이다."

참봉이 박민채에게 말하였다.

"회석, 회석이 그놈의 글 스승이지 않았소?"

"글 스승은 무슨, 어릴 적에 이름 석 자 깨우쳐 준 게 다이오."

"허어, 천하의 회석이 성명 삼 자를 깨우쳐 주었다면 축방문은 물론이거니와 더 나아가 문리까지 어느 정도 깨우친 놈이라는 말이 아니오?"

"학정은 거 어인 말씀을!"

"어쨌든 그놈에게 의뢰를 하기로 하십시다."

좌중이 다 같은 뜻을 나타내자 박민채는 못 이겨 한마디 내뱉었다.

"불원간에 한번 다녀오리다."

내놓을 만한 제자는 두지 않았지만 이런저런 인연이 되어 가르친 몇 안 되는 아이들 중에서 영대는 가장 영특하였다. 맨 처음 천(天) 자를 가르치자마자 일(一), 일(一), 인(人)이라고 따로 적더니 그렇게 해도 각각의 글자가 되느냐고, 글자가 되면 무슨 뜻이 되느냐고 물어온 아이였다.

"허허, 두 사람이 올바른 뜻을 모으면 하늘의 이법에 통하느니라."

"그러면 지(地) 자는 어떠하옵니까?"

"토(土) 자와 야(也) 자가 합쳐졌으니 흙을 뜻함이라, 땅은 흙으로써 이루어졌다는 말이니라."

"흙만으로 이루어진 게 아니지 않사옵니까? 물도 있고 돌도 있고 풀도 있는데……."

"흙에 비하면 그런 것들은 아주 적은 부분이란다. 물이 마르면 흙이 남고, 돌도 닳아버리면 흙이 되고, 풀도 흙에 뿌리내리고 살지 않느냐? 그래서 그런 것들을 크게 아울러서 흙으로 보는 것이지."

영대는 천자문을 뗄 무렵이 되자 이미 낱자의 이치는 제법 꿰뚫는 실력을 갖추게 되었다. 기초가 튼튼해진 뒤에는 말할 것도 없었다. 가져다주는 서책마다 무섭게 독파해 나가더니 불과 두 해도 되지 않아 통감을 읽어내기에 이르렀다. 그 즈음 그의 아비가 죽자 돌연 글하기를 접고 스스로 입에 풀칠하는 일에 온종일 매달리는 것이었다.

"학업은 중도에 그만두면, 아니 시작한 것만 못하느니라."

"옛 책을 수백 권 읽은들, 세상을 살아가는 법을 알기로는 소학교에서 가르치는 산술 한 권의 쓸모만 못하지 않사옵니까?"

글이 머리에 들고, 세상이 눈에 뜨인 아이, 두터운 영특함과 얄팍한 간교함의 길목에서 홀로된 삶의 힘겨운 무게를 짊어진 아이에게는 현실적인 문제가 아닌 그 어떤 것도 숭고하지 않았다. 박민채는 두말하지 않고 그 자리에서 사제의 인연을 끊어버리고 말았다.

"인재(人才)는 천운(天運)에 달려있느니."

박민채가 방에 들자 영대는 절을 하려고 하였다. 옛 스승은 호통을 쳐 말렸다. 영대는 하는 수 없이 몸을 반쯤 돌려 꿇어앉았다. 수돌이 교과서와 공책, 연필, 고무 따위를 늘어놓은 채 만지작거리며 몹시 좋아하고 있다가 영대의 말을 듣고 얼른 싸안고 나갔다.

한동안 박민채는 아무 말도 하지 않았다. 수돌의 모습에서 어린 영대를 떠올린 탓이었다. 영대 역시 그러한 눈치를 모르는 바 아니었다.

"제 이름 자나 쓸 수 있게 하려고……"

"이름 자 쓸 줄 안다고 사람 된다더냐?"

영대는 입술을 붙인 채 아무 대답도 하지 않았다. 묻는 말이 아니라는 것을 잘 알고 있어서였다. 박민채가 명령하듯이 말하였다.

"정자 한 채 짓거라."

"정자라니요?"

"네 놈이 헐어낸 계영루 재목으로 향교 뒷산에 정자를 한 채 지으란 말이다."

"소, 소인 그리는 못하옵니다."

"못하다니?"

"천석꾼 만석꾼 하는 사람들이 기생을 끼고 풍류판이나 벌일 그런 정자는 짓지 않겠다는 말씀입니다."

"뭐이라? 이놈이 말이면 다 하는 줄 아느냐!"

"그렇지 않으면 달리 무슨 뜻이 있사옵니까?"

"네 이놈!"

박민채는 화를 내려다가 혀를 차고 말았다.

"쯧쯧, 시근머리가 고작 그 정도이니 네 놈이 아직 이 산속에서 짐승 꼴을 못 벗었지."

옛 스승이 싸늘한 얼굴로 돌아가고 나자 영대는 기둥 앞에 놓아둔 큰 독의 뚜껑을 열고 막걸리를 한 바가지 떠서 벌컥벌컥 마셨다. 산밭 일로 오다가다 목을 축이기도 하고, 때로는 밥 대신 서너 바가지씩 떠 마시기도 하는 것이었다. 영대는 박민채가 내려간 길을 바라보며 툭 내뱉었다.

"젠장, 내 말이 틀렸나."

박민채는 제대로 걷지 못하였다. 영대가 거절하리라고는 생각지도 못한 일이기에 부아가 더 크게 치밀었다. 세상이 사람을 만들고, 세월이 심성을 굳히는 시절이었다. 사람으로 태어나 갖추기로는 효와 충이 먼저이나, 버리기로도 그것이 먼저가 된 지 오래였다.

참봉은 계원들이 낸 계금으로 군청 창고에 보관 중이던 재목을 사들여 놓고 있었다. 가장 중요한 대들보가 불에 타 쓸모없게 된 것을 알고는 좌중도 크게 탄식하였다. 수백 년이 된 칡뿌리를 어디서 다시 구하느냐 하며 상심이 이만저만 아니었다.

"그래서 서장 놈이 반출을 포기한 모양이군 그래."

그 자리에 든 박민채는 면목 없는 목소리를 내었다. 좌중도 생각지 못한 일이라 의아해하였다.

"그놈이 거절하였다고요?"

"더는 그놈 이름일랑 꺼내지 마오."

참봉과 좌중은 더 말을 하지 않았다. 박민채의 태도로 보아 영대가 옛 스승을 박절히 대한 것만은 틀림없다고 여겼다. 최상렬과 이병용이 차례로 입을 열어 먼 길을 다녀온 박민채를 위로하였다.

"찾아보면 정자를 지을 만한 목수 하나 없겠소?"

"옳은 말씀이오. 회석, 너무 괘념치 마오."

계를 결성하고 재목도 사들인 마당이라 유림이 갈마산 꼭대기에 정자를 지으려 한다는 소문은 소문이 아니라 확정이 된 일로 퍼져 나갔다. 그런 유림에 대한 청년들의 반감은 전에 없이 커지고 있었다.

군민들도 청년들이 하는 말에 귀를 기울이고 있어 여론은 날이 갈수록 악화되기만 하였다. 그러는 가운데 하동면 면민대회가 면사무소에서 열렸다. 임시의장을 맡은 김기완이 미리 상정되어 있는 안건을 하나씩 들어 토의에 올렸다.

"섬진강수리조합에서 수리제방공사에 쓰기 위하여 광평송원 앞 섬진강변의 모래를 퍼내고자 취토(取土) 허가를 받은 건입니다."

"취토는 무슨 취토! 그 송림 한가운데로 제방을 굴착한다고 하면서 애꿎은 소나무만 수백 그루를 채벌하지 않았소!"

"어디 그것뿐이오! 채벌한 소나무를 임의로 내다 팔기까지 하였다고 하오!"

"면장은 수리조합에 내어준 허가를 당장 취소해야 하오!"

"그렇소! 중지시켜야 하오!"

면장 이보형이 그렇게 하겠다고 답변하여 다음 안건으로 넘어갔다.

"청년 회관을 짓는 데 자금이 턱없이 부족합니다. 어렵사리 부지를 매입해 놓고 기초공사를 하던 중에 더 진척을 보지 못하고 있는데 좋은 의견이 있으면 말씀해 주십시오."

"청년 회관을 하루 빨리 완공해야 오늘과 같은 면민 대회나 이보다 큰 군민 대회를 여는 데 장소 때문에 불편함을 겪지 않을 것입니다."

"그렇습니다. 청년 회관이라고 해서 청년들의 전유물이 아님을 인식해야 할 것입니다. 다시 말해 전 군민들이 모여서 군정에 대하여 기탄없이 발언을 할 수 있는 공회당으로도 쓰인다 이 말씀입니다. 그러니 군민들이 더욱더 많은 관심을 가지고 기부금을 희사하는 데 인색하지 말아야 하겠습니다."

"듣자 하니, 향교 직원을 위시하여 몇몇 사람들이 계를 조직하여 갈마산 꼭대기에 정자를 짓는다고 합니다. 정자 지을 돈이 있으면 청년 회관 짓는데 희사를 할 것이지 시대착오적 발상으로 자기네들 먹고 놀 생각만 하니 정자를 짓지 못하도록 해야 합니다."

"그 말씀에 동감입니다. 지금이 어느 때인데 한가하게 정자나 짓는다고 그러는지 모르겠습니다."

"우리 하동 면민의 이름으로 정자 건립을 중지할 것을 촉구합시다!"

"정자 건립비용을 청년 회관 건립에 기부하도록 전 군민이 나서서 압력을 행사합시다!"

여형규는 남대우와 유창현과 함께 면민 대회를 지켜보다가 폐회가 되자 화심리 집으로 돌아왔다.

"어른들이 정자 짓는 일을 추진하는 게 쉽지 않겠어."

"말이야 바른 말이지, 정자보다는 청년 회관이 더 필요하지 않아?"

"자자, 우리는 그런 일에 신경 끄자."

"선윤(善潤) 형, 기타 솜씨 좀 보여줘."

"그럴까?"

여형규는 세워 둔 기타를 끌어안았다. 남대우는 주머니에서 하모니카를 꺼내 만지작거렸다.

"뭐 듣고 싶어?"

"지난번에 태수 형이 발표한 것 있잖아?"

"섬진강탄곡 말이구나."

여형규가 기타 줄을 고르자 남대우가 하모니카를 입에 대었다. 유창현이 노래를 흥얼거렸다.

아, 바람 품은 돛 밑에 쓰러진 몸이
헤어가신 옛님의 추억을 품고
섬진강물 따라서 흘러가려마
아, 이 몸 둘 곳 어디냐 흘러가련다.

기타를 치던 여형규가 2절부터는 같이 불렀다.

"아, 울어볼까 웃어라 울어도 보자. 기약 없는 나그네 추억을 품고……."

한바탕 노래를 끝낸 여형규가 말하였다.

"나는 하루 빨리 만주로 가서 독립운동을 하고 싶어."

"형은 지금도 하고 있잖아?"

유창현이 웃으며 말하자 여형규는 고개를 저었다.

"그런 게 독립운동 축에나 끼겠어?"

남대우가 물었다.

"형은 왜 그렇게만 생각해? 뭐 크게 활동을 해야 독립운동인가."

"지난번에 연초판매원을 급습하고 강탈한 돈은 어떻게 할 거야?"

"인편에 부쳐야지."

"지금까지 얼마나 모았어?"

"이천 원쯤 될 거야."

"그만큼이나?"

"우리 하동에 사는 왜놈들 중에서 제일 부자인 사이토 놈의 집을 턴 게 가장 컸어."

"선윤 형, 그 돈 말이야. 청년 회관 짓는 데 기금으로 희사하는 게 어때?"

"안 돼. 출처를 의심받을 걸?"

"하긴 그럴 수도 있겠네. 아무리 부잣집 아들이라고 해도 아직 학생이니."

"그것뿐만이 아니지. 혹시 춘부장께서 돈의 출처를 물으신다면 대답을 드리기도 곤란하잖아?"

"그런데 경찰서 사법주임 마쯔에가 휘하에 있는 사복순사들을 시켜서 계속 탐문하고 있는 모양이더라. 연초수매인들이 다친 일은 뒷전이고, 사이토의 집을 턴 사건을 두고 말이야."

"마음대로 수사해 보라지. 내 꼬리를 밟을 수 있는가, 하하."

사공은 나루터에 배를 대었다. 고리짝을 지고 먼저 배에서 내린 삼복이 뱃줄을 당기고 있는 가운데 남옥과 보리가 내렸다. 삼복이 사공에게 말하였다.

"예서 기다리오."

남옥은 화개동천을 거슬러 올라갔다. 건너 산비탈 밭에서는 보리가 누렇게 익어가고 있었다. 마치 가을 억새밭을 떠올리게 하였다.

주재소와 면사무소를 차례로 지나 약수터에 이를 무렵이었다. 저 앞에서 말을 타고 오는 일행이 있었다. 경찰서장의 행차였다. 남옥은 장옷을 고쳐 쓰고 길을 비켜서서 그들이 지나가기를 기다렸다. 서장이 말을 멈추었다. 그리고는 묘한 눈길로 남옥의 차림을 굽어보았다.

"뉘 집 여인인가?"

삼복이 떠듬떠듬 대답하였다.

"읍내 화심동 참봉 댁 아씨이옵니다."

"그래? 어딜 가느냐?"

"절에 불공을 드리러 가는 길이옵니다."

서장은 부관에게 물을 떠오라 시키고는 몇 모금 마셨다. 그리고는 남옥의 행색을 한차례 더 훑어보더니 가던 길을 이어갔다. 정복을 입고 그의 뒤를 따르는 여남은 순사들이 궤짝을 하나씩 메고 있었다. 그들이 다 지나가기를 기다려 삼복이 다시 길에 들어섰다.

"아씨, 목이라도 축이시렵니까?"

"아니다. 그냥 가자."

멀리 푸른 차 숲에서 흰 치마저고리를 입고 흰 머릿수건을 쓴 채 광주리를 끼고 차를 따는 아낙네가 많았다. 녹음 속에 삼삼오오 들어있는 그녀들은 솜꽃이 피어있는 듯하였다.

차밭이 없는 산비탈에서는 온통 칡덩굴이 퍼져 나가고 있는지 은은한 칡 내음이 코끝을 건드리고 있었다. 길에는 이따금 칡뿌리 같은 얼굴을 한 사내들이 지나갔다. 물지게를 진 어부들이었다. 지게 양 끝에 갈고리로 단 나무 물통 속에는 화개동천에서 산 채로 갓 잡은 은어가 가득 들어있었다. 삼복이 힐끗힐끗 들여다보고는 입맛을 다셨다.

다리를 건넜다. 넓적하고 큰 바위에 글씨가 새겨져 있었다. 오른쪽 바위에는 쌍계(雙磎), 왼쪽 바위에는 석문(石門), 네 글자 모두 어린아이가 쓴 것 같이 천진스러움이 배어나는 글씨였다.

오르막길을 조금 올라갔다. 일주문이 나타났다. 삼신산쌍계사(三

제5장 학을 닮은 사람들

神山雙磎寺)라고 그린 듯이 쓴 현판이 처마 밑에 걸려 있었다. 오체(五體)의 묘리에 이르렀다는 해강(海岡) 김규진의 글씨였다.

금강문, 천왕문을 차례로 지나자 늘어진 노랫가락 소리가 들려왔다. 바로 앞 팔영루에서 나는 소리였다. 범패승이 상주권공재를 강습 중이었다. 사람이 죽어 사십구재를 지낼 때 상주에게 공덕을 쌓아 망자를 극락으로 천도하여야 한다고 권하는 축문이었다. 범패승이 이따금 광쇠를 흔드는 가운데 홋소리로 다섯 글자씩 선창을 하자 강습승들이 따라 합창을 하였다.

절을 사방으로 두른 숲은 온통 칡덩굴이 휘감아 타고 있었다. 법당 앞에는 작은 못이 있었고 못 가에는 거북등이 큰 비석을 받치고 있었다. 비석을 중심으로 하여 사방으로 장대를 세워 늘어놓은 줄 밑에는 희고 붉은 연등이 빽빽이 매달려 있었다. 다가오는 사월초파일을 맞이할 채비를 하느라 젊은 중들과 늙은 절보살들이 분주히 오갔다.

삼복이 지고 온 고리짝을 내려 풀어 놓았다. 보리가 떡시루를 안고 남옥을 따라 법당으로 들어섰다. 보리가 불전에 올려놓자 장옷을 벗은 남옥은 초를 켜고 향에 불을 붙였다. 그리고는 뒤로 물러나 단정한 맵시로 삼배를 올렸다.

남옥은 밖으로 나와 신을 신었다. 삼복이 두피만 가릴 만큼 짧게 머리를 깎은, 바삐 지나가는 젊은 중을 불러 세웠다.

"주지스님 어디 계시오?"

젊은 중은 남옥의 행색을 보고 신분이 귀한 여인으로 여겨 따라오라고 하더니 주지실로 갔다. 방 안에는 두 손님이 들어있었다. 댓돌 위에 곰발바닥만한 칡미투리와 작은 검정고무신이 놓여 있음으로 그렇게 짐작하기 어렵지 않았다. 미투리는 다 헤져 있었고, 고무신은 새것이었다. 젊은 중이 안에 아뢰려는 것을 남옥이 말리고는 밖에서 기다렸다.

"나이가 너무 많아서 어린아이들과 공부하기가 쉽지 않을 터인데……."

"분란을 일으킬 아이는 아닙니다."

"입학을 할 시기도 지났고, 다른 학부형들의 의견도 들어봐야 하오."

"주지스님이 잘 좀 말씀해 주십시오. 절에서 운영하는 학교가 아니면 올해 들어갈 데가 없습니다."

"거참 안타까운 일이로다."

주지승 우담은 수돌에게 물었다.

"너, 동생들과 사이좋게 공부할 수 있겠느냐?"

"예, 스님. 선생님 말씀 잘 듣고 공부만 할 겁니더."

"허헛, 그래? 알았다. 네가 학교에 다닐 수 있도록 내가 닿는 데까지 힘을 써보마."

영대는 수돌과 함께 절을 하고는 밖으로 나왔다. 신을 신은 수돌은 돌아서서 우담을 향해 다시 정성스럽게 허리를 굽혀 반절을 하였다. 두 사람을 따라 나오던 우담은 밖에 있는 남옥을 보고 합장을 하였다. 남옥도 합장으로 받았다. 우담은 깃 고운 학처럼 차려입은 남옥에게 말하였다.

"경운당 아씨, 아니 법화(法華)보살님 아니십니까?"

"그간 잘 계셨습니까?"

"그리고 보니, 오늘이 사월 초하루군요."

계단을 내려오던 영대는 슬쩍 뒤돌아보았다. 주지승이 경운당 아씨라고 부르는 것으로 보아 읍내 화심리 참봉 집에 들어있다는 묘령의 여인, 입방아 찧기를 좋아하는 사내들이 정체를 궁금해 하는 바로 그 여인임이 분명하였다.

"아재예, 그라마 지가 이제 학교에 다닐 수 있는 기지예?"

"응? 으응. 그, 그래."

"참말이지예?"

"암, 꼬, 꼭 다니도록 해야지."

신이 난 수돌이 손을 가리켰다.

"저기 아재가 제일 좋아하는 꽃이 피어있네예."

영대의 눈길이 수돌의 손끝을 따라 갔다. 샛노란 개나리였다. 주지실 안으로 들어서려던 남옥이 무심코 고개를 돌려 활짝 피어 있는 개나리를 흘깃 바라보았다. 영대는 수돌을 데리고 법당 앞으로 돌아 나왔다.

남옥은 문지방 안으로 버선발을 가만히 들여 주지의 방으로 들어갔다. 남옥과 마주앉은 주지승 우담은 민망한 얼굴을 하였다.

"기다리게 해서 죄송합니다. 아까 그 아이가 우리 보명학교에 다니겠다고 찾아와서 말입니다. 지난 삼월에 입학하지 않고 뒤늦게 이렇게 찾아오니 곤란이 이만저만 아닙니다."

"나이도 많아 보이던데?"

"올해 열 살이라고 하니, 이래저래 때를 놓친 아이이지요."

"그렇다고 배우겠다는 아이를 내치는 것은 부처님 뜻이 아닌 것 같습니다."

"허허, 법화보살님 말씀이 옳습니다. 더구나 우리 보명학교 이사님으로서의 말씀이기도 하니 그 아이가 학교에 다닐 수 있도록 다른 분들도 설득해 보겠습니다."

남옥은 우담이 권하는 차를 한 모금 마시고는 잔을 내려놓았다.

"올 햇차 맛은 어떻습니까?"

"좋습니다."

"참, 안부가 늦었습니다. 참봉 어르신과 선윤 도련님은 무탈하시지요?"

"어르신은 요즘 속 깊이 신경 쓰시는 일이 있는지 연일 신관이 어둡습니다."

"그러실 만도 하지요."

남옥이 살며시 고개를 들었다. 우담은 참봉이 계영루 재목을 사다가 향교 뒷산에 정자를 세우고자 유림과 함께 추진하고 있는 일에 관하여 장황히 들려주었다.
"한데, 아까 그 젊은 거사가 거절하는 바람에 차질을 빚고 있는가 봅니다. 흥청망청 먹고 놀 정자는 짓지 못하겠다고 하는 바람에."
"목수가 어디 한둘입니까? 그 목수를 고집하시는 특별한 까닭이라도?"
"솜씨가 제일이랍니다."
남옥은 찻잔을 들다가 우담의 어깨 너머에 있는 책장을 보았다. 여느 때 같으면 칸칸이 꽂혀 있어야 할 책들이 많이 비어 있었다. 우담이 돌아보더니 씁쓸하게 말하였다.
"혹시 오다가 서장 일행을 못 보았습니까?"
"그렇다면 그 사람들이 책을?"
"어디 책뿐입니까. 한 번씩 난데없이 들이닥쳐서는 온 절간을 뒤지고 다니며 희귀한 불경이며, 불상이며, 도자기며 눈에 띄는 대로 집어서 담아 가버리니······. 법당에 모시고 있어서 신도들이 참배하는 불상이나 촛대와 향로, 탱화에는 차마 손대지 못하는 것이 다행이라면 다행입니다."
"어디 새 절을 짓는데 쓰려고 가져가는지요?"
"새 절이 다 뭡니까. 조선의 물건은 그저 웬만한 것이라도 다 보물이라고 여겨서 본토로 가져가려고 그러는 거지요. 소승의 입장에서는 부끄러움이 이만저만 아닙니다."
차를 마신 남옥은 일어섰다.

"오늘밤에는 비문을 돌며 불공을 드리지 않으시고요?"

"곧 초파일이 되니 그때 와서 하겠습니다."

보리가 손을 잡아 신 신는 것을 도와주었다. 주지승은 시자들을 딸린 채 산문 밖까지 따라 나와 배웅을 하였다.

"어르신과 큰 도련님께 안부 전해 주십시오."

"예, 스님. 그럼 이만."

합장하고 돌아선 남옥은 장옷을 썼다. 나루터로 돌아오자 사공이 봄볕에 끄덕끄덕 졸고 있었다. 삼복이 버럭 소리쳐 깨웠다.

"사공!"

하품을 하며 정신을 차린 사공이 배를 띄웠다. 배는 도탄을 지나 물길 따라 천천히 내려왔다. 삽암이 불쑥 튀어나올 듯 서 있었다. 이윽고 동정호가 고요한 자태를 나타내었다. 군데군데 물밤 풀이 수면을 뒤덮고 있었다. 본류에 합류하는 악양강을 뒤로 한 지 얼마 되지 않아 자개치 아래 미점 마을에 이르렀다. 작은 초가들이 고즈넉이 앉아 있었다.

뒤편 멀리 고소성 성곽이 보였고 산줄기는 형제봉으로 가서 우뚝 멈추었다가 낮아지며 아련히 북쪽 구름 사이로 들어갔다. 산은 온통 붉은 빛이었다. 철쭉이 떨기에 떨기를 덮고 덤불에 덤불을 포개어 비탈 아래에서 산등성이 쪽으로 타올라 가고 있었다. 수만 평을 뒤덮은 울긋불긋한 꽃 더미는 온 지층에서 터져 나온 불길이었다. 봄바람을 타고 남옥의 두 눈 속으로도 꽃 불티가 튀는 듯하였다.

"아씨, 참 볼 만합니다."

"그렇구나."

"저 철쭉꽃밭 속에 한번 들어가 보면 얼마나 좋을까."

"우리 보리가 벌써 시집갈 때가 되었나 보네?"

"아씨도 참."

강에는 고기잡이 나룻배가 여러 척 떠 있었다. 그 중에서 깃발 달린 삿대를 저어가는 배 한 척이 있었다. 삿대질을 하는 사내는 푸릇한 윗도리를 입고 있었는데 열린 품이 뒤쪽으로 뒤집히듯 바람에 날리고 있었다. 청학 한 마리가 물에 떠 날갯짓을 하는 것만 같았다.

사내는 삿대를 놓더니, 투망을 어깨에 걸머졌다. 물속을 가만히 들여다보다가 갑자기 쫙 던졌다. 투망은 꽃처럼 둥글게 펴지며 물속으로 스르르 잠겼다. 그런 뒤 당겨 올리자 함께 타고 있던 어린아이가 투망에 걸린 것을 떼어내었다. 보리가 궁금해 하였다.

"저이는 무슨 고기를 저렇게 잡아 올리지?"

"요즘은 황어가 제철이야."

삼복이 일러 준 뒤 혼잣말처럼 내뱉었다.

"객사 남문을 헐어낸 게 바로 저 목수 놈입니다."

"목수라는 자가 어찌 고기잡이를?"

"그 좋은 재주를 썩히는 까닭을 누가 알겠습니까?"

"참봉 어르신이 추진하고 계시는 정자는 짓지 않겠다고 했다지?

고기잡이가 벌이는 더 되는가?"

"더 되기는요. 겨우 투망질을 하는 주제에 밥줄이나 안 끊기면 다행 아니겠습니까. 그것도 왜놈들과 한바탕 난리를 친 뒤에야 물고기를 잡을 수 있게 된걸요."

"난리라니?"

"이 섬진강에서 물고기를 잡으려면 허가를 받아야 하는데, 제 놈 마음대로 투망질을 하다가 그 짓을 못하게 하자 등짝에는 섶을 지고 양손에는 석유통을 들고 읍내 수리조합에 들어가 불을 지르겠다, 다 같이 죽자, 금 그으면 정해지는 땅도 아니고 시도 때도 없이 흘러가는 강물에 주인이 어디 있느냐고 난리법석을 쳤습니다. 그 길로 경찰서에 붙들려갔는데 취조를 받고 다시는 아니 그러겠다며 다짐을 하고 풀려났습니다. 그런데 풀려난 그날 밤에 횃불을 들고 하동포구에 메어 놓은 배에 다 불을 지르겠다고 길길이 날뛰는 바람에 왜놈 선주들이 혼비백산 아연실색을 하였고, 조합에서는 하는 수 없이 저놈이 강에서 고기잡이 하는 것을 눈감아 주기로 하였다고 합니다."

"괴팍한 사람이구나."

흥룡리를 지날 무렵 강가 대숲 아래에 작은 움집이 보였다. 그즈음 두 배가 서로 가까워졌다. 수돌이 손을 흔들었다. 보리도 손을 흔들어주었다. 거리는 더욱 가까워졌다. 단추도 옷고름도 없는 앞섶 사이로 영대의 깊은 가슴골과 굵은 복근 자국이 드러나 있었다.

봄 햇빛에 그을린 얼굴은 무심한 표정이었다. 보리가 남옥의 곁에 바짝 붙었다.

"아씨."

남옥은 영대와 잠깐 눈이 마주쳤다. 저를 똑바로 바라보는 영대의 눈길을 피해 남옥은 고개를 조금 돌리며 장옷을 깊이 고쳐 썼다. 삼복이 영대에게 한 소리 하려다가 쏘는 듯한 눈빛을 보고는 저도 고개를 돌렸다.

벌래재 앞에 배를 댄 영대는 점차 멀어져 가는, 남옥이 탄 배를 한동안 바라보았다. 수돌이 함께 쳐다보다가 입을 열었다.

"아재예, 저 아씨 억수로 예쁘다, 그지예?"

"조그만 녀석이 그래도 사내라고, 허헛!"

대나무 숲이 우거진 만지들을 지난 배는 굽이돌아 내려오다가 화심천 입구에 도착하였다. 사공이 배를 대었다. 삼복이 전세를 낸 값을 치렀다. 동네로 들어오자 남옥이 오고 가는 동안 뱃멀미를 하지 않을까 걱정하였던 삼복의 마음이 비로소 놓였다.

집으로 돌아온 남옥은 참봉에게 인사를 하러 갔다.

"어르신, 소녀 다녀왔습니다."

"그래 우담이 별말 없더냐?"

"어르신께 안부를 전하라 하셨습니다."

사랑채에는 여러 사람이 앉아 있었다. 그들은 열린 뒷문으로 마당을 내려 보고는 남옥에게 한마디씩 하였다.

"과연 저 아이는 천연지(天然池)에서 핀 한 떨기 백련이렷다."

"허허, 그래서 우담이 저 아이의 수계명을 법화라고 지어주었던가."

"내 눈에는 천상에서 내려온 한 마리 백학 같으이."

"잠깐 동안 생각해 보아도 이 댁 큰 영랑(令郞) 말고는 저 아이의 짝이 천 리 안에는 있을 것 같지 않소."

참봉은 서 있는 남옥이 듣기가 민망할 것 같았다.

"그만 물러가 쉬거라."

"예, 어르신."

유림은 큰며느리감을 일찍이 점찍어 집안에 들여 놓았으니 혼사 걱정은 덜었다고 부러워하며 한마디씩 덧붙였다. 참봉이 더 듣고 있기가 거북하여 화제를 돌렸다.

"군내 젊은 아이들이 주동이 되어 정자 짓는 것을 완강히 저지하겠다고 하니 어찌하면 좋겠소?"

"어른들 하는 일에 사사건건 어기대는 그놈들의 버르장머리를 이번 기회에 단단히 고쳐 놓을 묘책을 마련해야 합니다."

"그러나 방법이 없지 않소, 마땅한 방법이!"

"그렇긴 하오만."

"한 가지 방도가 있긴 한데……."

정재완이 조심스럽게 입을 열었다. 좌중의 눈길은 그에게 쏠렸다.

"물헌(勿軒), 어서 말해 보오. 어떤 대책이오?"

"글쎄올시다. 버릇을 고쳐 놓을 방도가 아니라 달래는 방도가 되는지라 다들 동의를 하실지……."

"동의하고 말고는 뒷일이고, 우선 말씀이나 좀 들어봅시다."

"그 아이들이 지금 청년 회관을 짓고 있는 바, 자금난에 허덕이고 있다는 말은 다들 들어서 잘 알고 있을 것이오. 그 청년 회관 짓는 일을 도와주십시다. 그러면 그 아이들이 군내 어린아이들을 데려다가 야학도 강습할 것이니, 장차 군내 모든 아동이 글을 알아 세상에 관심이 생길 즈음이면 우리 조선팔도가 처한 현실에도 눈뜨지 않겠소?"

정재완은 거침없이 말을 이어갔다.

"청년 회관 건립에 부조를 하자는 제 말씀에 내키지 않는 분도 있으리라 생각되오만, 신학문을 배운다고 다 꼭 왜놈 앞잡이가 되는 건 아닐 터이니 그렇게 하는 게 어떻겠소? 그러면 그 아이들도 정자 짓는 일을 크게 반대하지 않을 것이오."

"청년 회관이라……. 그놈들이 받아들일지 그것이 문제가 아니겠소?"

"그건 이몸이 알아서 하겠소이다."

"좋소. 그렇게 한번 해봅시다. 체통 없이 젊은 애들과 대립하는 것도 마땅치 않으니 살살 달래보도록 하십시다."

"청년 회관이야 신식 건물이니 돈만 있으면 뭐이 걱정이겠소? 우리가 당면한 문제는 정자를 지을 목수가 없다는 것이오."

"널리 찾아보면 왜 없겠소?"

"회석이 영대 놈한테 거절당한 뒤부터 수소문을 해봤소만, 타지에 있는 목수들이 하나같이 말하기를, 하동 땅에 남도제일목수가 있는데 왜 멀리에서 사람을 찾느냐고 하더이다. 그리고는 저희들끼리도 도의가 있다며, 천금을 주어도 하동 일은 하지 못하겠다고 합디다."

"산 너머 산이라더니. 그것 참."

"그놈을 설득할 방법이 전혀 없단 말인가?"

"수십 리 산길을 더듬어 찾아간 늙은 옛 스승도 박절하게 대한 놈이니, 더는 입댈 것이 없는 놈이 아니겠소."

제6장 소쩍새가 우는 뜻

사법부장 산츠이가 서장실로 들어섰다. 그는 서장에게 보고서 한 부를 제출하였다.

"이게 뭔가?"

"지난번 쌍계사에 다녀온 뒤부터 은밀히 조사를 한 사항입니다."

서장은 보고서를 들추어보더니 안색을 고쳐 꼼꼼히 읽어보았다. 남옥의 출신과 이력에 관한 내용과 참봉 집에 들어가 살게 된 경위까지 상세히 적혀 있었다. 다 읽어본 그가 보고서를 덮고 고개를 들었다. 산츠이가 말하였다.

"그 조사에는 사법주임 마츠에 경부보가 애를 많이 썼습니다."

"그래? 마츠에는 참 유능한 직원이란 말이야. 산츠이 경부, 자네가 지휘를 잘하는 탓이겠지?"

제6장 소쩍새가 우는 뜻

"감사합니다, 서장 각하."

"한데, 문묘직원 그 자 말이야. 좀 이상하지 않은가?"

"이상하다니요?"

"만주에 군자금을 제공한 혐의로 검속된 친구의 여식을 데려다 며느리로 삼으려 한다니, 그 자 역시 불령한 속내를 가지고 있지 않겠는가? 물론 검속된 자는 무혐의로 판결이 났다지만 말이야."

"문묘직원이라는 자는 우리 관내 지주의 대표로서 총독부의 시책에 적극 협조하는 바가 있어 그렇게까지 생각하는 것은 다소 지나치다고 생각됩니다. 더구나 그의 아우는 본토에서 대학을 나와 경찰총감부에서 간부까지 지내지 않았습니까?"

서장은 의혹을 떨치지 않고 고개를 흔들었다.

"행동만 보고는 사람 속을 알 수 없지. 어쨌든 문묘직원, 이자의 집안을 전반적으로 은밀히 조사를 해보게. 뭐인가 수상한 꼬투리라도 나오면 그 즉시 내게 보고를 하란 말일세."

"옛, 서장 각하."

"그리고, 문묘직원 집에 순사를 보내 한번 떠 보도록 하게. 내가 그 여인에게 관심을 두고 있다고 넌지시 귀띔을 한 뒤 어떻게 나오는가 잘 살펴보란 말이야."

서장실을 나온 산츠이는 마츠에를 불러 지시하였고, 마츠에는 또 휘하의 사복순사 김재영과 오다에게 각별히 주의를 주어 참봉의 집으로 보냈다. 장호인이 아뢰었다.

"어르신, 경찰서에서 사람들이 나왔습니다."

"무슨 일인가?"

오다가 뒷짐을 진 채 거만스럽게 말하였다.

"뭐 별다른 일은 아니고, 우리 서장 각하께서 이 집 경운당 아씨라는 여인에게 큰 관심을 두고 있소. 진주에 살았던 불령선인의 딸년이라지?"

"이, 이놈들이?"

"당장 데려가 취조를 할 수도 있으나, 서장 각하께서 예의를 차려 대하라고 하셨으니 그렇게 할 마음은 없소. 그러니 잘 생각해 보시오. 그 여인을 어떻게 하는 것이 참봉 선생에게 이로운 일인지."

"네 이놈들! 당장 내 집에서 나가지 못할까!"

"하핫, 그리 화낼 일만은 아니지 않소? 알겠소. 그럼 우리는 이만 가오. 하지만 내가 한 말 잘 기억하시오."

집안사람들이 소문을 낼 리는 만무하였다. 그렇다면 순사들이 장안에 떠들고 다녔든지, 아니면 그 끄나풀들이 온 군민이 들으라는 듯 여기저기 쏘다니며 입에서 나오는 대로 떠벌리고 다녔음이 틀림없었다.

경찰서장이 참봉 댁 경운당 아씨를 소실로 삼고자 내어놓으라 하였다는 소문은 며칠 지나지 않아 군내에서 가장 큰 관심거리가 되었다. 노름꾼들은 노름판에서, 오입꾼들은 계집을 품고서, 술꾼들은 술자리에서, 군내에서 나름대로 한 한량짓 한다는 사내들의 이목이 온통 남옥에게로 쏠렸다.
"이거 일이 재미있게 되어가는 걸."
이정식의 말에 임운쇠가 맞장구를 치며 물었다.
"재미있다마다요. 한데, 형님 생각에는 앞으로 어떻게 될 것 같소?"
"서장이 뭘 착각하고 있는 것 같아. 참봉이 재물만 많은 게 아니거든."
"그건 무슨 말이오?"
"천석꾼은 재물에 재물이 붙어서 그렇게 될 수 있지만 만석꾼은 그렇지 않다는 말이지."
"그러면 만석꾼은 어떻게 된다는 말이오?"
"재물 뒤에 권력이 있어야 하지, 암. 두고 봐. 머잖아 서장이 참봉한테 잘못 생각하였노라 대가리를 조아리고 들 테니."
"설마 그런 일이?"
"믿기지 않는다면 내기를 해도 좋아."
갈마산 산정에 정자를 세우는 일을 반대하던 청년들은 청년 회관의 건립비용을 군내 유림에서 상당 부분 지원하겠다는 정재완의 말에 언제까지 얼마의 금액을 희사하겠다는 약속 문서를 요구하였고, 정재완도 그 문서의 말미에 청년들이 정자 건립에 더 이상 왈가왈부하지 않겠다는 다짐의 글을 넣으라 하여 합의가 원만히 이루어지게 되었다.

하지만 그 소식을 들은 참봉은 전혀 기쁘지 않았다. 경찰서장이 남옥을 마음에 두고 있는 것과 은근히 그에 대한 압박으로 자신을 불령한 인사로 몰아가려는 속셈, 그리고 영대가 정자를 짓지 않겠다고 버티는 일이 큰 고민거리였다.

여러 날 입맛을 잃고 밤잠조차 제대로 이루지 못하던 참봉은 마침내 감기몸살을 앓기에 이르렀다. 그 소식을 들은 여경엽이 하동의 공의(公醫) 강석근을 데리고 몸져누운 참봉을 찾아왔다. 간호원이 혈압을 재고 나자 청진기를 가슴에 대어 진찰을 해보던 강석근이 말하였다.

"구들을 뜨끈하게 하여 땀을 좀 내시고, 근심걱정 되는 일이 있더라도 당분간은 다 잊고 푹 쉬셔야 합니다."

"달리 편찮으신 데는 없소?"

"혈당과 혈압이 조금 높기는 하지만 그리 심려할 일은 아닙니다."

강석근은 약을 주고 돌아갔다. 머리맡에 앉은 여경엽에게 참봉이 누운 채로 힘없이 입을 열었다.

"운암, 자네도 소문은 들었을 터이지?"

"저 별채 아이에 관한 얘기 말입니까?"

"그렇다네."

"도대체 서장이 언제 어디에서 남옥이를 보았길래 그런 마음을 먹고 있다는 말입니까?"

"난들 알겠나."

제6장 소쩍새가 우는 뜻

그때 밖에 서 있던 삼복이가 아뢰었다.

"저어……."

삼복이의 입으로부터 지난 사월 초하룻날에 쌍계사에 다니러 갔다가 서장 일행과 마주쳤다는 얘기를 전해들은 여경엽은 입술을 깨물었다.

"내 이놈을 당장!"

"아서게. 뭘 어찌하려고 그러나?"

"형님은 몸조리나 잘하고 계십시오. 잠시 다녀오겠습니다."

여경엽은 그 길로 경찰서로 갔다. 찬바람을 일으키며 뜰을 가로질렀다. 건물 안으로 들어서서 곧장 계단을 오르는 그를 본 순사들은 무슨 영문인가 하여 말을 걸어보려고 하였지만 여경엽은 눈동자도 흔들림 없이 똑바로 서장실로 향하였다.

"이게 누구시오? 남일물산 여 전무 아니시오?"

"서장, 내가 누군지 잘 알겠지?"

"엥? 말투가 어찌 듣기 고약하외다? 다짜고짜로 찾아와서?"

"형님 댁 별채 아이를 첩으로 삼겠다고 하였다지?"

"말조심하시오! 지난날 삼천포경찰서 재직 시절의 내가 아니란 말이오! 옛 상관의 예우를 받고 싶으면 처신을 똑바로 하시오."

"뭐이라? 처신을 똑바로 하라?"

"그렇소. 아직도 현직에 있는 줄로 착각하나 본데, 속히 깨달아야지, 쯧쯧."

"그러면 오늘 내 처신이 어떤지 경남도 경무국장한테 한번 물어 봐야겠군. 참, 가는 길에 진주검사국 류겐 검사한테도 들르고 두 사람 다 나랑 메이지 법과대학 동기동창이라서 말이야."

서장은 눈앞으로 칼날이 다가오는 듯 간담이 서늘하였다. 그 두 사람은 다 자신의 목줄을 쥐고 있는 사람들이었다.

"뭐, 뭐라고요?"

"자네가 지금 입고 있는 그 정복, 앞으로 얼마나 더 입을 수 있을지 잘 생각해 보게. 이만 가네."

서장이 얼른 문을 가로막아 섰다.

"겨, 경부님, 제, 제가 잠시 혼이 나가 실수를 하였습니다. 부, 부디 너그러이 용서해 주십시오."

"왜 갑자기 나를 경부라고 부르는가?"

"제가 주임 시절에 경부님을 모셨으니, 한번 상관은 영원한 상관이십니다."

깍듯이 고개를 숙이는 서장에게 여경엽은 한마디 하였다.

"실수하였다니 더 나무랄 수는 없는 일이고, 그러면 이제 우리 형님 일은 어찌할 텐가? 지금 몸져누워 계시다네."

"제가 직원들을 보내 사죄를 올리겠습니다."

"직접 찾아뵙게."

"하잇, 반드시 그러겠습니다."

서장은 사법부장 산츠이 경부, 사법주임 마츠에 경부보, 사복순사 김재영, 오다, 요코야마 등 전 직원들을 데리고 나왔다. 그리고는 자신의 차를 내어주어 운전기사에게 잘 모시라 당부하고는 경찰서를 나서는 여경엽에게 착 경례를 붙이며 배웅하였다.

서장이 타고 다니는 경찰차에서 여경엽이 내리자 온 집안사람들이 어리둥절해 하였다. 그는 아무 일도 아니라며 사랑채를 찾았다.

"형님, 이제 서장이 별채 아이에 둔 눈길을 거둘 것입니다."

"그새 경찰서에 다녀왔는가?"

"예, 그러니 더 걱정하지 마십시오."

"자네가 괜한 짓을 하고 온 건 아닌가 모르겠으이."

"아무 뒤탈이 없을 것이니 그리 아시고 어서 자리에서 일어나시기나 하십시오."

돌아가는 여경엽은 따라 나온 여형규에게 당부하였다.

"네가 우리 집안의 기둥이 아니냐? 아버지 심기 불편하시지 않도록 집안사람들 단속 잘해야 한다."

"제 발로 다니는 사람들을 일일이 뒤따라 다닐 수도 없고……."

여형규는 남옥을 한차례 쏘아본 뒤 중얼거리다가 여경엽의 눈빛을 보고는 말을 돌렸다.

"정자는 무엇 하러 짓겠다고, 사람들이 다 탐탁지 않게 여기는 일을 아버지가 그렇게 집착을 하시는지 모르겠습니다. 기회를 봐서 읍내 작은댁 창고에 넣어 둔 재목을 제가 다 없애버리고 말겠습니다."

"뭐? 그런 쓸데없는 짓을 할 생각은 아예 말거라. 아버지가 자리에서 일어나는 모습을 보고 싶거든."

별채 경운당으로 돌아온 남옥은 보리에게 장호인을 좀 불러오라고 일러 그에게 말하였다.

"큰 도련님이 어르신을 거스르는 일을 벌이지 않도록 각별히 유념하여 살피게."

"예, 아씨."

"그리고……."

남옥은 장호인에게 비밀스럽게 부탁을 하였다.

"잘 알겠습니다. 아씨께서 말씀하신 대로 해보겠습니다."

읍내 장날이 되어 장호인은 홀로 아랫장터 윗장터를 오르락내리락하였다. 보여야 할 사람이 웬일인지 오후가 되도록 눈에 띄지 않았다. 어시장을 지나치려는데 어린아이를 데리고 있는 사내를 발견하였다. 장호인은 얼른 다가가 아는 체 하였다.

"영대 아닌가?"

"뉘시오?"

"날세. 화심동 참봉 어르신 댁에 집사로 있는 나를 못 알아보겠는가?"

"웬일이오?"

"어디 가서 나랑 얘기 좀 하세. 식전인 듯한데 내가 점심을 대접함세."

장호인은 떨떠름하게 여기는 영대의 팔을 붙잡고 끌고 가다시피 하여 손맛 좋기로 유명한 김인임의 음식점으로 데려갔다. 어린아이가 들을 얘기가 아니라 장호인은 수돌에게 일 원짜리 지폐 한 장 쥐어주고는 맛난 것을 사먹고 오라고 하였다.

"고맙습니더."

"아이한테 웬 그런 큰돈을……. 못된 애들 만나지 않도록 조심하고, 일찍 오너라."

"예, 아재."

지폐를 바지 안쪽 호주머니 속에 깊이 갈무리한 수돌은 밖으로 나왔다. 든든한 마음에 어디로 갈까 망설이다가 문득 떠오르는 생각이 있었다.

"그래! 그때 나를 구해준 그 성들부터 찾아봐야지. 고마운 성들이니까 찾으면 맛있는 거 사 드려야지."

행여 예전에 어울려 다녔던 아이들을 만나기라도 할까봐 눈치를 보며 온 읍내를 조심스럽게 돌아다니다가 예배당 근처에 있는 화과자점 앞에 이르렀다. 유리창 너머로 안을 들여다보니 세 사람이 앉아 있는 것이었다. 수돌은 문을 빼꼼 열고 재차 확인을 한 뒤 들어가서 인사를 꾸벅 하였다.

"성님들, 안녕하십니꺼?"

"지난번 그 녀석이로구나? 우리가 여기 있는 걸 어떻게 알고 찾아왔어?"

"지나가다가……. 제가 오늘 돈이 아주 많습니다. 성님들한테 맛있는 거 사 드리겠습니더."

"뭐라고, 하하."

"그 녀석 제법인 걸? 은혜를 갚을 생각도 다 하고?"

여형규가 기특해 하며 자리에 앉힌 뒤에 종업원에게 팥 앙금이 든 찹쌀떡과 우유를 주문하여 수돌이 앞에 가져다 놓게 하였다.

"나도 가만히 있을 수 없지."

유창현은 직접 가서 비스킷을 조금 담아 왔다.

"어서 먹어."

"이게 아닌데……."

"먹고 나서 네가 돈을 내면 되잖아."

"그러면 성님들도 드이소"

찹쌀떡과 비스킷을 차례로 먹어본 수돌은 입에 넣자마자 녹아 없어지는 듯한 맛에 연신 손이 갔다.

"목 막힐라 우유도 마시면서 천천히 먹어."

수돌은 반쯤 베어 문 찹쌀떡과 비스킷을 양손에 들고 우물거리며 말하였다. 입가에는 허연 가루가 잔뜩 묻은 채였다.

"이런 모찌와 비스케또는 처음 먹어보는데, 참 맛있네예."

"그 녀석 참."

남대우가 수돌의 머리를 쓰다듬으며 귀여워하였다. 배를 채우고 난 수돌이 자랑삼아 늘어놓았다.

"지가 학교에 다니게 되었습니더."

"그래? 어느 학교?"

"절에 있는 학교라예."

"쌍계사 안에 있는 진명사립학교 말이구나."

"공부 열심히 해서 진주고보에 진학하거라. 그러면 우리 후배가 되거든."

"참말입니꺼? 그라마 꼭 그렇게 하겠습니더."

수돌은 제 돈 한 푼 쓰지 못하고 얻어먹기만 한 채 화과자점을 나온 게 못내 미안하였다. 세 사람은 또 만나자며 손을 흔들어주고는 군청 쪽 오르막길로 멀어져 갔다. 수돌은 그들에게 허리를 반이나 굽혀 인사를 하였다. 그리고는 중얼거렸다.

"나중에 꼭 저 성들의 후배가 되어야지."

가슴이 벅차 걸음도 가벼웠다. 음식점으로 들어섰다. 영대는 혼자 앉아서 생각에 잠겨 있다가 수돌이 무사히 돌아온 것을 보고는 자리에서 일어났다. 밖으로 나온 뒤, 나루터 쪽으로 가지 않고 군청 방향으로 향하는 영대를 본 수돌이 의아하게 여겼다.

"어? 이 길은 아까 그 성들이 간 길인데?"

"형들이라니?"

"전에 장터에서 만났던 그 성들을 오늘 또 만났어예."

영대가 말없이 길을 가는 동안 수돌은 여형규 일행을 만나 나누었던 얘기를 신이 나 떠벌렸다. 하지만 영대의 귀에는 한마디도 들어오지 않았다. 음식점에서 장호인이 했던 말만 귓전에 되새김질되었다.

"이보게, 영대. 그러지 말고 좀 지어주게."

"그 일은 안 하겠다는데 왜들 자꾸 이러시오?"

"자네가 참봉 어르신의 뜻을 받들어서 정자를 잘 짓기만 하면 좋은 일이 생길 것일세."

"좋은 일? 무슨 좋은 일이 있다는 말이오?"

"언제까지 어린애 하나 끼고 그 산속에서 털 달린 짐승 마냥 살 수는 없지 않은가? 이곳 읍내까지는 들어와 살지 못하더라도 화개면소재지에 아담한 집 한 채 마련해서 짝도 하나 얻고 사람 사는 것처럼 살아야 하지 않겠나?"

"그래서 집도 주고 짝도 지어주겠다는 말이오?"

"다 자네가 마음먹기에 달린 일일세."

"그 말은 누구 입에서 나왔소? 참봉 어르신이 그렇게 말하라고 합디까?"

"누구 말이건 그게 뭐이 그리 중요하겠는가? 자네를 생각하는 마음이 그만큼 깊다는 것만 알면 되지. 아니 그런가?"

"짝을 지어주겠다? 하하핫!"

읍내에서부터 십 리 산길 들길을 지나 화심리에 들어선 영대는 참봉의 집으로 갔다. 동네에서 가장 큰 집이라 한눈에 찾기가 그리 어렵지 않았다.

"어르신, 영대가 찾아왔습니다."

참봉은 몸을 일으켜 앉았다. 영대는 마당에 선 채 말하였다.

"소인이 정자를 짓겠습니다. 그런데 한 가지 조건이 있습니다."

"뭐이냐, 그 조건이란 것이?"

"다른 것은 필요 없고, 정자를 다 짓고 나면 이 댁 아씨를 제게 주십시오."

"이 댁 아씨라니? 누구 말이냐?"

"사람들이 경운당 아씨라고 하는 바로 그 처자 말입니다."

"뭣이?"

참봉의 눈썹이 떨렸다. 영대는 서슴없이 내뱉었다.

"이목이 있어 대놓고 내어주시지는 못할 터이니, 소인이 보쌈을 해 하동 땅을 떠나겠습니다."

참봉은 기가 차서 잠시 할 말을 잃었다가 큰 소리로 호령하였다.

"여봐라! 이놈이 말이 되는 소리, 아니 되는 소리 분간을 못 하는 놈이로구나. 더 볼 것도 없으니 속히 멍석말이를 한 뒤에 까마귀밥이 되도록 멀리 내다 버리거라."

집안 머슴들이 우르르 달려들려는 찰나 장호인이 얼른 제지시켰다. 그리고는 참봉에게 아뢰었다.

"어르신, 정자를 옮겨지을 놈은 이놈밖에 없습니다. 불구로 만들어 내치는 건 어렵지 않은 일이오나, 뒷일을 사려하시어……."

"뒷일? 장 서방은 저놈이 산짐승처럼 찢어진 아가리에서 나오는 대로 지껄이는 소리를 못 들었는가!"

"어르신, 부디 고정하시고 오늘은 이만 돌려보내십시오. 나중에 물고를 내어도 늦지 않습니다."

장호인이 강하게 말리고 나서는 바람에 영대는 매타작을 모면하고 쫓겨나듯 나왔다. 속을 잔뜩 졸이다가 밖으로 나온 수돌이 울먹이며 말하였다.

"아재예, 다시는 저 집에 가지 마입시더. 무서버서 죽을 뻔했습니더."

"그래, 알았다. 하핫."

참봉은 걸레쪽 같이 하잘 것 없는 놈에게 농락을 당한 것만 같았다. 시간이 지날수록 더욱 크게 치밀어 오르는 분개심에 눈앞이 아찔하고 머리가 어지러워지는 것이 졸도할 지경에 이르렀다.

"아, 서장 놈이 탐을 내더니 이제는 그런 같잖은 놈까지……."

참봉이 좀처럼 떨쳐 일어나지 못하고 자리보전하고 있다는 말이 집 밖으로 새어나가자 차츰 문병을 오는 사람들이 늘어갔다. 장호인은 병문록(病問錄)을 만들어 찾아드는 사람과 그들이 가져온 물목을 일일이 적었고, 돌아갈 때에는 각자의 격에 맞게 노잣돈이 든 봉투를 하나씩 주었다.

유림의 원로들인 하겸진, 심상우, 이중기가 찾아오자 참봉은 몸을 일으켜 맞이하였고, 박민채, 이병용, 여준규, 이성래, 김상기, 김

택권, 최상렬, 정기현, 정재완과 같은 동료 유림 인사들의 예담(例談)에는 비록 힘겨운 목소리로나마 한마디 한마디 화답해주었다.

비록 유림에 몸담은 사람들은 아니지만 해마다 궁민의 구휼에 앞장서고 있는 군내 유지들도 걸음 하는 일을 잊지 않았다. 읍내에 사는 이들로는 김홍태, 이원채, 김규태, 김기순, 박동진이었고, 화개면에서는 하병기, 정찬민, 김한태, 최문식, 황인수가, 악양면에서는 강태진이 면내 유지들을 이끌고 쾌유를 빌었다.

그밖에 군수 백남일과 민선 도의원 이보형을 비롯하여 하동공립보통학교 요코덴 교장, 하동주조조합장 신재우, 하동전기주식회사 대표이사 다우라 세타로, 하동 일본인 대표 사이토, 그리고 쌍계사 주지승 우담도 먼 길을 마다 않고 찾아들었다.

참봉과 사이가 버름한 사람들은 직접 문병을 오지 않고 쾌차를 바라며 사람을 보내왔다. 김진호 화개면장을 비롯한 각 면 면장, 하동역장, 하동우체국장, 하동해태조합장, 하동수리조합장, 하동금융조합장, 악양금융조합장, 경상합동은행 하동지점 지배인, 읍내 정미소 사장들이 그들이었다.

"어르신, 동초(東樵) 선생님과 벽산(碧山) 선생님이 오셨습니다."

악양면에 사는 황차용은 손수 그린 모란 한 점을, 적량면에 사는 정대기는 대를 한 폭 쳐서 가져와 펼쳐 보였다. 두 사람은 일가를 이룬 묵객이라는 평판이 자자한 사람들이었다. 참봉은 감탄을 하였다.

"동초목단(東樵牧丹) 벽산맹죽(碧山孟竹)이라더니, 과연!"

뒤이어 찾아온 사람은 읍내에 사는 조동호였다. 그는 난초를 잘 그렸는데 그림은 가져오지 않고 석곡 한 분(盆)을 내놓았다. 그는 자리에 앉아있던 황차용과 정대기를 웃는 낯으로 바라보며 말하였다.

"솜씨가 두 분에 못 미치기에 아예 실물을 들고 왔습니다."

"허허, 겸양이 지나치십니다."

"듣자하니, 춘란과 석곡은 화개동천 골짜기와 쌍계사 뒷산에서 자란 것을 제일로 친다지요?"

"그렇습니다. 너나없이 캐고 파헤치는 바람에 요즘은 씨가 말랐다는군요."

그들이 돌아간 뒤, 한숨 돌리려던 참봉에게 또 아뢰는 소리가 들렸다. 남일물산 사장으로 지난 사월에 관선 도의원이 된 이은우가 청년연맹 회원인 김태수, 김계영, 문태규, 하삼청, 송재홍, 조정희, 우용현을 데리고 병문안을 왔다.

"어르신 덕분에 청년 회관 짓는 일이 차질을 빚지 않게 되었습니다."

"감사합니다, 어르신."

"하루 빨리 자리를 털고 일어나시길 빌겠습니다."

청년들의 말이 끝나자 이은우는 글씨 한 폭을 내놓았다.

"속히 쾌차하시라고 졸필을 몇 획 그어 보았습니다."

"허허, 연사(蓮史)의 반초(半草)야 경성에서도 알아주는 글씨인데 어찌 그런 말씀을 다 하시오? 고맙소. 내 그 묵향을 맡으니 머리가 썩 맑아지는 것 같소이다."

경찰서장은 행차도 요란하게 사법부장 산츠이 경부와 사법주임 마츠에 경부보, 그리고 순사 한 무리를 대동하고 찾아왔다.

"마, 일전에 잠시 오해가 있었던 점 사죄드리겠습니다, 참봉 선생님."

서장은 산츠이로부터 큰 상자를 받아 참봉 앞에 놓았다.

"약소합니다만, 말린 전복입니다. 죽이라도 끓여 드시라고……."

"고맙소. 경무에 바쁠 터이니 그만 돌아가 보오."

서장은 앉아서 한 번, 서서 한 번, 그리고 신을 신고 마당에 내려서서 한 번, 세 번에 걸쳐 허리를 굽혀 절을 한 뒤 대문을 나왔다. 뒤따라 나온 순사들이 수군거렸다.

"방 안에 쌓여 있는 선물더미 보았지?"

"대단하군, 대단해."

"문묘직원의 위치가 저 정도일 줄이야."

"문묘직원이라서가 아니라 만석꾼이라서 그런 거지."

"만석꾼도 만석꾼이지만 참봉의 제씨(弟氏)가 누구인가? 바로 그 때문이기도 할 걸?"

"하여간 대단한 집안이야."

진주의 예기조합장이 모갑과 모홍 편에 보약을 한 재 지어 보냈다. 모갑을 본 참봉은 좋은 생각이 났다는 듯 장호인을 불렀다.

"저 아이를 그놈한테 하룻밤 보내면 어떻겠는가?"

"기생을요?"

"제 놈도 사내라면 저 아이를 보고 양물이 발동하지 않을 수 없을 테지."

"오히려 아니 보내는 것만 못하게 될 성싶습니다. 아씨를 내놓으라고 한 놈에게 기생을 보낸다면 기를 더 세워주는 꼴이 되지 않겠습니까?"

"그런가? 그러면 대체 그놈을 구워삶을 방법이 뭐란 말인가?"

"저어……."

"뜸들이지 말고 말해 보게."

"송구스러운 말씀인지라……."

"송구고 축구고 간에 어서 말을 해보래도!"

"그, 그놈이 아씨한테 마음이 있는 듯하니, 아씨를 보내시어 좋게 달래면 혹시 마음을 돌릴지도 모르겠습니다."

"그놈한테 별채 아이를 보내자고?"

"경운당 아씨가 여간 영특하신 분이 아니시니……."

"그러다가 그놈이 불상사라도 저지르면 어찌할 텐가?"

"뿔뚝대는 성질이 있는 놈이긴 하나, 앞뒤 생각 없이 일을 저지르지는 않는 놈입니다. 더욱이 별채 아씨가 뉘신데 제 놈이 언감생심 불순한 마음을 지어먹겠습니까?"

"지난번에 찾아와서는 그 아이를 달라고 하지 않던가?"

"제 딴에 호기를 부려보느라 그랬을 것입니다."

"으음."

참봉의 허락이 떨어지자 장호인은 경운당으로 가 보리에게 말하였다. 보리는 호들갑을 떨며 남옥에게 전하였다.

"어르신이 저러다 더 큰 병환이라도 얻게 되시면 큰일이구나. 내가 다녀와야 한다면 그렇게 해야지."

"조심하셔야 합니다. 일전에 그놈이 찾아와 아씨를 달라고 하였다고 합니다."

"내가 물건이냐?"

"에구머니, 이년의 말은 그런 뜻이 아니라······."

"그만 길 떠날 채비나 하거라."

집을 나온 남옥은 보리만 데리고 화심천 어귀에서 나룻배를 타고 화개 탑동 앞 나루터까지 갔다. 배에서 내린 두 사람은 화개동천 길을 따라 걸었다. 쌍계사 앞 나무다리에 이르러 보리가 장호인이 그려준 지도를 꺼내 보았다.

"예서 십 리를 더 가면 갈림길이 나옵답니다."

화개동천을 계속 거슬러 올라갔다. 건너 산비탈에는 차밭이 펼쳐져 있었고, 길 아래 천중(川中)의 바위들은 점점 기기묘묘한 모습을 하고 있었다. 바위를 타고 흐르기도 하고 바위틈 사이로 흐르기도 하는 물소리가 귓골 가득 흘러들었다.

길림길에 이르자 왼편 큰 바위에 삼신동(三神洞) 석 자가 새겨져 있었다.
"오른쪽입니다."
신응동으로 접어든 뒤 얼마 멀지 않은 길가에 커다란 푸조나무가 서 있었다. 보리가 감탄을 자아내었다.
"천 년도 더 된 나무가 서 있다더니, 이 나무를 두고 한 말인가 봅니다."
"잠시 쉬었다 가자꾸나."
나무 아래에서 다리쉼을 한 뒤 대성골 쪽으로 올랐다. 동쪽에서 서쪽으로 흘러드는 시내가 나타났다. 보리는 또 지도를 보았다.
"첫 개울을 따라 가라고 했으니……."
시내를 따라 나 있는 오솔길로 들어섰다. 선유동계곡의 초입이었다. 얼마 가지 않아 오른쪽에서 작은 시내가 흘러들었다. 조금 더 올라가자 이번에는 왼쪽에서 물줄기 하나가 흘러내렸다. 골이 차츰 깊어지고 있었다.
한길 높이로 자란 산죽 숲, 여기저기에 갖가지 모양을 한 하초(夏草)들이 자라고 있었다. 개울물이 맑았다. 대패로 밀어놓은 듯한 너럭바위가 나타났다. 물줄기는 노래를 부르며 미끄럼을 타고 있었다. 길을 올라갈수록 못과 쏠이 잇따르며 절경을 이루었다.
"선유동이라더니, 참말로 선녀가 내려와 놀았을 법도 합니다, 아씨."

"후우, 그렇구나."

"좀 쉬었다 갈까요?"

"아니다. 계속 앞장서거라."

큰 소나무들이 미끈하게 뻗어 있는 작은 송림 아래에 길쭉한 모양으로 몇 고랑 되지 않는 참마밭이 있었다. 밭 근처에 돌무더기도 쌓여 있어 사람의 손길이 닿은 흔적이 엿보였다.

"여기가 지도에 그려져 있는 송대(松臺)인가?"

"얼마나 더 가면 되느냐?"

"이제 거의 다 온 것 같습니다."

골을 따라 동쪽으로 더 올라갔다. 가파른 좌우 산비탈에는 도토리나무 돌배나무 따위가 섞여 자라고 있었다. 길모퉁이를 돌아들자 눈앞에 평평한 터가 나타났다.

"다 왔습니다. 여기가 바로 옛 절터입니다."

"그 자가 사는 곳이 여기냐?"

"예, 지도에는 그렇다고 되어 있습니다."

남옥은 이마를 훔치며 찬찬히 주위를 둘러보았다. 돌담을 친 밭이 몇 뙈기 펼쳐져 있었고, 그 뒤 산비탈 서너 길 위에는 하동포구를 드나드는 발동선만큼이나 큰 바위가 불쑥 튀어나와 있었다. 바위 아래에는 산죽 이엉을 엮어서 지붕을 얹은, 담 없는 세 칸짜리 오두막 한 채가 돌을 높이 쌓은 평평한 터 위에 앉아 있었다. 먹을 찍어 붓으로 그린 산수화에서나 볼 수 있음직한 광경이었다.

오두막 처마 끝에 매달린 풍경이 이따금 불어오는 골바람에 딸그랑거리고 있었고, 그 아래 댓돌 옆에는 큰 독이 하나 놓여 있었다. 마당은 아담하였다. 한쪽에는 맑은 물이 대롱에서 떨어지며 승합자동차 바퀴만한 물레방아를 돌려 도르르르 소리를 내다가 물이 쏟아지는 소리가 들리곤 하였고, 독이며 항아리며 단지가 한 가족처럼 대여섯 개 놓인 장독대도 그 곁에 자리를 잡고 있었다.

"너는 여기서 기다리고 있거라."

남옥은 보리를 문도 없는 마당 밖에 세워두고 안으로 들어갔다. 아무도 없었다. 남옥은 마당에 서서 사람이 나타나기를 기다렸다. 이윽고 개울 위쪽에서 인기척이 났다. 그리고는 곧 바지게를 진 사내와 망태기를 둘러멘 어린아이가 마당으로 들어섰다.

"아줌마는 누구십니꺼?"

수돌이의 물음에 대답을 하지 않아도 영대는 누구인지 단번에 알아보았다. 약초가 가득 든 바지게를 내려놓고는 수돌에게 밖에 잠깐 나가 있으라 일렀다. 수돌은 지게 위에 망태기를 벗어놓고 남옥을 훔쳐보면서 보리가 있는 길 쪽으로 내려갔다.

"이 힘한 곳은 아씨 같은 사람이 올 곳이 못 되는데, 그래 무슨 일이오?"

"정자를 지어주시오."

"또 그 얘기를 하러 왔소? 늙은이에 젊은 여자에, 다음에는 또 누가 찾아들지 궁금하군."

"내가 마지막일 것이오."

영대는 남옥을 똑바로 보았다.

"마지막이라? 그 말은 아씨가 나를 설득할 수 있다는 말인데?"

"설득하러 온 게 아니라 부탁하러 왔소."

"부탁? 자칫 잘못하면 군민들에게 맞아 죽을지도 모르는 일을 부탁하러 왔다? 만약 내가 목숨을 걸고 정자를 짓겠다고 나선다면 아씨는 내게 뭘 줄 수 있소?"

"뭘 원하시오?"

"그 몸이라도 내어놓겠소?"

이번에는 남옥이 영대의 눈길을 피하지 않고 바로 마주 보았다.

"왜놈들도 발자국을 내며 다니는 땅 길이 싫어서 늘 새 물이 흐르는 물길로 다닌다기에 제법 호협한 사내인 줄 알았더니, 이제 보니 한낱 계집의 살가죽이나 탐내는 아주 좀스런 위인이구려."

영대는 한 방 얻어맞은 느낌이 들었다. 달랑 몸종 하나만 데리고 수십 리 험한 길을 찾아온 담력도 담력이거니와, 가냘프기만 한 체구 어디에서 은근한 기품에다가 당당한 위풍까지 배어나오는지 짐작조차 할 길이 없었다.

"좀 전에 본 어린아이가 쌍계사 보명학교에 다니는 것을 알고 있소. 장터에서 장 서방이 제의한 것들은 물론이고 그 아이가 장학금을 받을 수 있도록 해주겠소"

"다 필요 없소이다."

"아이한테는 학업에 대한 사기진작 차원에서 장학금이 반드시 필요하오."

"그 정도 달콤한 말로 이 먼 곳까지 나를 꾀러 오시었소?"

"부탁하러 왔다고 하지 않았소?"

"곧 날이 어두워질 테니 그만 돌아가오. 이곳은 산짐승이 사는 곳이라 밤이 되면 어떻게 변할지 아무도 모르오."

남옥은 영대의 으름장에도 아랑곳하지 않고 오히려 축담으로 올라가 마루에 걸터앉았다. 남옥의 뜻밖의 행동에 영대는 저도 모르게 몇 걸음 물러섰다.

"물 한 모금 얻어 마실 수 없겠소?"

영대는 물이 나오는 대롱 끝으로 가서 바가지에 물을 받아 마루에 놓아주었다. 목을 축인 남옥은 돌아가고 있는 작은 물레방아에 시선을 둔 채 긴 말을 이어갔다.

"선고(先考)께서 돌아가시기 전에 가산을 정리하여 집안 머슴들과 소작인들에게 골고루 나누어주어 다 방면한 뒤에 내게 말씀하시기를, 당신이 세상을 버린 후면 어릴 적에 정혼을 약조했던 참봉 어르신 댁으로 들어가라고 유언하시었소 내 앞으로 닷 마지기 밭만 남기시고 말이오.

갑자기 생전에 누누이 하시던 말씀이 기억나는구려. 동기간에 우애 있게 지내는 것만으로도 효요, 사내가 갓을 버리지 않는 것만 해도 충이라……. 그런데 나는 외딸로 자라 우애는 나눌래야 나눌

수 없었기에 효는 가당치도 않았고, 갓 없는 아녀자라 충 또한 논할 것도 없으니 무슨 덕목에 의지하여 세상을 살아가야 하겠소?"

남옥은 물 한 모금을 마신 뒤에 입을 열었다.

"내가 선고를 여읜 뒤로 참봉 어르신 내외분을 어버이처럼 따르는 바 되었으니, 어찌 자식 된 도리로 어버이의 심란과 고충을 모른 척 하겠소? 내가 가진 것으로는 닷 마지기 땅이 전부이니 그것을 받고 부디 나의 간곡한 부탁을 들어주시오."

"……."

남옥은 영대가 대답을 할 때까지 기다렸다. 이윽고 영대의 입이 열렸다.

"그런 것 필요 없으니 다른 것을 주오."

"다른 것이라니, 무얼 말이오?"

"몰라서 묻소?"

지레짐작을 한 남옥은 저고리고름을 만졌다.

"원한다면 그러오. 이 몸을 탐한 뒤에는 꼭 부탁을 들어주시오."

남옥이 제 손으로 옷고름을 풀려고 하자 영대가 갑자기 목소리를 높였다.

"이제 보니 아주 헤픈 년이군."

그 말에 남옥의 손은 얼어붙은 듯 더 움직이지 않았다.

"내가 달라는 것이 고작 몇 근 나가지도 않는 그 몸뚱어리인 줄 알았소?"

남옥은 영대가 원하는 것이 무엇인지 대답을 하지 못한 채 크게 뜬 두 눈으로만 그것이 뭐냐고 되묻고 있었다.

"모르겠소?"

"모르겠소"

"그럼 나중에 알게 되면, 그때 그것을 주시오."

"나중에라도 모르게 되면 내가 어떻게 해야 하오?"

"그럴 리 없소 반드시 알게 될 게요."

남옥은 영대가 나중에 원할 것이 무엇인지 전혀 내다여길 수 없었다. 영대는 아무 말을 하지 않는 남옥을 보고 또렷한 목소리로 물었다.

"약속할 수 있겠소, 없겠소?"

"뭔지도 모르는 것을 달라는 말에 어떻게 약속을 하라는 게요?"

"때로는 모르고 하는 약속이 나중에 약이 될 때도 있소."

남옥은 더 실랑이를 해봤자 영대가 물러서지 않을 것 같은 느낌을 받았다. 잠시 후 남옥은 탄식어린 대답을 내놓았다.

"알았소 정자만 지어준다면 뭘 못 드리겠소? 내 비록 여자의 입을 가졌으나, 장부의 약속을 하리다."

"그럼 되었소"

남옥이 영대의 집에서 나왔다. 어느새 친해져 밖에서 수돌과 나란히 쪼그려 앉아 얘기를 나누고 있던 보리가 일어섰다.

"이 누나가 무조건 너보다 나이가 많으니까 그렇게만 알아."

"알았어."

"수돌아, 안녕!"

"보리 누나, 잘 가!"

보리는 영대에게는 눈인사만 하고 남옥을 뒤따랐다. 골을 내려와 화개동천 본류에 이르자 곧 해가 떨어질 듯하였다. 부지런히 걸어서 나루터에 도착했을 무렵에는 노을이 섬진강에 드리워졌다.

"아씨, 사공이 보이지 않습니다."

"잘 찾아보거라."

"배도 안 보입니다. 사공이 우리를 기다리다가 그냥 가버린 것 같습니다."

"하는 수 없구나. 걸어서 가는 수밖에."

"걸어서 가기에는 길이 너무 멉니다."

"그렇다고 여기에 그냥 서 있을 수는 없지 않느냐?"

"주재소가 가까우니까 이년이 가서 전화를 한 통 빌려 쓰고 오겠습니다."

"어디에 전화를 하려고?"

"마님께 전화를 드려서 삼복이 놈을 시켜서라도 배를 가지고 오게 해야지요."

"아니다. 괜한 걱정을 끼쳐드리고 싶지 않구나. 그냥 걸어가자."

"밤늦게 돌아가는 것이 오히려 더 걱정을 끼치는 일이 아닙니까."

"글쎄, 그냥 걸어가자는 데도."

남옥은 구례와 하동을 잇는 큰길을 따라 걷기 시작하였다. 보리가 뾰로통한 입으로 쫄래쫄래 따랐다. 바로 그때 부르는 소리가 들렸다. 보리가 얼른 소리가 나는 쪽으로 고개를 돌렸다.
"아씨, 저기 좀 보셔요."
영대가 삿대를 저어 배를 기슭에 대고 있었다.
"타시오. 모셔다 드리겠소."
"말은 고맙지만 되었소. 걸어가면 되오."
보리가 남옥의 팔에 매달려 발이 부어 못 걷겠다는 등 이런저런 핑계를 대며 배를 타고 가자고 애원하는 목소리를 내었다. 남옥은 좋게 나무라고 꾸지람을 하였다. 하지만 보리가 길에 퍼질러 앉아 이대로 가다간 길에서 쓰러져 죽을 것만 같다는 너스레까지 떨자 더는 이기지 못하고 배에 올랐다.
해가 지고 어둠이 찾아들자 강은 고요하였고, 삿대질 소리마저 들리지 않았다. 어느덧 구지봉 산마루 위를 떠오른 보름달이 강물에 비치고 있었다. 어두웠던 천지가 하늘 달과 물 달, 그 두 달로 새로 은은히 밝았다.
먼 데서 소쩍새 우는 소리가 들렸다.
"훗쩡, 훗쩡, 훗쩡, 훗쩡, 훗쩡……."
보리가 배 안 침묵의 적막을 견디다 못해 나지막이 속삭였다.
"아씨, 불쌍한 여인이 억울하게 죽으면 그 넋이 소쩍새가 된다지요?"

제7장 청학동의 얼굴

"어르신, 영대 그놈이 또 찾아왔습니다."

"뭐이? 감히 여기가 어디라고 제 놈 마음대로 다시 찾아들었단 말이냐! 대문 안에 발도 들여놓지 못하게 하고 썩 쫓아버려라!"

"드릴 말씀이 있다고 합니다."

"들을 말 없다."

"정자 지을 목수를 아직 못 구했느냐고 묻는 것으로 보아……."

"그래?"

"속는 셈 치고 말이라도 들어보시는 것이 좋겠습니다만."

"으음, 데리고 오너라."

참봉의 사랑채에는 영대의 옛 스승 박민채를 비롯한 유림 몇 사람이 와 있었다. 대청에 오른 영대는 박민채에게 먼저 절을 올렸다.

그러나 그는 절을 받지 않고 기침을 하며 돌아앉아버렸다. 영대는 묵묵히 참봉과 유림에게도 차례로 절을 올렸다. 박민채가 빈정대며 핀잔을 주었다.

"꼬락서니 하고는. 그래 오늘은 무슨 바람이 불어 절까지 하느냐?"

꿇어앉은 영대가 그 말에는 대답을 하지 않고 민망한 낯빛으로 입을 열었다.

"소, 소인이 정자를 짓겠습니다."

참봉이 속으로만 그 말을 반기고는 겉으로는 정색을 하며 물었다.

"어인 까닭으로 마음을 돌렸는고?"

"그 일을 할 사람이 정 소인밖에 없다면, 소인이 해야 할 것 같은 생각이 들었습니다."

박민채가 물었다.

"왜 갑자기 그렇게 생각하였느냐?"

"갑자기 생각한 것이 아니오라 스승님께서 다녀가신 뒤로 줄곧 고민하여 왔던 바입니다."

참봉은 한 가지 의구심이 떠올랐다.

"일전에 별채 아이가 찾아갔을 때 무슨 얘기를 나누었느냐?"

"정자를 다 짓고 나면 소인이 원하는 것을 한 가지 달라고 하였습니다."

"네 놈이 원하는 것? 그게 뭐이냐?"

"세상에는 없는 것일 수도 있습니다."

"그게 무슨 소리냐?"

"송구하오나, 그렇게만 알아주십시오."

"그래 그랬더니 별채 아이가 주겠다고 하더냐?"

"그러겠다고 약속을 하셨습니다."

"뭔지도 모르는 것을 달라는 데 주겠다고 하였다고?"

"그렇습니다."

"네 이놈, 행여 가당찮게도 그 아이를 얻을 생각이라면 그만 두거라."

"어르신, 사람은 세상에 없는 물건이 아니지 않습니까."

"그러니까 그 아이를 원하는 것은 아니라는 말이렷다?"

영대는 대답을 하지 않았다. 두 사람의 대화를 듣고 있던 박민채가 호통을 쳤다.

"네 이놈, 어른이 묻는데 어찌 입을 다물고 있는 게냐!"

"그에 관해서는 더 드릴 말씀이 없사오니, 정자 짓는 일을 소인에게 맡겨주실지 말지 그것만 결정하여 주십시오."

참봉은 좌중에게 물었다. 누구도 딱 부러지는 대답을 하지 않았다. 박민채가 말하였다.

"이보오, 중보. 짓겠다고 찾아왔으니 맡겨보시구려."

"저놈이 어인 속셈인지 도무지 알 수가 없으니······."

제7장 청학동의 얼굴

참봉이 중얼거리자 영대가 여쭈었다.

"언제까지 지으면 되겠습니까?"

대답은 박민채의 입에서 나왔다.

"네가 할 바에 달린 일이 아니냐? 장차 모든 백성이 올라 몸도 쉬고 마음도 쉴 곳이 될 터이니 각별히 애를 써야 할 것이다."

"모든 백성이라니요?"

"우리만 게 둘러앉아서 풍류판을 벌이고자 세우려는 줄 알았더냐?"

"그것이 아니오라······."

참봉이 영대의 말허리를 잘랐다.

"정자를 다 지을 동안에 네 놈이 머물 거처는 산 아래에 마련해 줄 터이니 게서 숙식을 해결하도록 하거라."

"알겠습니다."

"군청 창고에 불이 나 재목이 반이나 소실되었다는 건 잘 알고 있겠지?"

"그렇습니다."

"특히나 귀하디 귀한 마리때가 다 타버렸다. 남은 걸로 되겠느냐?"

"깨진 기왓장 한 조각이라도 쓰기 나름인 줄 압니다."

"네가 전에 계영루를 해체할 적에 땅속에 박혀 있던 주춧돌도 파내었느냐?"

"그것까지는 파지 못하였습니다."

"그게 소실된 기둥만큼이나 중요하다. 그것부터 파내거라."

"그리 하겠습니다."

참봉은 장호인을 시켜 봉투를 하나 주게 하였다. 영대는 방바닥에 놓인 그것을 집어 들지 않고 내려다보기만 하였다.

"착수에 필요한 것이 이것저것 많을 것이니, 우선 그것으로 충당하거라. 따로 큰 비용이 드는 일이 생기면 장 서방에게 말하도록 하고."

영대는 두 손으로 봉투를 집어 품에 넣고는 물러나왔다. 장호인이 대문 밖까지 따라 나왔다.

"생각 잘하였네. 이제야 어르신이 한시름 놓고 자리에서 일어나시게 되었네."

"내가 정자를 어떻게 짓든 간섭만 하지 않으면 되오."

"여부가 있겠나. 아무 염려 말고 자네 마음대로 하게. 내 자네를 믿으이."

영대가 돌아서서 길을 내려오자 저 앞에서 한껏 양풍(洋風)으로 차려입고 술이 달린 붉은 양산을 쓴 젊은 여자가 올라오고 있었다. 굽 높은 구두가 위태위태해 보였지만 또닥또닥 소리를 내며 잘도 걸었다.

스쳐 지나는 겨를에 분 냄새가 확 풍겨왔다. 영대는 속으로 의아스러웠다.

'요즘엔 양풍 기생도 다 있나?'

여자는 얄망궂게도 영대를 빤히 쳐다보는 것이었다. 영대가 오히려 당혹스러웠다. 괘씸한 생각까지 들어 한마디 하려다가 속으로 삼키고 말았다.

'저런 화냥년 같은 걸 그냥.'

참봉의 집 앞에 선 젊은 여자는 열린 문 앞에 서서 사람을 불렀다.

"계세요?"

삼복이 달려 나와 여자의 차림을 한눈에 얼른 훑어보고는 아무리 만석꾼 부자이긴 하지만 참봉이 이렇게까지 양귀신 꼴을 한 여자도 다 알고 지냈나 하며 말을 더듬었다.

"누, 누구를 찾아왔소?"

"여기 남옥이라고 하는 사람이 있나요?"

"남옥이? 남옥이, 남옥이라……."

고개를 꺄우뚱하는 삼복의 뒤통수를 누가 툭 쳤다. 장호인이었다.

"이놈아, 뭘 그리 더듬어, 더듬길!"

그리고는 여자한테 말하였다.

"우리 경운당 아씨는 무슨 일로 찾으시오?"

"저는 경성에서 온 친구 정희라고 하는데, 고향에 내려온 김에 만나보려고 진주에서부터 물어물어 찾아왔어요."

장호인은 정희를 별채로 안내하였다. 남옥이 그녀를 알아보고는 크게 반겼다. 정희는 안도하는 한숨을 내쉬며 대뜸 대청에 엉덩이를 붙이고 앉으며 양산을 접었다.
"어떻게 된 거야? 전문학교 학생이라는 애가 기생이나 들고 다니는 붉은 양산을 다 들고 다니니?"
"시골에서는 요즘도 그런 걸 따지나보네? 호호, 시골은 시골인가봐."
"어서 들어가자."
남옥과 마주 앉은 정희는 한복을 입고 비녀를 찐 머리를 보더니 혀를 찼다.
"너, 꼴이 그게 뭐니?"
"뭐가 어때서 그래?"
"좋은 시대를 거꾸로 살고 있잖아?"
"뭐라고? 온통 일본인 세상인데 좋은 시대라니?"
"그런 뜻에서 한 말이 아니고, 여성해방의 시대에 아직 구시대의 잔재를 못 벗고 있는 차림이니까 그렇지."
"차림새가 그렇게 중요해?"
"아니, 뭐 꼭 그런 뜻은 아니고 그나저나 이 댁에서 지낼 만은 한 거야?"
"응. 아무 불편 없이 지내고 있어. 너는 어때?"
"나야 뭐 보시다시피."
보리가 다과를 들였다. 정희는 수정과를 한 모금 맛보더니 시원하고 맛있다며 꿀꺽꿀꺽 한참에 다 마셔버렸다. 남옥이 정희가 내려놓은 빈 그릇을 제 그릇과 바꿔 놓으며 더 권하였다.

"아까 어떤 사내가 이 집에서 나오는 것 같던데, 누구야?"

"그래? 생김새가 어땠어?"

"음, 큰 키에 어깨는 두껍게 떡 벌어져서 체격이 아주 좋고, 눈썹이 진한데다가 이목구비가 굵직굵직하게 생긴 사람, 그런데 참, 옷이 형편없더라. 누군지 알 것 같아?"

남옥은 영대임을 짐작하였다.

"응, 알 만한 사람이야."

"네 애인이야?"

"얘가 무슨 소리를? 밖에서 누가 들을까 겁난다."

"이 댁 도련님과는 친하게 지내고 있니?"

"점점?"

아닌 게 아니라 남옥은 참봉 집에 들어와서부터 여형규와 잘 지내왔는지 자문해 보았다. 아무리 서로 간의 거처가 다르고 혼례 전에는 가까이 하지 않는 법도가 서 있다고 하여도 어른들끼리 정약을 한 터에, 더구나 한 집안에서 살고 있으면서 너무 서먹하게 지내지 않았나 하였다.

여형규가 진주에서 하숙을 하는 터라 주말에만 오기는 하여도 언제 들고나는지 그 자취를 알 수 있는 날이 드물고도 드물었다. 어쩌다 지나칠 때면 아무 말도 없이 한차례 쳐다만 보고 마는 그의 태도가 마음에 걸려 얼른 방으로 돌아와 면경(面鏡) 앞에서 자신의 매무새가 잘못 되었나 살피곤 하였다.

하루는 참봉에게 저녁 문안을 드리러 갈 때였다. 사랑채에서 나오던 여형규가 툭 한마디 던지는 것이었다.

"그런 묵다리 한복은 언제 훌훌 벗어던질 생각이오?"

남옥이 어인 말인가 하여 영문을 몰라 하고 있는데 여형규가 몹시 탐탁치 않은 눈초리를 보내었다.

"다들 단발이나 고데를 하고 짧은 양치마에 블라우스를 입는 세상에 무슨……. 집에 머리를 자를 돈이 없나, 옷 사 입을 돈이 없나."

그런 뒤에 남옥은 몇 번이나 머리를 자르려고 마음먹고 읍내 미용원 앞을 서성거렸지만 끝내 자르지 못하였고, 양장점 문을 열까 말까 망설였지만 차마 열고 들어갈 용기가 나지 않아 그냥 발길을 돌리곤 하였다.

"얘, 남옥아. 요즘 세상에 누가 정혼을 하고 그러니?"

남옥은 빙그레 웃었다.

"정혼이 어때서?"

"우리 여자도 말씀이야. 자기가 좋아하는 짝을 직접 찾고 고르고 간도 보고 그래야 하는 거라고."

"간을 보다니?"

"그 뜻도 몰라?"

정희는 바깥 기척을 잠깐 살피더니 남옥에게 다가가 귓속말을 하였다.

"미리 자 본다는 말이야."

남옥은 화들짝 놀랐다.

"뭐야? 아무리 세상이 바뀌었다지만 어떻게 그런 망측스러운 일이……."

"너 정말 모르고 있었구나. 경성에서는 그런 게 유행한 지 아주 오래되었어."

남옥은 화끈거리는 얼굴을 애써 진정시켰다. 정희가 콧노래를 흥얼거렸다. 남옥도 신가요를 몇 곡 들어보지 못한 바는 아니지만 그건 처음 듣는 노래였다.

"요즘은 신가요 중에서도 애절한 곡조가 유행이야. 그 중에서도 내가 제일 좋아하는 노래가 바로 이 노래야. 제목이 강남달인데, 낙화유수라는 영화의 주제곡이란다. 제대로 한 번 불러볼까?"

"아서, 어르신 들으실라."

"이 마당 저 마당, 마당이 온통 운동장만한데 거기까지 들리기야 하겠어? 목소리를 조그맣게 낮춰서 불러볼게."

정희는 목청을 가다듬은 뒤 조심스레 불러나갔다.

"강남달이 밝아서 님이 놀던 구름 속에 그의 얼굴 가리워졌네. 물망초 핀 언덕에……."

다 부르고 난 뒤에 남옥이 아무 반응을 보이지 않았다. 정희는 기분이 싱거워졌다.

"너무 처량하지? 노래도 그렇고 우리가 사는 시대도 그렇고 땀을 다 식혔으니 그만 나가자."

"어디로?"

"같이 읍내 구경이나 하러 가. 아무리 조그만 읍내지만 볼거리가 없겠니?"

남옥은 정희를 데리고 안채로 가 참봉의 부인 심 씨에게 인사를 시키고는 읍내에 다녀오겠노라고 아뢰어 허락을 받았다. 그리고는 사랑채로 가서 자리를 털고 일어나 원기를 회복하고 있는 참봉에게도 인사를 하고 집을 나섰다.

십 리 길을 걸어 읍내 송죽사진관 앞에 이르렀다. 정희가 남옥의 팔을 끌었다.

"우리 사진 찍자."

남옥은 끌려들어가다시피 하였다. 기름을 발라 머리를 뒤로 넘기고 검은 나비넥타이에 흰 셔츠를 입은 사진관 주인 진봉문이 손을 모아 맞이하였다. 남옥은 의자에 앉히고 정희는 서게 한 뒤에 사진을 찍었다.

"두 분 다 보기 드문 미모이신데, 독사진도 한 장씩 찍으시지요?"

"그래 그러자, 얘."

사진을 찍고 나온 뒤 몇 걸음 가지 않아 무리지어 길을 가던 청년들이 말을 걸어왔다. 남옥은 불안하였지만 정희는 척척 대꾸도 잘하였다. 청년들이 미인은 쾌남아와 어울려야 한다고 히죽거리며 뒤따랐다. 남옥이 싫어하는 기색이 역력하자 정희가 뒤돌아보며 버럭 소리를 질렀다.

"자꾸 따라다니면 경찰에 신고할 거여요!"

"칫, 말을 걸 때 좋아서 받을 땐 언제고."

남옥의 눈길에 갈마산 산정이 들어왔다. 사람들이 어른거리고 있었다. 집을 나설 때부터 그림자처럼 뒤따르던 보리가 한마디 하였다.

"아씨, 정자를 짓기 시작한 것 같습니다."

정희가 보리의 말을 듣고 혀 차는 소리를 내었다.

"때가 어느 때인데 정자를 다 짓는담. 있는 것도 허물고 있는 판국에."

남옥이 차분한 음성으로 말하였다.

"세상에는 반드시 없어져야 할 것도 있지만, 절대 없어지면 안 되는 것도 있어."

무슨 뜻인지 아리송하기만 한 말을 들은 정희는 남옥을 쳐다보았다. 남옥은 무심한 낯빛으로 산정에 시선을 두고 있었다.

향교 뒷산에 오른 영대는 정자 지을 터를 찾아보고 있었다. 두 봉우리 중에서 어느 쪽이 나을까 고민이 되었다. 정모가 말하였다.

"풍수쟁이를 불러봐야 되는 것 아냐?"

"부르고 말고 할 게 뭐 있어? 향교에서 가까운 이 봉우리에 지으면 되지."

배은홍의 말에 영대가 고개를 끄덕였다.

"그러자. 섬진강도 잘 보이고, 읍내에서 올라오기에도 좋고······."

영대는 두 사람을 데리고 계영루 터로 갔다. 기둥이 서 있었던 자리를 발로 쓸었다. 주춧돌이 머리를 드러내었다.

"이걸 파내야 해."

"돌이라면 단연 우리 정모가 나서야지, 안 그래?"

배은홍의 말에 정모가 씩 웃었다. 삽을 가져다가 땅을 팠다. 주춧돌은 보기보다 컸고 깊게 박혀 있었다. 하나를 파내는 데만 꼬박 한나절이 걸렸다. 여섯 개를 다 파내어 놓으니 옮길 일이 걱정이었다. 사람이 질 수 있는 돌들이 아니었다.

"달구지를 빌려오자."

배은홍이 읍내 남일물산으로 가서 짐을 실어 나르는 소달구지를 끌고 왔다. 주춧돌 하나를 세 사람이 겨우 들어 올려놓으니 더 실을 곳이 없었다. 한 번에 하나씩 여섯 번을 향교 뒷산 기슭에 옮겨 놓았다.

"여기서부터는 어떻게 가지고 올라가지? 달구지도 못 올라가는데?"

머리를 맞대고 꾀를 짜내던 세 사람은 황소를 빌려오기로 하였다. 장호인의 도움을 받아 힘센 황소 두 마리를 구한 영대는 멍에를 씌우고 줄을 뒤로 늘어뜨려 가래를 맬 곳에 커다란 거적을 달았다. 그리고는 거적 위에 주춧돌을 올려놓았다.

"이랴!"

정모가 먼저 소를 부리며 비탈길을 올라갔다. 소는 힘에 겨워 걸음을 제대로 내딛지 못하였다. 정모가 연신 소리를 치며 고삐를 끌어당겼다. 소는 우는 소리를 내며 헐떡거렸다. 뒤에서는 영대와 배은홍이 긴 막대기로 주춧돌을 밀어주었다. 마침내 산꼭대기까지 다 끌어올렸다.

"헉헉, 이 짓을 다섯 번이나 더 해야 된다는 말이야?"

"어쩌겠어? 다른 방법이 없는 걸."

주춧돌을 다 옮긴 뒤에는 한결 수월하였다. 소들도 길이 들여져 향교 아래에 있는 참봉의 읍내 집 창고에 들어있는 재목과 기와를 옮길 적에는 큰 투정을 부리거나 말썽을 일으키지 않았다.

"영대야, 우리 막걸리 한잔 안 할래? 힘들어 죽겠다."

"그러자. 한 사발 하자."

산 아래로 내려간 정모가 한 말이나 받아서 지고 올라왔다. 그런데 즐거운 낯이 아니었다. 술통을 내려놓은 그는 볼멘소리를 하였다.

"저번 달에만 해도 한 말에 일 원 오십 전 받던 것을 한 달 사이에 십 전이나 더 올려 받더라."

"우리 악양에서는 일 원 사십 전 하는데?"

"술도가 놈들 제멋대로군."

황소에게도 한 사발씩 먹이고는 둘러앉았다. 안주거리는 두부 한 모에 간장 한 종지였다. 바람이 좋았다. 누군가 산죽 사이로 올라오고 있었다. 보리가 광주리를 이고 한 손에는 주전자를 들고 올라왔다. 영대는 뜻밖이라 말이 나오지 않았고, 두 사람은 누군가 궁금해 하였다.

"갖다 드리라고 해서."

배은홍이 물었다.

"누가요?"

광주리를 내려놓은 보리는 대답도 하지 않고 왔던 길로 부리나케 내려갔다. 배은홍이 다시 영대에게 물었다. 영대도 아무 말이 없었다. 정모가 배은홍을 쳐다보며 말하였다.

"참봉 어르신이지 누구긴 누구겠어?"

"그나저나 마리때가 타버린 것이 가장 문제야."

"그게 수백 년 된 칡뿌리였다지?"

"그런데 영대 너, 혹시 그런 걸 찾아보려는 건 아니겠지?"

"어떻게 새로 구할 수 있겠어? 차라리 산삼뿌리를 찾아보는 게 더 쉽겠다."

"칡뿌리든 산삼뿌리든 하여간 나는 내일부터 마리땟감을 찾아볼 테니까 너희들은 산 위로 날라 오는 데만 바빠서 저기 아무렇게나 쌓아놓은 재목이나 정리 좀 해줘."

영대는 읍내 수리조합으로 갔다. 직원은 영대를 한눈에 알아보고 빈정거렸다.

"웬일이야? 또 무슨 불만이 있어서 왔어?"

"그게 아니고, 전에 광평송원에서 베어내었다는 소나무 좀 보러 왔소."

"그건 봐서 뭐하게?"

"쓸 만한 게 있으면 살까 하오."

직원은 영대를 데리고 조합 창고로 가 문을 열어주었다.

"마음대로 골라봐."

안으로 들어가 나무를 살피던 영대는 실망스러웠다. 쓸 만한 건 벌써 다 팔아먹었는지 남아 있는 것이라곤 허벅다리 굵기 만한 것밖에 없었다.

"다른 창고는 없소?"

"이게 다야."

수리조합을 나온 영대는 직접 산으로 가보기로 하였다. 송원에 있는 나무는 더 베어내는 것이 금지되어 있었다. 오랜 만에 집에 도착하니 수돌이 반겼다.

"정자 짓는 일은 잘 되어갑니꺼?"

"혼자 지내기 무섭지 않았어?"

"무섭기는예."

"밥은?"

"제때 묵고 학교에도 잘 댕기고 있으이 걱정하지 마이소. 근데 방학하면 지도 읍내로 델꼬 가 줄끼지예?"

"그래, 알았다."

집안을 대충 정리해 놓은 뒤에 영대는 수돌을 남겨둔 채 단단히 채비를 하여 홀로 나왔다. 마룻댓감을 구하자면 몇 날을 산속에서 보내야 할지 모를 일이었다.

칡덩굴이 우거지지 않은 곳이 없는 산이라 어디로 가볼까 고민하다가 먼저 단천골부터 살펴보기로 하였다. 골짜기 입구에서부터 삼신봉 산등성이에 이르기까지 여섯 골짜기를 샅샅이 뒤졌지만 눈에 띄는 건 거의 다 수십 년 된 것들 뿐이었다.

대성동 골짜기에서 세석으로 이르는 여섯 골짜기도 마찬가지였고, 삼정골에 들어서도 덕평봉 아래에 있는 선비샘까지, 또 명선봉 아래 총각샘, 그리고 토끼봉 언저리까지 속속들이 헤매고 다녔지만 어디고 마땅한 것이 없었다.

"하긴, 수백 년 된 칡이 쉽게 눈에 띨라고."

칠불암 골짜기까지 둘러본 영대는 지친 몰골로 집으로 돌아왔다. 칡이 천지라는 화개 땅에서 구할 수 없다면 다른 곳은 둘러보나 마나일 성싶었다. 하루를 꼬박 쉰 뒤에 다시 집을 나섰다.

"내친 김에 악양까지만 둘러봐야겠어. 그래도 구할 수 없다면 대처 제재소에 가서 적송이라도 구입해 오는 수밖에."

배를 저어 내려왔다. 자개치 앞 미점마을에 조그만 장이 열려 있었다. 부농이 많이 사는 악양인지라 부피가 많이 나가는 물건보다 한 손바닥에 들 만한 진기하고 값비싼 것들이 많았다. 주막 주인 장덕완이 외양간에서 소를 돌보고 나오는 길에 영대를 보았다.

"정모 집에 가는가?"

"아니오. 그런데 악양에서 쓸 만한 재목이 많이 자라는 데가 어디오?"

"재목? 재목감이라면 솔봉에 많을 걸? 온통 쭉쭉 뻗은 소나무 산이니 말일세."

"고맙소"

"막걸리 한잔 하고 가지?"

"오늘은 바빠서. 다음에 들르리다."

모가 자라는 드넓은 무디미 들판은 보기에도 눈이 시원하였다. 앞이 모래로 둘러싸인 동정호는 얼어붙은 듯 잔잔하기만 하였고, 물밤 풀과 반죽(斑竹)이 숲을 이루고 있었다. 정서리에 이른 영대는 악양면의 진산이라는 솔봉으로 향하였다.

봉우리 이름이 솔봉이니 온통 소나무가 자라 있을 것이고, 그렇다면 꽤 쓸 만한 몇 그루를 발견할 수 있을지도 모른다는 생각이었다. 수백 년 된 칡을 찾는 일은 화개를 떠나오면서부터 이미 단념한 터였다.

한참 오르자 흙담을 친 성터가 있었다. 언제인지 알 수 없을 만큼 오래되어 보였다. 가파른 길을 조금 더 올라갔다. 정상에는 커다란 너럭바위가 있었다. 그 위에 올라섰다. 아래로 악양이 한눈에 펼쳐졌다.

"여기에도 한 아름이 넘는 소나무는 거의 없군. 하긴, 재목이 될 만하다 싶으면 왜놈들이 다 톱날을 대었을 터이니."

솔봉을 내려온 영대는 악양강 상류를 거슬러 더 깊이 들어갔다. 골은 점차 깊어지고 있었다. 문득 옛 스승 박민채와 함께 선동(仙洞)을 찾아 헤매던 때가 떠올랐다.

"옛 사람이 말하기를, 신선과 같은 사람들이 숨어 사는 곳인데 일천 호가 살만한 터에 일천 석의 종자를 뿌릴 만한 너른 땅이 있느니라. 그밖에 다른 것은 말해 무엇하랴."

스승의 말을 믿고 스승의 걸음을 믿어 온 지리산을 헤매고 다녔지만 끝내 그런 곳은 발견할 수 없었다. 결국 스승은 찾기를 단념하고 영대에게 뒷날 찾아보기를 당부하였다. 하지만 영대는 스스로 생각하였다.

그런 곳은 없을 것이라고, 신선과 같은 사람들이 왜 숨어 살겠느냐고, 세상을 등지고 살든 세상 안에 살든, 사람들이 모여 사는 곳이면 어디나 도회지가 되는 것 아니냐고. 그러니 신선 같은 사람들이 모여 산다는 말은 괜히 하는 소리요, 죄짓고 도망친 사람들이 산속에 숨어들어가 살면서 지은 죄를 숨기려고 짐짓 그런 소문을 내는 것이라고.

"그만 내려갈까."

사방을 둘러보아도 영대의 눈에는 썩 마음에 차는 기둥감이 보이지 않았다. 갑자기 물소리가 요란해졌다. 숲을 더듬어 더 들어가 보았다. 깊은 못으로 폭포수가 쏟아지고 있었다. 폭포 위에는 너럭바위가 있었는데, 세 골짜기의 물이 합류하는 곳이었다. 바위에 청학정(靑鶴汀) 세 글자가 새겨져 있었다.

"여기가 도대체 어디지?"

어느 골의 물길을 따라 올라가봐야 할지 몰라 고민하다가 서쪽으로 가 보기로 하였다. 얼마 못 가서 집채보다 큰 바위 위에 학처럼 생긴 작은 청석(靑石)이 얹혀 있었다. 바위를 돌아들었다. 너와집이 한 채 서 있었다.

"뉘오?"

늙은이 한 사람이 나와 목청에 녹이 낀 소리를 내었다.

"여기가 어딥니까?"

"청학골이라네."

영대는 아무리 생각해도 신선이 산다는 곳 같지 않았다. 아무 데나 청학이라고 이름 붙이고 산다 싶었다. 늙은이가 한마디 더 하였다.

"이 골짜기를 청학골이라 부르고, 저 아래에 있는 바위를 청학암이라고 하지. 그런데 젊은이가 이 깊은 곳까지 어인 일인가?"

"나무를 찾고 있습니다."

청학골이든 백학골이든 상관없었다. 영대는 찾아든 사연을 말하였다. 듣고 난 늙은이는 중얼거렸다.

"수백 년 된 칡뿌리라……. 그런 것이라면 마침 내게도 한 뿌리 있지."

영대는 잘못 들었나 싶었다. 놀란 눈으로 서 있는 그를 늙은이는 눈짓으로 따라 오라 이르고는 왼쪽 집터서리로 갔다. 눈앞에 누워 있는 나무를 본 영대는 입을 쩍 벌렸다.

"아니, 이건?"

"이 정도면 되겠는가?"

"이런 걸 어떻게?"

"오랫동안 산에서만 살다보면 별별 걸 다 얻게 된다네. 지난여름 폭우에 뿌리가 조금 드러난 걸 계속 파 보았더니 이놈이 한 마리 황룡처럼 땅 속에 떡 누워 있더군. 다 파는 데만도 석 달이 걸렸었지. 나 혼자서는 끌고 내려올 수도 없어서 사람들을 데려가 간신히 가져다 놓았다네."

"이, 이건 수령이 얼마나 됩니까?"

"나무나이? 그거야 나무 저만 알고 있겠지, 허허."

"저에게 파십시오."

"그냥 가져가게. 좋은 데 쓸 걸 찾아다니고 있었다니."

"그래도 그럴 수야 없지요."

"다음에 들를 적에는 술이나 좀 갖고 오게나. 그런데 어떻게 가져갈 생각인가? 이곳은 길이 없어서 소도 들어오지 못하는 곳인데?"

영대는 그제야 나무를 가지고 갈 일이 예삿일이 아님을 깨달았다. 아무리 생각해도 좋은 수가 떠오르지 않아 늙은이에게 물었다.

"어떻게 하면 좋겠습니까?"

"가지고 갈 방법도 생각하지 않고서 덮어놓고 달라는 말부터 하는 자네도 어지간하구먼, 허허. 과히 걱정하지 말게. 이 묏등에 적지 않은 사람들이 흩어져 살고 있으니 때를 봐서 불러 모아다가 지고 내려가게 해주겠네."

"고맙습니다. 그런데 여기가 신선 같은 사람들이 산다는 바로 그 청학동입니까?"

"여기는 그 일부이지."

영대는 심히 믿기지 않았다. 늙은이가 영 신선 같이 여겨지지 않아서였다.

"악양 땅 전체가 청학동이라네. 제 발로 청학동을 딛고 살면서 다른 데 있는 줄 알고 이 골 저 골 찾아 나다니는 사람들이 많지."

"……"

"마음가짐을 청학처럼 하고 살면, 그 어찌 신선 같은 사람이 아닐 것이며, 사는 곳이 그 어디인들 청학동이 아니겠는가? 사람들이 언행은 까마귀처럼 하면서 발길로만 청학동을 찾는답시고 돌아다녀서는 영원히 찾을 수 없다네."

"오늘 제가 어르신을 뵙고 깨달은 바가 많습니다."

영대는 정중히 인사를 올린 뒤 읍내로 나왔다. 그동안 정모와 배은홍은 재목을 크기와 모양에 따라 구분을 하여 잘 정리해 두었다.

"나무는 구했어?"

"응."

"정말 수백 년 된 칡을 찾았단 말이야?"

"그렇다니까."

"어디에서 구했어?"

"청학동에서."

"에이, 농담하지 마. 청학동이 어디 있다고."

"쯧쯧, 말을 한들 네가 알아듣겠나. 하여간 기다려 봐. 며칠 있으면 어떤 사람들이 가지고 올 거야."

"거짓말인지 참말인지……."

"어쨌든 그러면 이제 준비는 다 된 건가?"

"그런 셈이야. 내일부터는 본격적으로 작업을 하기로 하자."

"그러면 오늘은 이만 하고 오랜만에 벌래재에 가서 낚시나 한 판 하자."

"수돌이가 집에 혼자 있으니 가봐야 해."

"자식처럼 끔찍하게 위하네?"

"정자를 다 짓고 나면 벌래재에 가서 실컷 놀자."

"알았어. 우리 집에서 제일 가까우니까 내가 가끔씩 가서 손 볼 거 있으면 봐 둘게."

영대는 동서남북 좌우를 살펴 정자를 세울 방향을 정하였다. 그리고는 손 없는 날을 잡아 토지신에게 간단한 제를 올렸다.
"지금부터 상량을 할 때까지는 상갓집에 가면 안 돼, 알겠지?"
"알았어. 부정 타면 안 된다, 이거지?"
영대는 마음속으로 빈 터와 허공에 이미 정자를 하나 지어놓았다. 그것을 실제로 얼마나 똑같이 재현하느냐 하는 것이 성패의 관건이었다. 계영루를 그대로 옮겨 놓은 듯이 짓지는 못하더라도 정자는 그것의 풍미를 어느 정도까지는 갖추어야 한다는 게 그의 생각이었다.
정자를 지을 터를 고르게 팠다. 한 번도 건물을 앉힌 적이 없는 곳이라 온통 그대로 생흙이었다. 백토를 써서 터를 다졌다. 주춧돌을 여섯 군데에 반듯이 앉힌 다음에 기둥을 놓아보아 아래쪽에 그랭이를 뜨고 다림보기를 반복하면서 네 귀 기둥을 똑바로 세웠다.
"아재예, 저 왔어예."
방학을 하자마자 읍내로 내달아온 수돌은 그때부터 기왓장을 하나하나 손질하는 소임을 맡았다. 굳은 흙을 솔질해 말끔히 털어내는 일이었다. 일손이 딸리는지라 보를 하나 올리는 데도 세 사람이 다 달라붙어 씨름을 해야 하였다. 정모가 푸념을 하였다.
"휴우, 몸이 열 개라도 모자랄 판일세."
배은홍이 엄살을 떠는 그를 짐짓 나무랐다.
"에라, 이놈아! 너는 두 팔이나 있지, 나는 한 팔로 네 놈 두 몫을 하고 있다, 이놈아."

"네 이놈, 배가야! 일을 어디 입으로만 한다더냐. 네 놈은 몸이 열 개라면 열 한 개가 남을 놈이다, 이놈아."

"열 개면 열 개지 한 개는 왜 더 붙이냐?"

"그 싸가지도 한 몸 한다는 말이다, 이놈아."

향교에 있던 참봉이 일의 진척이 못내 궁금하여 여러 유림 인사와 올라왔다. 보 위를 걸으며 기둥과 잘 맞물려졌는지 확인을 하던 영대가 내려왔다.

"잘 되어가고 있느냐?"

"예, 어르신."

"뭐 특별히 필요한 것은 없느냐?"

"없습니다."

"불에 탄 마리때는 어떻게 할 셈이냐?"

"구해 놓았으니 곧 가져올 것입니다."

"구해 놓았다고? 어떤 걸?"

"전엣것에 버금가는 것입니다."

"그렇다면 수백 년 된 칡뿌리를 구하였단 말이냐?"

"그렇습니다."

"어디에 그런 것이 있더냐?"

"악양 청학골에서 얻었습니다."

참봉은 의구심에 찬 눈초리로 영대를 바라보다가 곧 눈길을 거

두고는 말하였다.

"나중에 보면 알겠지. 동교(東校)에 마련해준 집은 지낼 만하더냐?"

"예."

"네 이름을 걸고 천 년 갈 정자를 지어야 하느니."

박민채도 마음을 풀고 한마디 거늘었다.

"고생하거라."

그때 멀리 내려다보이는 읍내에서 희한한 광경이 벌어지고 있었다. 흰 두건을 쓴 사람들이 두 줄을 이루어 어깨에 길고 커다란 통나무를 메고 들어서는 것이었다. 모두 흙보다 짙은 얼굴들이었다. 군민들이 수군거렸다.

"상여를 멘 것도 아니고, 저게 뭐이가?"

"글쎄, 정자를 짓고 있다더니 게 가지고 갈 것인가 보지?"

그들은 향교를 지나 산으로 올라오고 있었다. 영대는 얼른 내려가 맨 앞장서서 길을 인도하고 있는 늙은이에게 두 손 모아 인사를 하였다.

"어서 오십시오."

"늦은 것은 아니지?"

참봉이 그들이 메고 온 나무를 보고는 영대에게 물었다.

"이건 웬 나무인고?"

"악양 청학골에서 어렵사리 구하였다는 바로 그 나무입니다."

"이, 이것이 정녕 칡뿌리란 말이냐?"

"그렇습니다. 얼마나 오래된 것인지는 모르겠으나 굵기로 보아 마리때로 쓰기에 충분한 것입니다."

참봉은 의혹을 거둔 목소리를 내었다.

"애썼네."

참봉이 유림과 함께 산에서 내려갔다. 영대는 정모와 배은홍을 시켜 술을 받아오게 하여 그들에게 베풀었다. 사람들은 하나 같이 말없는 얼굴로 술 사발만 들었다. 영대는 다시 한번 늙은이에게 고마워하였다.

"어르신 덕분에 이제야 대들보를 올릴 수 있게 되었습니다."

그리고는 그들이 돌아가는 빈손에 막걸리를 여덟 말이나 받아주었다.

"다 짓고 나면 나도 한번 와 보고 싶네 그려."

"그때가 되면 제가 청학골로 찾아뵙고 모시겠습니다."

읍내를 오가는 길에 갈마산 산정에서 일어나고 있는 일을 올려다보곤 하던 군민들이 점차 불평을 늘어놓기 시작하였다.

"저 정자 짓는 데 그토록 극심히 반대하던 청년들은 다 어디에서 뭘 하고 있나?"

"그놈들은 청년 회관을 짓고 있겠지."

"돈이 모자라서 공사가 중단되었잖아?"

"지주들이 돈을 대주었다더군. 정자 짓는 일을 더 이상 방해하지 않는 조건으로."

"그래? 그러면 양반들은 정자를 짓고, 청년들은 회관을 짓고?"

"그렇지. 그렇게 모종의 합의를 하지 않았으면 두 건물이 어떻게 함께 착착 올라가고 있겠어?"

"그랬었군. 그래서 내가 투고함 두 곳에 다 투서를 했어도 지금까지 신문에 나지 않았던 게야."

"에잇, 이제 보니 늙은 것들이나 젊은 놈들이나 다 똑같군."

"불이라도 확 질러버릴까 보다."

"그거 좋은 생각이네? 그러자. 하지만 지금은 때가 좀 이르니 상량을 할 적에 본때도 보여줄 겸 석유라도 끼얹어서 확 질러버리자."

제8장 견우의 칠석날

비가 내리는 날이 이어지고 있었다. 남옥은 펼쳐 놓은 화엄경을 읽다 말고 열어 놓은 방문 밖 마당으로 내리는 비에 눈길을 대었다. 보리는 마루에 앉아 하염없이 내리는 빗줄기를 바라보고 있었다. 비를 피해 앉아 있을 뿐 아무 것도 할 수 없는 날들이었다.

"장마는 장마인가 봅니다."

"그렇구나. 이 궂은 날들이 어서 지나갔으면 좋겠구나."

"읍내 갈마산에서 정자를 짓는 사람들도 일손을 놓고 있겠지요?"

"그렇겠지. 그간 설치해 놓은 것들이 이 비에 별 탈이 없어야 할 텐데."

삼복이 우산을 받쳐 들고 쫓아 들어왔다. 보리가 일어나며 눈을 크게 떴다.

"저놈이 어딜 함부로?"

삼복이 처마 밑으로 뛰어들자 보리가 나무랐다.

"이놈아, 누구 맘대로 별채 출입이야?"

"비가 하도 세차게 내려서 경황이 없어서 그랬어. 죄송합니다, 아씨."

"아니다. 그래 무슨 일이냐?"

"어르신이 부르십니다."

남옥은 옷매무새를 고친 뒤 우산을 쓰고 사랑채로 갔다. 참봉은 심한 감기몸살로 누워 있을 때 병문안을 다녀간 사람들을 적어 놓은 병문록을 들여다보고 있었다. 남옥이 기척을 내자 참봉은 보던 것을 덮고 고개를 들었다.

"비가 이리 많이 오는데 불러서 미안하구나."

"아닙니다, 어르신."

"내 너에게 물어볼 것이 있다."

"하문하십시오."

"영대 그놈이 정자를 다 짓고 나면 달라고 한 것이 무엇이냐?"

"소녀는 알지 못합니다."

"알지 못하는 것을 준다고 하였느냐?"

"정자를 짓는 일이 급선무라는 생각에 그만……"

"그놈이 행여 너를 달라면 어찌 하겠느냐?"

"원하는 것이 소녀가 아닐 것입니다."

"어찌 그리 확신하느냐?"

"확신을 하는 것이 아니옵고, 그렇게 막무가내인 사람은 아닌 듯합니다."

"형규와는 어떻게 지내느냐?"

"도련님은 학업에 열중할 때인 줄 압니다."

"평소에 몸가짐을 각별히 조심해야 하느니라."

"예, 어르신."

"하고, 정자 짓는 데 가끔씩 가 보거라. 일의 진척도 확인하고, 그놈이 뭘 원하는지도 미리 넌지시 떠보거라."

"……"

"보리를 시켜 새참도 내어가고 하거라. 짓는 도중에 그놈의 좁은 속이 틀어져 덜컥 연장을 내던지고 일손이라도 놓아버리면 큰 낭패다. 그놈이 정자를 짓겠노라 마음을 돌리게 된 데에는 네 힘이 컸으니, 무슨 말인지 알겠느냐?"

"알겠습니다."

"이 장마가 끝나고 나면 군내에 전염병과 피부병이 돌지 말라는 취지로 향교 어른들이 읍내 광평송원에 있는 하상정에서 활쏘기대회를 열기로 하였다. 그날 군민들도 많이 모이고 음식도 많을 것이니, 내가 나중에 다시 너에게 말을 하지 않더라도 그놈도 와서 배불리 먹도록 전하거라."

"그렇게 하겠습니다."

영대는 참봉이 마련해 준 읍내 동교의 집에서 하릴없는 나날을 보내고 있었다. 비가 조금 그친다 싶으면 얼른 산으로 올라가 덮어 놓은 재목이 젖지나 않았는지 확인해 보는 것이 고작이었다.

"뭐하는 깁니꺼?"

온 정성을 쏟아 깎고 있는 것을 보고 수돌이 묻자 영대는 웃기만 하였다.

"뭐하는 기냐니까예?"

"보면 모르겠어? 나무 깎고 있잖아."

"글쎄, 뭘 만들고 있느냐고예!"

수돌이 한마디씩 끊으며 소리치듯 말하자 영대는 얼른 귀를 피하였다.

"조그만 놈이 목소리는. 다 지어놓은 정자 모습이 어떨지 그냥 손이 심심해서 그걸 깎고 있다, 되었느냐, 이 녀석아!"

"그래예? 그라마 다 깎으면 그거 지 주이소"

"임자는 따로 있느니라."

"그게 누군데예?"

"몰라도 돼."

"칫, 안 가르쳐주면 누가 모를 줄 알고 아씨한테 줄 거잖아예, 맞지예?"

"이 녀석아, 맞긴 뭐가 맞아."

수돌은 입을 삐죽거렸다.

"싱거운 동네에 구장질 한다더니, 아재도 참 쓸데없는 짓 하고 있네예."

"뭐라고? 그런 말 누가 하더냐?"

"담임선생님이 우리한테 잘 쓰는 말입니다. 그래서 우리가 별명을 싱구장이라고 붙여줬습니다."

"그래? 하하하."

그친다 싶더니 또 후두두둑 빗방울이 쳤다. 하늘을 올려다보기도 전에 쏴 하고 퍼부었다.

"진절머리나는 이놈의 장마가 도대체 언제나 끝나려는지, 참. 하루 빤하다 싶으면 사나흘을 쏟아대니."

긴 장마가 끝을 보이는지 비 오는 날이 잦아들었다. 모처럼 화창하게 갠 날이라 영대는 아침 일찍 향교 뒷산으로 올라갔다. 다행히 기둥이며 도리와 보가 세우고 얹은 그대로 장마를 잘 버텨낸 모습이었다. 재목도 겉만 조금 젖어 있었다.

"벌써 와 있었네?"

"수돌이도 잘 지냈고?"

정모와 배은홍이 올라오면서 말을 건네었다.

"다들 집에 별일 없었지?"

"우리야, 뭐. 선유동 산속에 있는 네 집이 어떻게 되었는지 그게 걱정이다."

"걱정은 뭐가 걱정이야? 아예 이참에 참봉 어르신이 마련해준 저 아래 집에 눌러앉아버리면 되는 거지."

"영대야, 저기……."

남옥이 걸어오고 있었다. 그 뒤로는 보리가 새참 광주리를 인 채 따랐다. 영대는 땅이 온통 질퍽해서 치맛자락을 쥐고 고인 물을 피해 걸음을 놓는 남옥에게 다가가 손이라도 잡아주고 싶은 충동이 일었다. 수돌이 달려 나갔다.

"보리 누나!"

"수돌아, 잘 지냈니?"

보리는 재목 더미 위에 새참을 내려놓았다. 영대는 누구에게 하는지 모를 인사를 하였다.

"일도 하지 않는데 새참이라니, 아무튼 고맙소"

말없는 남옥 대신 보리가 입을 열었다.

"일손 돕느라 밥도 제대로 먹지 못했지? 앞으로는 수돌이한테 이 누나가 새참을 자주 갖다 줄게."

"고마워, 보리 누나."

남옥이 낮은 목소리를 내었다.

"오늘 솔수풀에서 잔치가 열린답니다."

"무슨 일로?"

"어른들이 활쏘기대회를 하시는데, 끝나고 나면 군민들한테 잔치를 베푸실 모양입니다. 어르신께서 음식을 많이 차릴 것이니 와서 드시라 하였습니다."

"잘 알겠소."

장마가 지나간 뒤부터는 하늘에서 불바늘이 쏟아지는 듯한 땡볕이 내리쪼였다. 꾀꼬리가 울어대는 아침부터 한낮까지는 재목을 알맞게 켜고 다듬기에 여념이 없던 영대가 오후가 되면서부터 일손을 붙이는 품새가 영 시원찮았다.

"너 왜 그래? 어디 아픈 거 아냐?"

"우리 영대가 다 그럴 만한 이유가 있지."

"그게 뭔데?"

"저 아래를 봐. 양반네들이 벌써 활쏘기대회를 끝내고서 잔치판을 벌이려는 것 같네."

정모와 배은홍의 대화를 듣자 영대는 기다렸다는 듯이 까뀌를 획 내던졌다.

"오늘은 그만 하자. 날도 너무 덥고, 활이나 쏘고 기생들 끼고 노는 소리를 들으니 일할 맛도 더 안 난다."

"에라, 모르겠다. 나도 우리 오야 말을 듣자."

정모가 연장을 내려놓았다. 배은홍이 타령조로 말하였다.

"제비는 동무 따라 강남 가고요, 우리는 영대 따라 송림 간다네, 히힛."

세 사람은 산에서 내려와 등목을 한 뒤 머리를 새로 빗고 일옷을 길옷으로 갈아입고는 해거름이 다 되어서야 광평송원을 찾았다.

드넓은 솔숲 어디고 더 찰 자리가 없을 만큼 군민들이 몰려들어

음식 그릇을 비우고 있었다. 배불리 먹고 마신 사람들은 여기저기서 매구를 치며 한바탕 놀고 있었다. 송림 아래 백사장에도 사람이 많았다. 물이 많이 빠진 강에서는 뱃놀이를 하는 배들이 수십 척 떠 있었다. 땅에서고 강에서고 부어놓은 것처럼 사람들이 많아 누가 누군지도 모를 지경이었고, 한 번 일행을 잃으면 다시 찾기조차 어려울 듯한 광경이었다.

하상정이 중심이었다. 모든 음식은 거기서 나오고 있었다. 영대는 두리번거리다가 보리의 얼굴이 어른거리는 것 같아 사람들을 헤치고 다가갔다. 스무남은 아낙이 쉼 없이 끓이고 지지고 굽고 담아내기에 벅찬 모습이었다. 음식을 받으려고 줄을 선 사람들의 끝이 보이지 않았다.

"어쩌지?"

"뭘 어쩌긴."

영대가 남옥을 발견하고 다가가려고 하자 줄을 선 사람들이 쳐다보았다. 어디서 나오는지도 모를 소리들이 쏟아졌다.

"뭐야, 이거?"

"줄 안 서?"

"어디서 새치기야, 새치기가!"

문득 남옥이 고개를 들었다. 영대를 알아보고는 보리에게 귓속말을 하였다. 잠시 후 보리가 앞치마를 두른 채 개다리소반을 들고 나왔다. 그리고는 눈짓을 하여 따라오라고 한 뒤에 백사장이 시작되는 솔숲 끝 한자리를 봐주었다.
 "수돌이는 안 왔나 보네요?"
 "애들이 올 곳이 아니라서 그냥 집에 있게 했네."
 "그러면 가실 때 수돌이 먹일 걸 좀 싸드릴 테니 하상정으로 와서 가지고 가셔요."
 정모와 배은홍이 고마워하며 상에 손을 대기 시작하였다. 둘과는 달리 영대는 음식은 먹는 둥 마는 둥 하고 자주 하상정 쪽으로 눈길을 주었다. 묶어놓은 강아지 같은 영대의 태도가 도저히 눈꼴시어 참다못한 정모가 소리를 버럭 질렀다.
 "닳겠다, 이놈아!"
 배은홍이 일어섰다.
 "쯧, 중이 어찌 제 머리를 깎으며 무당이 어찌 제 조상 푸닥거리를 하리."
 그러고는 하상정으로 갔다. 팔 한쪽이 없는 것을 본 사람들이 배은홍을 보고는 아무 소리를 하지 않았다. 손짓으로 보리를 불러낸 그는 무어라 소곤거렸다. 보리는 듣는 동안 고개를 두어 번 끄덕였다. 그리고는 저도 배은홍의 귀에 대고 뭔가 속삭이는 것이었다. 다시 자리로 돌아온 배은홍이 말하였다.
 "이제 바쁜 일이 거의 다 끝나서 금방 여기로 온다고 했으니까 기다려봐."
 "안 그래도 때가 되면 올 텐데 바쁜 사람한테 뭐 하러 가서……."

"에라, 이놈아! 그 학모가지 부러질까봐 내가 다녀왔다."

정모가 갑자기 무릎을 탁 쳤다.

"영대야, 이따가 아씨가 오시면 백사장으로 내려가서 배에 태워서 벌래재로 가. 그러면 사람들 눈도 피할 수 있고, 하고 싶은 얘기도 마음 놓고 할 수 있잖아? 어때, 기가 막힌 생각이지?"

배은홍이 이죽거렸다.

"정모야, 말 좀 똑바로 해라. 하고 싶은 얘기가 아니라 하고 싶은 짓 아냐, 혹시?"

그 말을 들은 영대가 느닷없이 사발에 든 막걸리를 배은홍의 얼굴에 확 끼얹어버렸다. 그리고는 벌떡 일어섰다.

"이것들이 보자보자 하니까."

바로 그때 남옥과 함께 다가온 보리가 말을 꺼냈다.

"왜들 싸우고 그러셔요?"

"아, 아무 일도 아니고, 그냥 장난 좀……. 그렇지, 영대야?"

"한 번만 더 그딴 말을 하면……."

"알았어, 알았다니까."

영대는 어떻게 해야 할지 몰라 우물쭈물 서 있기만 하였다. 남옥이 말하였다.

"보리 너는 여기 좀 있거라."

그리고는 앞장서서 백사장으로 내려갔다. 영대는 땅만 보며 몇 걸음 뒤에서 따라갔다. 남옥은 사람들이 드문드문 앉아 있는 물가

쪽으로 가 멈추어 섰다. 영대가 망설이다가 가까스로 입을 뗐다.
"힘들었을 텐데 좀 앉으십시오. 옷에 묻는 흙도 아니니."
남옥은 치마를 쓸어 마른 모래 위에 앉았다. 영대는 두어 걸음 떨어진 곳에 자리를 잡았다. 두 사람은 한동안 아무 말도 하지 않고 강물과 강물에 떠 있는 배와 강 건너 산만 헛눈 참눈 번갈아가며 바라보았다.
영대가 긴장감을 달래려고 손가락을 백사장에 가로세로 그어대었다.
"뭘 적은 겁니까?"
영대는 대답 대신 반문을 하였다.
"나라에 충성은 왜 해야 하오?"
"저 같은 한낱 아녀자가 뭘 알랴마는, 조상의 피를 받고 태어난 땅에서 살아가는 어느 누구든 자연적으로 가져야 할 도리가 아닐까 합니다."
"사람들이, 백성들이 나라에 충성을 하지 않아서 우리 대한이 지금 이 꼴이오?"
"백성들은 늘 나라에 충성하고자 하는데, 위정자들은 늘 자기 자신들에게 충성하기를 바라왔지요. 바로 그게 잘못된 거지요."
영대는 잠깐 말을 끊었다가 이었다.
"한 가지 더 물어봐도 되겠소?"
"궁금한 것이 많은가 보군요."

"그 댁 장남과 정혼한 것이 사실이오? 양가 어른들 사이의 옛 약조란 게 그것이오?"

남옥은 침묵하였다. 영대는 용기를 내어 말하였다.

"나는 배필이 생기면 두 가지는 꼭 약속할 수 있소. 한 가지는 절대로 밥을 굶기지 않겠다는 것이고, 또 한 가지는 단 하루도 홀로 놔두지 않겠다는 것이오."

강 위로 어느새 노을빛이 드리워지고 있었다. 남옥의 낯에도 엷은 홍조가 감돌았다. 목젖을 삼켰지만 넘어가는 것은 아무 것도 없었다.

"구경시켜 줄 곳이 있소. 여기서 잠깐만 기다려주오."

영대는 배를 매어놓은 곳으로 가서 물길로 가져왔다. 백사장으로 끌어올려 놓고 남옥이 타기를 권하였다.

"어딜 가려고 그러는지?"

"가보면 아니까 어서 타기나 하오. 사람들이 이상하게 여기기 전에."

남옥은 치마를 조금 걷어들고 배에 올랐다. 영대는 밑삼에 앉기를 권한 뒤에 배를 밀어 강물에 띄웠다. 그리고는 재빨리 올라탔다. 그 바람에 배가 크게 끄떡였다. 남옥은 놀라 뱃전을 잡았다. 영대는 삿대 끝에 매달아놓은 깃발을 떼어내어 뒤를 보지도 않고 뱃바닥에 휙 던지고는 삿대를 물에 넣었다.

깃발은 뱃바닥으로 떨어지지 않고 뱃전에 걸쳐졌다. 남옥은 물속에 빠질까봐 허리를 굽혀 집어 들었다. 뒤를 힐끗 돌아본 영대가 말하였다.

"펴 봐도 되오."

남옥은 호기심에 깃발을 펴 들었다. 한가운데에는 영대의 얼굴이 크게 그려져 있고 네 귀 모서리에는 작은 글씨로 한 자씩 선유거사(仙遊居士)라고 적혀 있었다. 남옥이 물었다.

"신선과 노닌다는 뜻인가요?"

"선녀와 논다는 말이오."

"그 깊은 산속에 선녀가 있나보군요?"

"내 평생 딱 한 번, 딱 한 사람이 찾아왔었소."

남옥은 더 이상 말을 하지 않았다. 배는 물길을 거슬러 굽돌이를 몇 차례 돌아들었다. 이윽고 대숲이 나타났다. 영대는 벌래재 앞에 배를 대었다.

"이곳이 하동을 흐르는 섬진강에서 가장 은밀한 곳이라오."

먼저 내린 영대가 강물 속에 하반신을 담그고 배가 좌우로 놀지 못하도록 붙잡았다. 남옥은 내리려고 일어섰지만 엉거주춤 서 있기만 할 뿐 겁이 나 걸음을 뗄 수 없었다. 영대가 삿대 끝을 내어주었다.

"이걸 잡고 내리오."

남옥은 간신히 배에서 내렸다. 영대가 벌래재 앞 작은 터에 자리를 깔아주었다. 둘은 나란히 앉아 섬진강의 밤 풍경을 바라보았다.

영대는 품에 손을 넣어 무언가를 꺼냈다. 그리고는 남옥에게 주었다.

"지난 장마철에 마땅히 할 일도 없고 해서 다 지어진 정자의 모양을 미리 깎아보았소"

"이걸 왜 제게?"

"그 정자를 짓도록 나를 일깨운 고마운 사람이 아니오? 별 것도 아니고, 다른 뜻도 없으니 사양치 말고 받아주오."

남옥은 받아들었다. 정자노리개 끝에 줄까지 달려 있었다. 영대는 밤하늘을 올려다보았다. 온 하늘은 빛빛쪽쪽 그대로 끝을 알 수 없는 별밭이었다.

"오늘이 무슨 날인지 아오?"

묻고는 남옥의 대답을 기다리지도 않았다.

"견우의 칠석날이라오."

"칠석날이면 그냥 칠석날이지, 견우의 날과 직녀의 날이 따로 있는 줄은 몰랐네요."

"견우의 칠석날은 양력으로 칠월칠일이고, 직녀의 칠석날은 음력으로 칠월칠일이라오. 그래서 견우의 칠석날에는 견우가 직녀를 제 집으로 데려 오고, 직녀의 칠석날에는 직녀가 견우를 제 집으로 데려간다오."

"견우와 직녀는 일 년에 한 번, 오작교에서 만나는 것 아닌가요?"

"옛날에는 그랬는데, 어느 때부턴가 까치와 까마귀란 녀석들이 오작교 놓는 일을 자꾸만 까먹고 소홀히 하는 바람에 그만 화가 난 견우가 직접 은하수에 징검돌을 놓았다오. 그날이 바로 양력 칠월 칠일이라오."

"처음 듣는 애기인데요?"

"그럴 수밖에요. 영대가 오늘 정한 거니까."

그쳤다 싶은 장마가 무슨 미련이 남아 다시 찾아왔는지 이틀 동안 하동군 전역에 광풍이 몰아치고 폭우가 쏟아져 내렸다. 하동에서 진주로 가는 다리란 다리는 다 침수가 되었고, 진주 남강은 열두 척이나 불어나 강 인근에는 온통 홍수 피해를 입어 수많은 사람이 죽고 이재민이 발생하였다. 하동에서 화개를 거쳐 구례로 나 있는 자동차도로도 노도처럼 밀려드는 섬진강 강물에 흔적도 없이 잠겨버려서 두 방향으로의 교통이 다 두절되었다.

읍내에서는 내부 마감만 남겨 놓고 막바지에 이른 청년 회관 공사가 비바람이 들이쳐 중단되었고, 갈마산에서도 또 다시 정자 공사가 진행되지 못하였다. 긴 장마철에도 거의 젖지 않았던 재목이 천지가 뒤집힐 듯이 몰아친 이틀간의 호우에 흠뻑 젖어버렸다.

"웬 태풍이 그렇게도 사나운지, 참."

"에잇, 참. 재목이 다 마를 때까지는 공사를 못하게 되었잖아."

"하는 수 없지 뭐."

"청년 회관은 다 지었다지?"

"그런가봐. 곧 낙성식을 한다나봐."

하동청년회관 준공식이 열린다는 소식이 신문과 청년들의 입으로 군민들에게 알려졌다. 남녀노소 신분에 관계없이 참석을 요망하였고, 내빈으로 초대되는 사람들에게는 별도로 초청장이 발송되었다.

청년 회원들은 회관을 멋들어지게 꾸미기에 바빴다. 외관도 치장을 하였고 안팎으로 현수막을 내걸었다. 행사장에는 카펫을 깔고 둥근 탁자를 놓았으며, 연단에는 마이크 시설을 설치하여 시험을 하였다.

"비가 오지 않아야 할 텐데."

"하늘이 무심치 않을 거야. 우리의 뜻을 잘 알 테니."

그러나 청년들의 바람과는 달리 하늘은 심술궂었다. 이른 새벽부터 비가 내리기 시작하는 것이었다. 행사가 시작될 무렵에는 그쳐주기를 빌었지만 야속한 강우는 더욱 세차기만 하였다.

청년들은 다 우산을 쓰고 밖에 나와 있었다. 시간이 되자 사람들이 하나둘 모습을 나타내기 시작하였다. 우중을 뚫고 축하해 주러 오는 군민들에게 청년들은 여느 때보다 더 반갑고 고마운 인사를 하였다.

참봉과 유림의 인사들은 한꺼번에 모습을 나타내었다. 이른 아침부터 향교에 모여 있다가 시간에 맞춰 온 것이었다.

"어서 오십시오, 참봉 어르신."

"여러 어르신들, 왕림해 주셔서 감사합니다."

김계영이 유림을 행사장으로 안내하였다. 입구에서 참봉은 유림을 대표하여 금일봉을 부조하였다. 안으로 들어서자 하동연예단이 연주하는 음악이 울려 퍼지고 있었다. 참봉과 유림 인사들은 내빈석에 앉았다.

먼저 와 있는 사람도 있었고 뒤에 들어오는 사람들도 있었다. 참봉은 그들과 일일이 목례를 나누었다. 단상 쪽을 제외한 다른 삼면 벽에는 하동경찰서에서 나온 사복형사들과 정복순사들이 둘러서 있어 다소 긴장감을 자아내었다.

예정된 개식 시간을 조금 넘겨 한 청년이 단상 옆 아래쪽에 있는 마이크대 앞으로 갔다. 그러자 장내를 은은히 울리고 있던 주악이 그쳤다. 그는 마이크를 켠 뒤 두어 번 두드려 보고는 말하였다.

"안녕하십니까? 오늘 폭우 속에서도 오백 명이 넘는 이렇게 많은 분들이 왕림해 주셔서 깊은 감사 인사를 올리는 바입니다. 그럼 지금부터 하동청년회관 낙성식을 거행하겠습니다!"

하동연예단이 큰 음악을 연주하였고, 내빈과 참석자들은 모두 박수를 쳤다.

"먼저, 개식사가 있겠습니다. 개식사는 하동청년회 집행위원장이신 문태규 동지가 군민 여러분들께 올리겠습니다."

말쑥하게 차려입은 문태규가 연단에 올라 개식사를 마친 뒤, 하동청년회의 연혁 보고와 청년 회관의 공사 과정에 대한 보고가 이어졌고, 그 다음에는 내빈들의 축사가 진행되었다. 소개를 받은 참봉이 단상에 올랐다.

"에, 금일은 참으로 감개무량한 날입니다. 우리 하동의 청년 건아들이 본 청년 회관을 건립함에 있어 물심양면 여러 가지 어려움을 극복하고……. 청년 제군은 굳건히 단합하여 앞으로 더욱더 모질게 몰아칠 세파에 당당히 맞서 이겨내는 기백을……."

그때 청중의 뒤쪽에서 큰 소리가 들렸다.

"중지!"

사법주임 마츠에가 참봉의 말을 끊어놓았다.

"불령을 조장하는 그런 발언은 삼가시오!"

장내는 얼음물을 끼얹은 듯하였다. 참봉은 알 수 없는 눈길로 가만히 마츠에를 바라보다가 축사를 더 잇지 못하고 이만 줄이겠다는 한마디를 하고 단상에서 내려왔다. 마츠에가 다가왔다.

"아까 그 발언 꼭 기억하겠소 앞으로 조심하시오!"

"……."

뒤이은 사람들의 축사에도 김재영, 요코야마, 오다 순사가 불쑥불쑥 끼어들어 주의를 주며 중지시키곤 하였다. 그때마다 장내는 술렁거렸고, 사회자는 긴장감을 진정시키느라 진땀을 뺐다.

각계를 대표하는, 스무 명이 넘는 내빈의 축사가 끝난 뒤에는 사회자가 내외각지에서 답지한 서른여 통의 축문과 축전을 하나하나 읽었다. 그로써 낙성식의 모든 의례를 마쳤다. 형사와 순사들이 꼬투리를 잡아 자꾸만 연설을 중단시킨 탓으로 예정된 시간을 한 시간 반이나 넘긴 뒤였다.

"그럼 지금부터는 낙성 연회를 시작하겠습니다. 먼저 후원회 김진두 대표님이 개회사를 하시겠습니다."

김진두는 짤막하게 말하고 내려왔다. 후원회의 경과보고가 이어졌다. 연단에 오른 김계영은 도움을 준 사람들을 일일이 읽어나가다가 잠시 멈춘 뒤, 참봉과 유림이 앉아있는 내빈석 쪽으로 인사를 하였다.

"회관 건립에 가장 큰 도움을 주신 분들은 바로 문묘직원님을 비롯한 지역의 여러 유림 유지들이십니다. 여러분, 이분들께 아낌없는 박수를 부탁드립니다."

둥근 탁자마다 음식이 날라졌다. 참봉과 유림들은 입에 맞지 않아 수저를 대는 둥 마는 둥 하였다. 그들 앞으로 김계영이 다가왔다.

"어르신들, 재차 고개 숙여 감사의 말씀을 올립니다. 찬은 없지만 많이 잡수십시오."

"알겠네. 가서 일보게."

"저어, 한 가지 여쭙고 싶은 것이 있습니다."

"뭐인가? 말해보게."

제8장 견우의 칠석날

"어르신께서 정자를 짓고자 하는 뜻은 어디에 있습니까?"

"그것이 궁금한가? 그러면 내가 먼저 물어보세. 자네들이 이 청년 회관을 지은 뜻은 뭐인가?"

"가장 큰 목적은 무지한 무산대중을 계몽하기 위해서입니다."

"그런가? 나 또한 그런 뜻일세."

김계영은 이해가 되지 않는다는 표정을 지었다.

"자네들이 새날에 대한 계몽을 한다면 나는 묵은 날에 대한 계몽을 하려고 한다는 것이 다를 뿐일세."

오래지 않아 참봉은 유림들과 자리에서 일어났다. 문태규를 비롯한 청년들이 배웅을 나왔다. 김계영이 책이 든 큰 봉투를 하나씩 주었다.

"저희들이 이번에 하동청년회 회보를 발간하였습니다. 이건 그 창간호인 <뭇소리>입니다. 읽으실 만한 글이 없더라도 너그러이 잘 살펴봐 주십시오."

"고맙네. 잘 읽어보겠네."

정재완이 청년들의 등을 두드리며 말하였다.

"자, 우리는 이만 가네. 자네들은 어서 들어가 보게."

"예, 정자도 잘 짓게 되기를 빌겠습니다. 안녕히 가십시오."

비 그친 오후가 되어서야 산으로 올라온 영대는 그나마 거의 다 말라가던 재목이 또 다시 비에 젖은 것을 보고는 기분이 언짢아 재목더미를 발로 툭툭 차보기만 하였다. 정모가 쌓아 놓은 것들을 하나씩 들추어 보다가 말하였다.

"이러다가 정자를 짓기도 전에 다 썩어버리는 것 아냐?"

"조선에 저절로 썩는 재목은 없다. 다 사람이 손을 잘못대어 망가뜨릴 뿐이지."

그때 배은홍이 소리쳤다.

"저기 좀 봐!"

읍내에서 괴상한 일이 벌어지고 있었다. 사람들이 저마다 탈을 쓰고 긴 행렬을 이루어 걸어가고 있는 것이었다. 길가에는 어른 아이 할 것 없이 군민들이 많이 나와 그 광경을 구경하고 있었다.

"도대체 저게 뭐하는 짓이지?"

영대가 눈길을 한차례 주더니 고개를 돌리며 별일 아니라는 듯 대답하였다.

"오늘 청년 회관 낙성식을 한다더니 행사를 끝내고 다 저 꼴로 나온 모양이네."

"나오려면 그냥 나올 것이지 애꿎은 탈은 왜 쓰고 나와?"

"누가 누군지 알아보지 못하게 하려고 그러겠지."

"얼굴을 알아보면 순사들이 잡아간다냐?"

"그냥 관심 끌려고 하는 짓이야. 신경 쓰지 말고 우리 할 일이나 하자. 나무를 또 늘어놓고 말려야지."

밤이 되자 청년들은 두 가지 행사를 동시에 열었다. 웅변대회와 음악회였다. 준공식 여러 행사들 가운데 청년들이 가장 중요하게 생각하는 것이 웅변대회였다. 그런데 경찰이 웅변대회에서 어떤 불령한 책동의 말들이 나올까 감시할 것이 뻔하여 신구음악연예회라는 명칭을 붙인 음악회를 같은 시간에 열어 관심을 분산시키고자 한 것이었다.

특히 음악회에 신구(新舊)라는 말을 넣은 것은 진교에서 이름난 기생 두 사람을 초청하여 타령을 한 곡조 부르게 한 것 때문이었다. 그 기생들은 평소에 순사들에게 인기가 아주 많은 터라 그들이 웅변대회에만 이목을 두지는 않을 것 같았다.

"준비 다 되었지?"

"응. 제발 태수의 전략이 먹혀들어야 할 텐데……."

"가짜 정보를 흘린 뒤, 동에서 소리치고 서에서 들이친다! 좋은 작전이야."

"암, 잘 될 거야."

순사들이 낙성식 때보다 더 삼엄하게 장내를 경계하며 주시하는 가운데 문태규가 웅변대회의 개회사를 하였다.

"한 사회를 발전시키는 데 있어서 동서고금을 막론하고 청년들이 앞장서지 않은 때가 없었습니다. 청년들이 있었기에 잠을 자고 있던 대중은 비판적 자각을 통하여 사회를 혁명적으로 개선하고자 하는 해방 전선에의 동참을……."

"어이, 사회주의적인 발언은 안 돼!"

"동참을 열렬히 지지하며 떨쳐 일어났으며……."

"빠가야로!"

순사들이 연단으로 우르르 뛰어올라가 마이크를 빼앗았다. 김재영이 말하였다.

"발언을 조심하라고 하지 않소! 자꾸 그러면 강제로 해산시키겠소."

"사람 사는 사회에서 사회를 이야기 하는데 그게 무엇이 잘못이라는 말이오?"

"지금 덤비겠다는 거야?"

"아니오. 되었소."

이윽고 연사들이 순차로 등단하였다. 맨 먼저 김석형이 '법률상으로 본 평등'이라는 제하로 열찬 목소리를 쏟아내었고, 뒤이어 정찬우가 '농촌과 청년'을, 서기진이 '사랑'을, 김금옥이 '여성계의 종횡관'을, 조정희가 '때의 흐름을 따라 우리는 자각하자'를, 윤영철이 '청년의 사명'을, 정세기가 '농촌의 사정'을, 끝으로 송재홍이 '전환기에 있는 청년운동'이라 제목을 붙인 명연설을 하였다.

단상에 오른 연사들 중 순사들로부터 주의를 받지 않은 사람이 없었고, 윤영철은 웅변을 끝맺지 못하고 강제로 끌려 내려오기까지 하였다. 여류연사들 중에는 조정희가 우리의 해방은 오직 경제의 해방이어야 한다고 목이 터져라 부르짖어 백여 명 청중의 고막에 북을 치는 듯하였다.

한편, 음악회가 열리는 행사장에서는 수백 명이 모여 있었다. 낙성식 연주를 위하여 한 달도 넘게 연습을 해온 하동연예단이 클래식 음악을 몇 곡 연주한 뒤에 신가요로 이어가자 청중은 따라 부르기도 하였고, 진교 기생 남농월과 남순선 자매가 가루지기타령을 부르는 대목에서는 열기가 최고조에 이르렀다.

장내에 순사들이 아무도 없는 것을 확인한 김태수가 얼른 마이크를 들고 외쳤다.

"마지막 곡은 우리 하동 지역에서 오랫동안 구전되어 온 노래입니다!"

곧바로 연주가 시작되었다. 청중은 무슨 노래인가 하여 어리둥절하였다. 김태수가 큰 소리로 불렀다.

"조선군사 눈물이다. 눈물을 밥을 삼고……."

임진왜란 때 하동 지역의 의병들이 부른 노래였다. 눈치를 보던 청중들은 하나둘 입을 열고 가만히 따라 부르기 시작하였다. 연주가 끝나자 김태수는 한 번 더 청하였다. 음악이 다시 흘러나오자 군민들의 목소리가 커졌다. 이윽고 노랫소리는 천장을 울렸고, 군민들은 저도 모르게 목청껏 불러대었다. 눈가에 눈물이 번지는 사람들이 많았다.

"한 검을 베개 삼고, 송침을 이불 삼아……."

입구에서 망을 보고 있던 유창현이 장내에 있던 김태수에게 손가락을 입술에 세우며 신호를 하였다. 하지만 김태수는 연예단 지휘자에게 음악을 계속하게 하였다.

"뭐하는 거야? 비키지 못해!"

순사들은 청중에 막혀 있는 입구를 헤치고 들어오려고 하였다. 그 무렵 노래는 끝이 나고 있었다. 청중이 비켜서자 연예단 앞으로 나온 순사들이 장내를 둘러보았다. 요코야마가 연예단 지휘자에게 물었다.

"방금 그거 무슨 노래였소?"

"하동군민가이오."

"군민가? 그런 노래도 있었나? 연주를 다시 시작해 보시오."

지휘자는 김태수의 얼굴을 바라보았다. 김태수가 요코야마에게 말하였다.

"끝난 노래를 다시 하라니, 그건 무슨 경우요?"

그리고는 청중에게 소리쳤다.

"자, 여러분! 이것으로 신구음악연예회를 모두 마치겠습니다. 감사합니다. 이제 집으로 돌아가시면 됩니다."

군민들이 입구로 몰리자 몇 안 되는 순사들로는 막을 수 없었다. 요코야마가 김태수의 턱 앞으로 다가들었다.

"내가 모를 줄 알아? 방금 부른 게 하동 의병의 노래였지?"

"모르오."

"거짓말 하지 마! 좋게 말할 때 바른 대로 말하지 못해!"

"이제 정리를 해야 하니 그만 가주시오."

"어디 두고 보자. 때가 되면 네놈들을 모조리 검속하여 뜨거운 맛을 보여줄 테니."

"기대하리다."

물 빠지듯 사람들이 빠져나간 뒤 청년들과 몇몇 학생들만 남은 행사장은 너저분하고 썰렁하기만 하였다. 문태규가 청년들을 한곳으로 불러 모았다.

"오늘 고생 많이 했어. 지금부터는 우리도 좀 즐겨야지, 안 그래?"

조촐한 위로연이 열렸다. 막걸리 사발이 오가는 가운데 성인이 되지 못한 학생들은 사이다 잔을 들며 아쉬운 듯 입맛을 쩍쩍 다셨다. 김태수가 막걸리 주전자를 들고 그들에게 다가갔다.

"너희들도 한 잔씩만 해."

학생들은 어른 대접을 받는 것 같아 기분이 좋아져서 달게 받아 마셨다. 김계영이 어깨 위로 손을 높이 들어 김태수와 손뼉맞춤을 하였다.

"멋졌어. 정말 멋졌어, 하하하."

문태규도 칭찬을 아끼지 않았다.

"태수의 계략이 딱 먹혀든 게 좋았기는 하지만, 그 바람에 웅변대회가 빛이 바래버린 느낌인데?"

"섬진강탄곡을 지은 사람이라, 역시 음악으로 한 방 먹여버렸군, 하하."

여형규가 물었다.

"태수 형은 어떻게 그런 생각을 다 했어요?"

"어차피 웅변대회는 감시가 심할 거니까 무조건 길게 끌고 가는 게 좋다고 생각했지. 그러면 음악회는 신경을 못 쓸 테니까. 애초에 그놈들도 눈치를 채라고 웅변대회와 음악회를 같이 연다고 한 거야. 결국 순사들은 웅변대회에 몰려들 수밖에 없었고, 청중은 음악회로 몰려들었지. 바로 그걸 노린 거야."

남대우가 감격에 겨워 목소리를 떨었다.

"두 번째로 부를 때에는 눈물을 흘리는 사람도 보았어요."

"수백 명이 한목소리로 독립군가나 다름없는 하동의병가를 마음껏 불러대었다니 지금 생각해도 믿기지 않는군."

"자, 우리 오늘의 성동격서 작전의 성공을 자축하자, 건배!"

술잔을 내려놓은 문태규가 물었다.

"그런데, 향교 뒷산에 정자 짓는 일은 어떻게 되어가고 있는지 아는 사람 있어?"

김태수가 말하였다.

"비가 와서 공사 진행이 한동안 어려웠나봐."

"전부 나무로 하는 일이니 그럴 수밖에 더 있겠어? 아직도 봉건왕조의 추억에서 깨어나지 못하고 있다니, 참."

"그런데 읍내에 이상한 소문이 나돌더라?"

"어떤 소문인데?"

"정자를 짓고 있는 영대라는 젊은 목수하고 참봉 어르신 댁 경운당 아씨하고 눈이 맞았다더군."

"뭐라고? 설마?"

"그냥 소문이겠지."

"소문이 그냥 나나?"

"도둑 때는 벗어도 화냥 때는 못 벗는다는 말도 있는데, 거참."

"어디 그 말만 있나. 무속과 계집 속은 아무도 모른다는 속담도 있잖아?"

"그나저나 곧 참봉 어르신의 귀에 들어가겠군."

"참봉 어르신 지인의 딸이었다지?"

"곧 소박댁이 아닌 소박댁이가 되겠어."

"왜 아니라나, 쯧."

김태수가 벌떡 일어나는 여형규의 팔을 잡으며 청년들에게 소리쳤다.

"다들! 자리 봐가면서 말조심 좀 해!"

그런 뒤, 얼굴이 벌겋게 달아오른 여형규를 데리고 나왔다. 복도를 지나 청년 회관 밖으로 나온 여형규는 격분한 나머지 주먹으로 회관의 외벽을 쾅 쳤다.

"이런 개망신이!"

제9장 갈마산에 신 선비

장호인이 난색을 나타내었다.

"아씨, 도저히 사공을 구할 수 없습니다. 불어난 강물이 아직 다 안 빠져서 작은 나룻배는 위험하여 고기잡이조차 나서지 못하고 있다고 합니다."

"그래도 다니는 배가 있을 게 아닌가?"

"통영과 남해를 오가는 장배만 포구에 드나든다고 합니다."

남옥은 낙담하였다. 그렇다고 해마다 치르는 일을 거를 수는 없었다.

"산길로 가면 안 되겠는가?"

장호인은 고개를 크게 저었다.

"그건 절대 안 됩니다. 길품 파는 데 이골이 난 행상이나 산꾼들도 엄두를 못낼 이정(里程)입니다. 올해는 그만 포기하시지요."
 장호인이 물러가자 보리도 걱정을 태산같이 하였다.
 "아씨, 이 일을 어찌하면 좋습니까."
 "찾아보면 게까지 갈 방법이 꼭 없지만은 않을 게다."
 갑자기 보리가 방문턱까지 다가앉았다.
 "아씨, 그 사람에게 부탁해 보면 어떻겠습니까? 정자를 짓고 있는 그 목수 말입니다."
 남옥은 말을 하지 않았다. 보리가 채근하였다.
 "물길로만 다닌다는 사람이니 여느 사공보다 배를 못 부리지는 않을 것입니다. 그 사람한테 부탁하는 것 말고는 다른 방법이 없을 것 같습니다."
 "작은 배는 띄우기가 너무 위험하다고 하지 않더냐?"
 "그것도 사공 나름 아니겠습니까? 이년이 얼른 읍내로 가서 부탁을 해보겠습니다."
 남옥은 무표정한 얼굴을 옆으로 조금 돌렸다. 보리는 허락을 받았다고 생각하여 신발을 신었다. 남옥이 당부하였다.
 "첫마디에 곤란하게 여기거든 바로 돌아오너라."
 "예, 아씨. 이년만 믿으시고 편안히 기다리셔요."
 영대는 두 친구의 눈치를 보며 자꾸만 산으로 올라오는 길 쪽으로 눈길을 주었다. 한 번쯤 올 때도 되었는데 오지 않는 것이 야속하였다. 남의 이목을 생각하면 쉽게 오갈 수 없으리라는 생각으로 스스로를 달래었다.

"영대야, 이제 상량을 해야 하지 않아?"

"응? 뭐라고 했어?"

"저게 또 딴 생각을 하고 있었군. 그러다가 병난다."

"좀 전에 뭐라고 했어?"

"상량을 해야 되지 않느냐고!"

"당연히 해야지."

"참봉 어르신한테 상량을 해야 된다고 하면, 아주 기뻐하시면서 거창하게 하겠지?"

"글쎄다."

"정자 짓는 걸 반대하던 청년들도 자기네들 회관이 생겼으니 상량 때 소란을 피우지는 않을 거야."

"청년 회관을 거저 짓다시피 해놓고 도와 준 사람의 뒤통수치는 짓을 한다면 그것들은 사람도 아니지, 암."

보리가 올라오고 있었다. 영대는 보리 뒤에 누가 올라오지 않나 하고 목을 빼고 넘겨다보았지만 아무도 따라 올라오지 않았다. 보리는 이고 온 새참광주리를 내려놓고 영대에게 막걸리를 한 사발 부어주었다.

"우리 보리낭자가 웬일이야?"

"웬일은요. 고생하니까 그렇지요. 자, 한 사발씩 드셔요."

보리는 영대의 안색을 살폈다. 표정이 밝지 않았다. 그래도 부탁도 안 해 보고 돌아갈 수는 없다고 생각하였다.

"저어, 아저씨."

"애 좀 보게? 멀쩡한 숫총각더러 아저씨라니, 뗵!"

"그럼 뭐라고 불러요?"

"서방님이라고 불러라."

"뭐예욧?"

"보리 네 서방이 아니라, 다른 분의 서방님 말이다."

"에그머니나! 행여 다른 사람들 듣는 데서는 농담이라도 절대로 그런 말씀 마셔요. 큰일 나겠어, 정말."

"그래 할 말이 뭐이냐?"

"아씨가 내일 쌍계사에 꼭 가야 할 일이 있는데 배를 좀 태워주실 수 있나 해서요. 다른 사공들한테 부탁을 했더니 다들 물길이 아직 사나워 작은 배는 띄울 수 없다고 하지 뭐예요."

정모가 빙그레 웃으며 얼른 대답을 하였다.

"되고말고."

보리는 그 말은 들은 척도 않고 영대의 얼굴만 쳐다보았다. 영대는 잠시 뜸을 들인 뒤에 짤막하게 말하였다.

"알았다."

영대는 수돌과 함께 화심천 입구에 배를 대었다. 온 천지에 흰 연기를 가두어놓은 듯한 새벽안개 속에서 두 사람이 나타났다. 남옥과 보리였다. 수돌을 본 보리는 반가워하였다. 수돌은 씩 웃어주기만 하였다. 영대가 화심리에 이르러서는 절대 떠들지 말라는 명령과 같은 말을 해둔 까닭이었다.

두 사람을 태운 나룻배는 물길을 따라 짙게 흐르고 있는 안개를 헤치고 나아갔다. 바로 앞도 보이지 않았거니와 양편 기슭으로 시위난 물 때문에 강은 마치 드넓은 바다 같이만 느껴졌다. 흥룡리 사초 옆에 지어두었던 움집도 흔적 없이 떠내려가고 없었다.

강바닥이 깊어서 삿대질이 되지 않았다. 영대는 남옥과 보리의 등을 보고 앉아 노를 저었고, 수돌은 키질을 하였다. 사방 산천은 적막하였고 네 사람도 입을 열지 않았다. 한여름이기는 하지만 새벽바람이 서늘하였다. 또 그 바람을 타고 온몸을 휘감아 흐르는 안개에 얼굴이 차갑게 젖어들었다. 뱃고물에 앉아서 절걱절걱 키질을 하던 수돌이가 조심스럽게 말하였다.

"아재예, 아무 것도 안 보이고 무섭습니더."

"이 누나가 있는데 무섭긴 뭐가 무섭다고 그래?"

보리의 말에 수돌은 한쪽 눈을 찡긋해 보였다. 그리고는 고개를 옆으로 빼고 영대를 바라보면서 말하였다.

"아재예, 우리 뱃노래 한 판만 하입시더."

보리가 반 눈치를 채고 궁금해 하였다.

"어머나, 수돌이가 뱃노래도 할 줄 알아?"

"지는 받는 소리만 하고, 매기는 소리는 아재가 합니더."

"그래? 그래도 그게 어디니? 한번 들어봤으면 좋겠다."

"그라까예?"

수돌은 윗심에 앉아 무심한 듯 노를 젓고 있는 영대에게 큰 소리로 말하였다.

"아재예! 시작하이소."

"할 사람은 생각도 않는데 저 녀석이 아주 명령일세?"

"배 타고 뱃노래를 안 하면 무슨 맛입니꺼, 지겹기만 하지."

아무리 기다려도 영대의 입에서 노래가 나오지 않자 수돌은 저 혼자 후렴을 흥얼거리기 시작하였다.

"아리아리라앙, 쓰리쓰리라앙, 아라리가아 나왔네에……."

후렴 한 꼭지가 다 끝나고서야 영대의 입에서 노랫소리가 흘러나왔다.

"지리사안 상왕보옹에 물박달나무, 홍두깨방망이로오 팔려어 가안다아……."

영대는 아무래도 멋쩍어 그만 하려고 하였다. 그런데 보리가 추임새를 넣으면서 손뼉장단을 치기 시작하자 그만 둘 수 없게 되었다. 남옥은 가만히 듣고만 있었다. 영대는 구성지게 부르려고 해도 목소리가 탁 트이지 않고 자꾸만 입술에만 얹혀 나오는 것 같아 민망하기만 하였다.

"오늘 아재 목소리가 와 저런공? 평소에는 안 저런데?"

비로소 수돌이의 장난기 섞인 힐난을 알아챈 영대는 슬며시 부아가 치밀었다. 에라 모르겠다 싶어 남옥의 등에다 대고 크게 불러

나갔다.

"지리사안!"

남옥이 깜짝 놀라 몸을 움찔하였다. 수돌이 훗 하고 웃었다. 보리도 따라 웃었다. 작은 등에 영대가 입에서 나온 더운 김이 확 와 닿는 바람에 낯이 달아오른 남옥은 모시장옷을 깊이 썼다. 수돌이 신이 나 소리쳤다.

"아재예, 더 빠르게예!"

그리고는 몸을 흔들며 후렴을 빠르게 해 나갔다.

"아리아리랑, 쓰리쓰리랑……."

화개 덕은리 앞을 지날 무렵에야 노래가 끝이 났다.

"보리 누나, 우리 노래 어땠노?"

"아주 잘 불렀어. 내가 지금까지 들어본 뱃노래 중에서 가장 멋들어진 노래였어."

수돌은 헤 하는 표정을 지으며 남옥을 바라보았다. 남옥은 보일 듯 말 듯한 웃음을 지어주었다. 키질하는 수돌의 두 손에 힘이 더 들어갔다. 그리고는 제 홀로 한 가락 흥얼대었다.

"수돌이 누나, 보리 누나, 쾌지나칭칭나네, 보리 누나는 예쁜 누나, 쾌지나칭칭나네에……."

영대는 남옥이 들으라는 듯 말하였다.

"저나 나나 노래도 제대로 못하면서 뭐가 저리 기분이 좋아서, 참 나."

배는 화개천에 이르렀다. 영대는 섬진강으로 흘러드는 물줄기를 살폈다. 수돌이가 제대로 도와주기만 한다면 배 밑이 물속 바위나 돌부리에 걸리지 않는 데까지는 거슬러 올라갈 수도 있을 것 같았다.

"수돌아, 이대로 화개천으로 올라간다!"

"참말예? 우와, 이거 얼마 만에 배를 타고 올라가보는 깁니꺼?"

수돌이는 연신 신이 난 얼굴이었다.

"보리 누나, 단디 잡아야 된대이? 배가 흔들릴 때 잘못하면 물에 빠진데이."

"무서워, 수돌아."

"무섭기는? 이 수돌이가 있는데. 흠흠."

화개천 입구에서 볼 때에는 안개가 낀 무릉도원으로 들어가는 것만 같은 착각이 일 정도였다. 앞에서는 네 사람을 맞이하듯이 안개가 흘러오고, 양쪽 산에서는 선녀들이 무리를 지어 긴 옷자락을 날리며 녹음을 가만사뿐 밟고 내려오는 것만 같았다.

어느덧 안개가 옅어져 멀리에서 내려오는 물살이 제대로 보이기 시작하였다. 물소리가 점차 커지자 보리가 뒤돌아보고는 한 손으로 제 입을 가렸다. 커다란 물더미가 금방이라도 머리 위로 덮칠 것만 같아서였다.

"수돌아, 왼쪽, 왼쪽을 더 저어!"

"알았습니더!"

"이번에는 오른쪽으로 조금 더 많이!"

영대와 수돌은 서로 소리쳐 주고받으며 물살을 거슬러 갔다. 수돌은 힘에 부치고 있었다. 키질을 제대로 할 수 없었다. 물속에 있는 바위에 걸리는 것도 같았다. 물속에서 돌이 바위에 부딪히며 구르는 소리까지 더해져 귀가 먹먹해졌다.

영대는 남옥이 걱정되었다. 앉아 있는 품새로 보아 멀미를 하는 것 같았다.

"수돌아, 더는 안 되겠다. 배를 물가에 붙여야겠어."

"알았습니더."

수돌은 남옥의 얼굴에 핏기가 없는데다가 구역질을 참고 있는 것이 바로 보였다. 보리는 그런 남옥에게 바짝 붙은 채 눈을 감고 있었다.

"보리 누나, 조금만 참아."

남옥에게 하는 소리에 다름 아니었다. 쌍계사 앞 나무다리도 떠내려가고 없었다. 영대와 수돌은 다리가 있던 곳이라고 여겨지는 데에서 백여 보 못 미친 아래쪽에 배를 대었다. 물살에 떠내려 갈까봐 영대가 뱃줄을 쥐고 훌쩍 뛰어내려 얼른 바위에 매었다. 그리고는 남옥이 내릴 수 있도록 손을 내밀었다. 남옥은 손을 뻗지 않고 망설였다. 영대가 소리쳤다.

"얼른 잡지 않고 뭐하는 거요! 이 물살에 빠지고 싶소?"

영대는 매가 꿩을 잡아채듯이 남옥의 손목을 잡고는 홱 당겨 품에 안았다가 돌려서 내려놓았다. 보리도 똑같이 내려준 다음에 수돌은 그대로 내버려두고 돌아서는 것이었다. 보리는 영대가 왜 그러는지 영문을 몰라 하며 배 쪽을 바라보았다. 수돌은 우두두두 뱃바닥을 달리더니 이물을 밟고 훌쩍 뛰어내렸다.

"애도 참, 넘어져서 다치면 어쩌려고 그러니?"

"이 정도야 뭐, 헤헤."

남옥은 똑바로 서 있지도 못하고 휘청거렸다. 보리가 부축하여 물가를 벗어난 바위에 걸터앉게 하였다. 영대와 수돌도 그 옆에 있는 바위에 나란히 걸터앉았다. 수돌이 남옥을 슬쩍 훔쳐보았다.

"아재예, 괜찮을까예?"

영대도 고개를 돌려 바라보고 나더니 조용히 말하였다.

"조금 쉬면 괜찮아질 거야."

화개동천을 바라보고 있노라니 절에서 치는 새벽종소리가 은은히 울려왔다.

"더엉, 더엉, 더엉……."

바삐 흐르는 물소리에 비해 그지없이 아늑하고 한가로운 소리였다. 이윽고 남옥이 일어섰다. 혈색이 어지간히 돌아온 모습이었다. 영대는 먼저 기슭을 올라가 쌍계사에 이르는 오솔길을 찾아내었다.

쌍계사에 이르렀는데도 남옥은 주지승을 찾지 않았다. 샘물로 목만 축이고는 길을 재촉하는 것이었다. 영대는 보리가 쌍계사 뒷산에 꼭 갈 일이 있다고 했던 말을 떠올렸다.

'저 뒷산에 무슨 일이지? 칡덩굴밖에는 없어서 사람이 들어갈 데가 못 되는 곳인데? 아, 그 집에 가려고 하는가보다.'

쌍계사 뒤쪽에 저택이 한 채 있었다. 영대는 큰 대문이 열리는 것을 한 번도 본 적이 없었다. 누가 사는지도 몰랐다. 그런데 남옥의 발길은 그 쪽으로 향하지 않았다. 오히려 그 반대로 나 있는 벼랑길로 접어드는 것이었다. 국사암으로 가는 길이었다.

남옥은 칡덩굴과 나무 밑동을 붙잡고 한 걸음 한 걸음 조심스럽고 더디게 내디뎠다. 길을 알고 가는지 모르고 가는지. 영대는 앞장서서 길을 좀 더 편하게 열어주고 싶었지만 그럴 수도 없었다.

마침내 국사암에 다다랐다. 암자 앞에는 석간수가 졸졸 흘러내리고 있었다. 경내에는 천 년도 더 되었다는 느티나무가 서 있었다. 남옥이 그곳도 지나쳐 가려는 것을 보고 영대는 궁금증을 견딜 수 없어 물었다.

"도대체 어디로 가려하오?"

남옥은 말을 하지 않았고, 보리가 수돌에게 타일렀다.

"수돌아, 힘들면 누나를 따라 오지 않아도 돼. 저 아래 절에서 기다릴래, 같이 갈래?"

"나는 보리 누나를 따라 갈끼다."

영대는 수돌을 혼자 보낼 수 없어 맨 뒤에서 뒷짐을 지고 따랐다. 남옥, 보리, 수돌, 영대의 순으로 줄지어 좁은 산길을 걸었다.

"사나운 짐승이라도 나오면 큰일이니 내가 앞장서겠소 뒤에서 길을 가르쳐 주면 되지 않겠소?"

"그럴 것 없습니다."

고개를 하나 넘은 뒤에 큰 골짜기로 내려갔다. 좌우로 빽빽하게 자란 나무는 하늘을 덮었고, 나무를 칭칭 감고 올라간 칡덩굴이 햇빛을 가리고 있었다. 그늘이 깊어 어둡기까지 한데다 계곡물이 피워 올리는 물기 많은 안개에 옷이 축축해졌다. 얇은 여름옷을 입은 남옥의 살결이 우련히 드러나 보였다. 골짜기를 따라 올라가는 동안 간간이 비치는 햇빛에 옷이 마르는가 싶다가도 그늘 속에서는 이내 젖어 달라붙곤 하였다.

남옥은 골짜기 옆 비탈을 살피다가 가파른 길을 찾아내었다. 그리고는 네 발로 기다시피 올라가기 시작하였다. 어디서 그런 힘이 나오는지 알 수 없었다. 무표정하게 꽉 다문 입을 보면 마치 무언가에 홀린 듯한 얼굴이었다.

비탈길은 곧장 등성이로 나 있지 않고, 옆으로 꺾여 있었다. 커다란 벽오동나무와 또 그 뒤에 있는 큰 바위를 지났다. 아찔한 벼랑이 나타났다. 벼랑을 돌아가며 나 있는 길을 따라 갔다. 길이 끝나는 곳에서 위로 올라섰다. 평평한 터가 있었다.

"여기가 어디오?"

"예전에 불일암이라는 암자가 있었던 곳입니다."

암자는 온데간데없고 폐허로 버려져 있었다. 청설모 한 마리가 잡초와 낙엽이 뒤섞여 있는 곳으로 쪼르르 지나갔다. 수돌이 얼른 따라가 잡아보려다가 순식간에 사라져 보이지 않자 그만두었다.

큰 꿀밤나무 숲을 등지고 서 있는 작고 네모난 건물로 갔다. 산신각이었다. 처마 밑 단청은 다 벗겨진 지 오래였고, 기와지붕에는 다람쥐들이 나무 위에서 까먹고 버린 도토리껍질과 누런 낙엽으로 뒤덮여 있었다. 막새 근처에는 와송도 몇 포기 자라고 있었다.

산신각 옆으로 난 길로 얼마 못가서 또 다시 절벽 같은 길이 아래로 나 있었다. 칡덩굴을 잡고 벼랑에 몸을 바짝 붙여 내려가는 동안 온몸이 제키고 긁혔다. 영대는 남옥의 옷이 찢어지지나 않았는지 걱정이 되었다.

'젠장, 그래 가는 데까지 가보자. 못 돌아가면 이 산속 깊은 곳에 눌러앉아 한평생 살아도 좋고.'

세찬 물소리 들려왔다. 절벽을 다 내려온 뒤, 타고 내려온 바위를 돌아들었다. 사방이 모두 높고 커다란 바윗덩이로 둘러싸여 있는데, 그 한 바윗덩이 아득히 높은 위쪽에서 거대하고 흰 것이 천둥치는 소리를 내며 줄기차게 하늘에서 내리쏟아지고 있었다. 그 중간쯤에 쌍무지개가 서려 있었다.

"아!"

영대는 제가 낸 소리도 들을 수 없었다. 폭포수 앞에 선 남옥이 큰절을 네 차례 하였다. 영대는 영문을 알 수 없었다. 다만, 목적지가 그곳이라는 것만 짐작할 뿐이었다. 고개를 돌려 다가오는 남옥을 보니 눈물에 젖은 얼굴인지 사방으로 튀는 폭포수에 젖은 얼굴인지 분간이 안 되었다. 영대는 소리쳐 물었다.
"이 폭포 이름이 뭐이오?"
"청학폭포!"
"뭐이라고요!"

남옥은 영대에게 다가가 귓속을 파낼 듯이 소리쳤다. 그제야 영대는 고개를 끄덕였다. 남옥은 영대의 시선을 느껴 몸을 돌렸다. 저고리고 장옷이고 겹쳐 입어봤자 비치는 속살은 어떻게 가릴 방법이 없었다. 영대는 고개를 돌렸다. 보리는 수돌을 데리고 못에 떨어져 흘러내려가는 물에서 장난을 치기에 여념이 없었다.

한기가 스며들어 오래 있지 못하였다. 길을 익힌 영대가 앞장서서 남옥의 손을 이끌어 당기며 다시 불일암 터로 올라왔다. 주춧돌을 찾아내어 그 가장자리에 난 잡초를 손으로 뜯어내고 앉을 자리를 마련하였다. 수돌은 앉아보지도 않고 보리와 청설모를 한 마리 잡겠다고 산신각 쪽으로 가버렸다.

"오늘이 무슨 날이오?"
"선고의 기일입니다."
"기일에 묘소도 아니고 왜 하필 이 먼 데까지 와서?"
"생전에 선고께서는 이곳을 청학동으로 여기셨습니다. 꼭 한번 와보길 원하셨는데 끝내 뜻을 이루지 못하셨지요. 임종하실 때까지 그것을 아쉬워하셨기에 왜풍으로 화장을 하지 말고 절에서 다비(茶毘)를 하여 이 폭포에 뿌려달라고 하셨습니다."

"사대부 가문에서 화장이라니."

"후사를 두지 못한 죄로 조상님들 뵐 면목이 없으셨던 듯도 합니다."

영대는 문득 악양의 청학골에 사는 늙은이의 말이 떠올랐다. 속으로 몇 번 연습해 본 끝에 천천히 말하였다.

"선친은 아마도 마음이 청학이셨던 것 같소 그러니 살아생전에 사신 곳이 바로 청학동이 아니었겠소?"

남옥이 뜻밖의 말에 놀라 슬쩍 눈길을 마주치자 영대는 말을 잘 못했나 싶어 떠듬거렸다.

"무, 물론 세상을 버리신 뒤에도 이곳 청학동에 드셨지만 말이오. 그래서 폭포 이름도 청학폭포가 아니겠소?"

남옥이 한차례 고개를 끄덕였다. 영대는 먼 산을 보며 헛기침을 하였다.

"어허, 험. 이러고 있다가 감기 들겠소"

"이제 내려가야지요."

남옥은 일어나면서 물었다.

"오늘이 무슨 날인지 아십니까?"

"오늘이 무슨 날이더라……."

영대는 알 수 없어 고개를 갸우뚱하였다. 그런데 문득 생각나는 것이 있었다.

"혹시?"

남옥은 입가에 잔잔한 웃음만 띄운 채 가르쳐주지 않았다. 영대는 몸이 하늘로 붕 떠오른 것만 같았다. 걸음을 걸어도 땅을 딛는 것 같지 않았다. 이따금 바로 뒤에서 따라오는 남옥을 돌아보았다. 남옥은 그때마다 고개를 들어 미소를 지었다. 영대는 하마터면 돌아서서 와락 안을 뻔하였다. 쌍계사에 도착할 때까지 보리와 수돌과 동행하고 있다는 것이 한없이 안타까웠다.

주지승 우담이 네 사람에게 차를 권하며 말하였다.

"오늘이 참, 칠월칠석날이군. 폭포에 다녀오셨나 봅니다?"

"예, 스님."

"사람이 많이 다니지 않아 게 이르는 길이 한 해가 다르게 험해지고 있는데 어찌 그 가냘픈 몸으로 매년 거르지도 않으시고……."

남옥이 말이 없는 틈을 타 영대가 물었다.

"스님, 우리 수돌이가 공부는 잘하고 있습니까?"

"허허, 우등생입니다. 참, 처사님은 읍내 향교 뒷산에서 정자를 짓고 있다고 들었습니다. 그 일은 진척이 좀 있습니까?"

"곧 상량을 할 것입니다."

"그래요? 조만간 기쁜 일이 있겠군요."

우담은 영대와 남옥을 그윽한 눈길로 번갈아보았다. 그러더니 눈을 감고 염주를 돌리면서 뜻 모를 소리를 하였다. 영대는 알아듣지 못하였다. 남옥은 우담에게 차분히 말하였다.

"스님, 해지기 전에 이만 일어나겠습니다."

어둑어둑해질 무렵에 남옥은 동네로 들어섰다. 안도감이 크게 밀려왔다. 가오는 길이 험하디 험하였지만 올해도 다녀올 수 있어서 다행이라는 생각에 마비가 온 다리를 절룩거리는 것이나, 치마저고리가 온통 엉망이 된 것이 전혀 창피하지 않았다.

집 앞에 이르러 고개를 들고는 소스라치게 놀랐다. 여형규가 대문 밖에 나와서 뒷짐을 진 채 서 있는 것이었다. 아무 말도 없이 두 사람을 본 여형규는 보리에게 싸늘히 내뱉었다.

"천한 몸종에게 무슨 죄가 있으랴. 너는 들어가 있거라."

엄한 하령이었다. 보리는 숨도 쉬지 못한 채 남옥을 남겨두고 들어갈 수밖에 없었다. 남옥의 차림새를 뜯어보던 여형규의 눈에서 이글이글 불길이 타올랐다.

"하루 종일 어떤 놈과 어디에 숨어서 비비고 뒹굴다가 오는 길이오?"

"……."

"군내에 소문이 나돌기를, 그 목수 놈과 온 하동 땅을 돌아다니며 보란 듯이 연애질을 한다던데, 도대체 무슨 생각으로 겁도 없이 그런 짓을 하고 다니오?"

고개를 떨군 남옥은 여전히 입을 열지 않았다. 여형규는 불같은 목소리로 다그쳤다.

"바른 대로 대지 못할까!"

남옥의 입이 나지막이 열렸다.

"저는 결백합니다."

"뭐이라, 결백? 이런 뻔뻔스럽기 짝이 없는……. 결백이 무슨 뜻인지 알고나 하는 소리이오!"

남옥은 우두커니 선 채 더 이상 말을 못하였다.

"청년 회관 낙성식이 열린 지 얼마 지나지 않아 순사들이 청년들 몇을 검속하였다는 얘기가 있습디다."

"김계영 군과 하삼청 군의 집을 샅샅이 수색하여 불온문서들을 찾아내었다고 하던데 무슨 서적인지 모르겠소"

"사회주의 서적이 아니겠소?"

"순사들이 왜 갑자기 청년들에 대하여 날을 세우는지……."

"낙성식 때 음악회에서 김태수 군이 청중을 유도하여 의병가를 불렀는데, 순사들이 그것에 대하여 꼬투리를 못 잡았다고 하오. 아마도 그에 따른 보복수사가 아니겠소?"

"아무리 혈기 왕성한 젊은이들이라 하더라도 매사에 좀 신중한 언행을 해야 할 텐데 줄 위에 올려놓은 듯 위태롭기 짝이 없으니, 원."

장호인이 축담에 올라가 방 안에 들어있는 참봉에게 아뢰었다.

"어르신, 영대가 왔습니다."

대청에 앉은 영대는 절을 한 뒤 앉았다.

"상량할 날을 잡으십시오."

"그래? 알겠네. 그간 우중에 노심초사하느라 애썼네. 상량을 하는 날에는 크게 잔치를 베풀 터이니 그리 알게."

참봉은 유림 인사들과 의논하여 상량식 채비를 하였다. 상량문은 유림의 원로인 이중기에게 부탁하였고, 초대할 사람들을 정하여 명단을 만들었다. 또 음식 조리는 읍내 참봉의 집에서 하였고, 군내 각처에 상량식 날짜를 게첩(揭帖)하여 군민들 누구나 참석할 수 있도록 하였다.

상량식이 열리는 날, 이른 아침에 영대는 뼈대만 지은 정자 앞에 고사지낼 상을 놓고 주변에 그늘대를 쳐 나갔다.

"사람들이 올라오기 시작하는데?"

"우리가 할 준비는 다 했지?"

"이제 고사를 지내고 먹을 일만 남았어."

이윽고 수백 명이 둘러선 가운데 참봉은 고삿상 앞에 향을 피우고 초헌을 올렸다. 축문은 장호인이 집사가 되어 읽었고, 이어서 아헌은 박민채가, 종헌은 최상렬이 하였다. 여경엽은 몰려든 군중을 둘러보다가 소작동맹 회원들이 한곳에 모여 있는 것을 보았다. 모두 입을 꾹 다물고 팔짱을 낀 채 눈을 희번덕거리는 것을 보고 무언가 좋지 않은 낌새를 느꼈다. 아니나 다를까 그들의 우두머리인 황도성이 군중에게 들으라는 듯 말하였다.

"여기 모인 우리 지주님들이 전부 저 고삿상에 놓인 돼지 대가리같이 혈색들이 좋군."

약속이나 한 듯이 김영두가 받았다.

"좋고말고, 그래도 더 잘 자셔야 할 거야. 앞으로 여기서 기생들 끼고 놀려면."

"그런데 이 갈마산이 누구 건지 자네 아나?"

"우리 하동군의 땅이지."

"그러면 우리 군민 모두의 땅일세?"

"그렇지. 그런데 저 정자는 누구 허락 받고 짓는 거야?"

"지어도 되느냐고 나한테는 안 물어보던데? 자네한테는?"

"나한테도 묻지 않던 걸?"

"자네한테도 나한테도, 그리고 여기 있는 군민들한테 지어도 되느냐고 묻지도 않고 저희들 놀이터를 짓고 있다는 말이야, 지금?"

"그런 셈이지."

"그러면 우리는 어떻게 되나?"

"우리 같은 농투리가 올라올 수 있는 건 오늘이 마지막일 걸?"

"그럼 눈뜨고 이 갈마산을 빼앗기는 거이네?"

"안 빼앗기려면 짓지 못하게 하면 되지."

"그럼 짓지 못하게 할까?"

"그래 볼까?"

"그래 보자아!"

황도성이 소리를 크게 지르며 앞으로 나오더니 고삿상을 발로 차버렸다. 뒤따른 김영두가 소작동맹 회원들에게 외쳤다.

"다 부숴버려라!"

조대승과 김기완이 그늘대 기둥으로 세워 놓은 장대를 들어 올려 옆으로 넘어뜨렸다. 그것을 본 자작빈농들이 소리쳤다.

"저 사람들 말이 옳네!"

"이러고 있을 게 아니라 우리도 합세하세!"

순식간에 묵은 감정이 폭발한 군중은 뒤집혀진 고삿상을 짓밟고 음식을 발로 차고 그늘대 천막을 찢고 장대를 꺾곤 하였다. 황도성이 대들보 재목을 가리키며 외쳤다.

"저 모리때에 석유를 부어서 불을 확 질러버려라!"

"아, 안 돼!"

배은홍이 대들보 재목 위로 몸을 날려 덮었다. 뒤이어 정모도 제 몸을 포갰다. 달려든 사람들은 두 사람을 재목에서 떼어내려고 마구 짓밟고 걸어찼다. 그것을 본 영대는 쌍심지가 켜졌다.

"야, 이놈들아!"

폭동이었다. 유림들은 어안이 벙벙하여 아무 말도 못하였고, 청년들은 어느 편도 들지 못한 채 물러서 있었다. 바로 그때 총성이 탕탕탕 울렸다. 부수고 뒤엎기에 정신이 나갔던 군중은 일시에 굳어버렸다. 빼어든 권총을 높이 든 순사들이 앞으로 나왔다. 사법주임 마츠에가 호통을 쳤다.

"이게 뭐하는 짓들이야!"

군중은 움찔하였다. 소작동맹 회원들이 다 황도성을 쳐다보았다.

그가 앞으로 나섰다.

"대중 여러분! 우리는 소작료가 높아 자식들의 월사금도 못 내는 형편인데, 젊은 것들은 허울만 좋은 청년 회관을 짓는다고 난리를 치더니 이제는 또 저 악질지주들이 풍류판을 벌일 정자를 짓는답시고 온 군민의 땅을 가로채려 드니 도대체 우리 군민을 위하는 것은 무엇이란 말이오!"

그 말을 들은 마츠에가 유림을 둘러보았다. 누구 나서서 대변할 사람 없느냐는 뜻이었다. 참봉이 한 걸음 앞으로 나왔다. 타이르듯이 차분한 어조로 군중에게 말하였다.

"이보게들, 당장은 어렵더라도 장래를 생각해야 하네."

"장래? 무슨 장래? 누구의 장래? 왜놈들 밑에서 배우고 와서 왜놈들한테 빌붙어 사는 것들의 장래만 있지 백성의 장래가 어디 있소!"

"우리 모두의 장래를 말하는 걸세."

"흥, 말이야 늘 그렇게 해 왔지. 그러니 나라를 빼앗기고도 다들 떵떵거리고 살지."

황도성이 빈정거리자 마츠에가 그에게 총을 겨누었다.

"말조심하랏! 조선은 빼앗긴 게 아니라 일본과 합병을 한 것이다. 알겠나?"

황도성은 대답을 하지 않았다. 그러자 마츠에는 천천히 다가들어 그의 이마에 총부리를 대고는 이가는 소리를 내었다.

"알겠나?"

얼어붙은 황도성은 아무 소리도 내지 못하고 목젖만 꿀꺽 삼켰다. 그때 유림 속에서 한 사람이 나오더니 마츠에한테 천천히 걸어가 황도성의 이마에 대고 있는 총부리를 가만히 내렸다. 그리고도 자신을 태연자약하게 쳐다보는 그에게 마츠에는 알 수 없는 위엄을 느껴 한 걸음 뒤로 물러섰다.

"당신은 뭐야?"

"나? 회봉이라는 사람일세."

"회, 회봉?"

"들어보지 못한 이름은 아닐 터이지?"

"회봉? 옳아, 바로 그 회봉? 기소 중지로 풀려난 지 얼마나 되었다고 여기에 와서 또 불령한 행동을 하는 거요?"

"내가 이 사람들한테 한마디 해도 되겠나?"

"무슨 말을 하려는 것이오?"

"다 하고 나면 잡아가든지 말든지 마음대로 하게."

영남의 전 유림에서 이름이 드높은 원로 하겸진은 군중을 바라보았다. 그리고는 큰 목소리를 내었다.

"동포 여러분! 객사가 뭔지 아시오? 바로 우리 이천만 전 동포가 지켜내어야 할 마지막 보루이올시다. 우리 대한의 국권과 민권의 상징이라는 말이외다! 왜 그런고 하니, 그 객사 안에 우리 대한을 대표하는 나랏님의 위패가 있어 왔고, 또 백성을 들볶아 가렴주구

제9장 갈마산에 선 선비   245

하는 고을 수령을 암행어사가 엄히 문초를 해 온 곳이기 때문이외다.

　다시 말하건대! 구중궁궐에 들어 계시옵는 나랏님의 눈을 속이고 만백성의 고혈을 짜내는 저 못된 탐관오리들이 가장 꺼려해 온 곳이란 말이외다! 그렇다면, 객사는 과연 누구를 위하여 있어 온 것이며, 과연 어느 누구의 것이었겠소이까!

　그 객사가 참담하고도 속절없이 헐리어 흔적도 없이 사라진 오늘날, 허망하게 뉘 집 아궁이의 땔감으로나 전락하고 말 귀한 재목과 조각조각 깨지고 부서져 길가에 나뒹굴고 말 굳센 기왓장들을 이 고장의 속 깊은 사람들 몇몇이 거두어서 없어져버린 객사를 대신할 백성 여러분들의 집을 짓고자 한 것이 바로 저것이외다!

　하겸진의 음성은 갈마산 산정을 쩌렁쩌렁 울렸다. 마츠에와 순사들은 그 기세에 눌려 마냥 듣고만 서 있었다.

　"하고 싶은 말을 하지 못하고, 하고 싶은 행동을 하지 못하여 괴롭고, 슬프고, 아프고, 힘들고, 지친 백성이라면 반상 그 누구라도, 주야 그 어느 때라도 저곳에 앉아 푸른 하늘, 떠가는 구름, 부는 바람, 지저귀는 새, 흐르는 강물, 어리는 노을, 밝은 달, 빛나는 별들을 바라보며 심신을 달래고 서로 어루만지며 위로하라고 저렇게 짓고 있는 것이란 말이외다!

　또한 장차 우리 후손들은 반드시 따뜻한 봄날을 맞이하여 기쁘고 즐겁고 신나는 걸음으로 저곳에 올라, 정자가 지어진 옛일을 흐

못하게 떠올릴 것이며, 우리 조상들이 참으로 다행한 일을 하였다 하고 어찌 감격스러운 회상을 하지 않겠소이까?

그런데, 여러분들은 왜 그런 깊은 뜻을 헤아리지 못하고 오늘과 같이 천만 어리석고도 경솔 무모한 짓을 하는 것이외까?"

군중은 무언가 모를 기운이 가슴 속에서 꿈틀거리는 듯하여 숙연해졌다. 하겸진의 말에 홀린 것처럼 그 자리에 서 있다가 문득 경찰의 본연을 되찾은 마츠에가 휘하 순사들에게 말하였다.

"체포해!"

껄껄 웃으며 끌려가는 하겸진의 옷자락을 붙들며 박민채가 울먹였다.

"선생님!"

"회석, 아무 염려 말게. 허허, 어디 한두 번 겪는 일인가?"

마츠에는 군중에게 소리쳤다.

"모두 해산해! 그렇지 않고 무리지어 있으면 불령한 일을 모의한 혐의로 모두 잡아넣을 테다."

정복순사들이 총검을 들이대며 연신 외쳐대었다.

"해산, 해산!"

마츠에가 참봉에게 다가왔다.

"저 정자 건립은 서에서 별도의 말이 하달될 때까지 중단하시오. 또 다시 폭동이 일어나면 안 되니까, 알겠소?"

마룻대조차 올리지 못하고 공사를 멈추어야 될 상황이었다. 참봉과 유림은 예기치 않은 사태로 말미암아 하겸진이 경찰서로 끌려간 일을 두고 우려가 태산 같았다. 오늘의 일이 다른 지역으로 소문이 난다면 하동의 유림이 얼마나 비웃음을 살 것인가. 참봉은 아찔함마저 느꼈다.

"당분간 공사를 중지하게. 허나, 군민들의 손이 타지 않도록 이곳을 잘 지켜야 하네."

참봉에 이어 박민채도 당부하였다.

"아무리 큰 시련과 난관에 봉착하더라도 이 일을 중도에 그만 둬서는 절대로 아니 되니, 너는 섣불리 다른 마음을 먹지 않도록 하거라. 알겠느냐?"

"예, 스승님."

지주유림과 소작연맹 사이에 아무런 대화가 오가지 않는 가운데 고래들에서는 벼가 누렇게 익어가고 있었다. 머잖아 가을걷이가 시작될 터였다.

지주들은 지주들대로 소작인들이 추수를 거부하고 나올까봐, 소작인들은 소작인들대로 지주들이 소작료를 턱없이 올릴까봐 서로 불안함만 키워 갈 뿐이었다. 화해를 중재할 만한 사람도 없을뿐더러 있다고 해도 중재할 방법이 없어 쉽사리 나설 수도 없는 형편이었다.

"영대야, 앞으로 어떻게 될 것 같아?"

"글쎄다. 어느 한쪽이라도 툭툭 털고 손을 내밀면 될 텐데 그놈의 자존심이 뭔지."

"내 생각에는 소작연맹이 결국엔 손을 들 것 같다."

"그건 왜?"

"아무 것도 가진 게 없으니까. 가을걷이를 하지 않으면 지주들이 굶어죽겠어, 소작인들이 굶어죽겠어?"

"듣고 보니 그렇네. 지주들 곳간이 텅 비어 있을 리 없으니."

"문제는 공출 아니겠어? 가을걷이를 하지 않으면 군청에서 가만히 있겠어? 추수를 하라고 어떤 식으로든 지주들을 들들 볶을 걸?"

"아하, 소작인들이 믿는 구석이 바로 그것이로군. 그래서 버티는 데까지 버텨보려는 속셈이구나."

"이거, 일이 점점 재미있게 되어 가는데?"

"재미있긴 뭐가 재미있어? 뭐인가 큰 일이 터질까봐 하루하루가 불안하구만."

배은홍이 우려한 대로 일이 터지긴 하였다. 그런데 지주유림과 소작연맹 간에 터진 것이 아니라 뜻밖에도 학교와 학부형 사이에 발생하였다.

심상소학교의 일본인 훈도 야스와케루가 지난해부터 열서너 살 되는 여학생 일고여덟 명을 돌아가며 성폭행하여 정조를 짓밟아 왔는데, 견디다 못한 한 여학생이 제 어미에게 울면서 그런 사실을 털어놓아 온 군이 분노로 들끓기에 이르렀다.

"그런 쳐 죽일 놈이 있나?"

"일 년이 넘도록 아무도 몰랐다니, 거참."

"오죽 무섭게 협박을 했으면 아이들이 지금껏 입을 다물고 있었겠나?"

"그놈은 온 읍내를 끌고 다니며 조리돌림을 해야 돼."

"조리돌림뿐인가? 멍석말이도 하고, 아예 고자로 만들어버려야 해."

사태가 걷잡을 수 없이 커져가는 것을 안 스물다섯 살 젊은 훈도는 극약 중의 극약인 아비산을 구하여 음독자살을 시도하는 척하다가 응급으로 병원에 입원을 해버렸다. 학부형들은 그 간교함에 더욱 격분하여 경찰서에 몰려가 고소를 하였는데, 경찰은 비공개로 조사를 벌였고, 학교에서도 비밀히 회의를 열어 대책 강구에 전전긍긍하였다.

경찰도 학교도 사건을 얼버무리며 덮으려고 하는 기미를 보였다. 학부형들은 소학교보호자회의를 열었다. 그 자리에서 색마훈도에 대한 수사를 하는 둥 마는 둥 하는 경찰의 어정쩡한 태도를 강력히 규탄한 뒤, 만장일치로 동맹휴학을 결의하고 그러한 뜻을 학교에 엄중히 통보하였다.

학교에서는 학부형들을 회유하였지만, 동맹휴학이 개시된 날에 등교를 한 학생들은 관공서에 다니는 부형을 둔 스물세 명뿐이었다. 교장은 더 이상 버티지 못하고 경남도 학무국에 야스와케루의 처분을 요망하는 공문을 보냈다. 학무국장은 그를 의원면직(依願免

職)하는 것으로 사건을 마무리하려고 하였다.

"어르신, 어찌 이럴 수가 있습니까?"

"자진하여 훈도 자리에서 물러나는 것만으로 사건을 끝내다니요, 너무 억울합니다."

"분통이 터져 도저히 못 살겠습니다."

"제 아이년은 방구석에 틀어박혀 밥도 먹지 않고 매일 같이 울기만 합니다."

"어르신, 좀 살려주십시오. 소인의 딸년은 죽어버리겠다는 말만 하고 있습니다!"

참봉은 그들의 하소연을 여경엽에게 말하였다.

"운암, 자네가 이번 일에 좀 나서주게. 우리 유림에서 학부형들의 억울한 심정을 달래준다면 군민들이 우리에게 닫았던 마음을 조금이나마 열 것이고, 그러면 정자를 짓는 일에도 큰 도움이 될 걸세."

"알겠습니다, 형님. 그렇지 않아도 이놈들이 너무한다 싶어 나서려고 하던 참이었습니다."

여경엽이 나서자 일은 수월히 풀려나갔다. 그는 학부형들에게 연명탄원서를 받고, 군수와 서장과 교장이 한통속이 되어 사건을 축소 은폐하려고 하였다는 진술을 군수의 비서로부터 자필서면으로 받아내었다. 또한 야스와케루가 거짓으로 자살을 시도한 일과, 아무 것도 아닌 일로 병원에 입원하여 학부형과 군민들의 질타를 피

하려 한, 전혀 반성의 빛을 보이지 않는데 초점을 맞추어 진주검사국에 있는 류겐 검사를 설득하였다.

그로부터 열흘 뒤, 부산지방법원 진주지청 제 일호 법정은 하동 심상소학교 여생도 강간사건의 피의자 야스와케루에게 강간치상죄를 적용하여 징역 육 년을 선고하였다.

"왜놈들이 오랜만에 제대로 된 재판을 하였군. 판사고 검사고 다 그 죽일 놈을 감싸고돌 줄 알았더니."

"감싸고돌다가는 우리 하동 사람들이 가만히 있을 것 같지 않아서 은근히 겁을 먹은 게지."

"그렇고말고, 자고로 우리 하동사람들이 어떤 사람들인데."

"그 색마 놈한테는 육 년도 오감한 일이야."

"이번 일에 지주유림이 나서서 큰 기여를 했다지?"

"그 사람들은 우리 고장 사람들이 아닌가, 뭐. 이런 일에는 너나 할 것 없이 다 나서야지."

"그래서 군내 민심이 좀 풀리는 분위기야."

참봉과 유림은 장호인을 보내어 소작연맹 대표인 황도성을 향교로 불렀다. 그는 회원들을 다 데리고 왔다.

"너희들이 원하는 게 무엇이냐?"

황도성은 품에서 적어온 것을 꺼내놓았다. 요구 사항은 일곱 가지였다. 소작료를 사할제로 해 달라, 지세 이외의 공과금을 소작인에게 물리지 말아 달라, 선물 같은 것을 소작인에게 바라지 말아 달라, 소작료를 될 때에는 평미레로 해 달라, 소작료를 운반할 때 일 리 이상의 거리는 지주가 운임은 부담해 달라, 제방과 방죽을 쌓는 데 드는 비용이 일 원 넘게 들면 그 넘는 비용은 지주가 부담해 달라, 특별한 과실이 없는 경우에 한 번 준 소작권은 박탈하지 말아 달라.

"이외에는 더 바라는 것이 없느냐?"

"당장은 그렇습니다."

"그럼 되었다. 이 적어온 대로 다 들어줄 터이니 그리 알거라. 하고, 이번 심상소학교 일로 군내 민심이 화합하는 계기가 되었으니, 장학기금을 좀 조성하겠다. 월사금을 내지 못하여 학교에 다니지 못하는 아이들이 없게 하겠다는 말이다."

"그, 그게 참말이십니까?"

"다만, 낙제생에게는 지급하지 않을 것이다."

"잘 알겠습니다. 가을걷이가 끝나면, 소인들이 하루에 다섯 명씩 돌아가며 정자 짓는 일을 돕겠습니다."

지주유림과 소작동맹이 크게 합의를 하였다는 소식이 삽시간에 군내에 퍼졌다. 청년회에서도 가만히 있을 수 없었다. 청년들은 회의를 연 끝에 하루 세 명씩 일손을 내겠다고 참봉에게 알려왔다.

"상량식은 생략할 것이니, 공사를 속히 재개하여 하루 바삐 낙성을 보도록 하거라."

영대는 소작동맹과 청년회에서 보내준 사람들에게 각자의 할 일을 조목조목 일러주었다. 바야흐로 갈마산 산정에 정자를 짓는 일은 전 군민이 일체감을 느끼며 진행하는 뜻깊은 공사가 된 셈이었다.
 "왜놈들만 빼고는 각계의 사람들이 다 참여하는 것이나 다름없게 되었네? 이제 일할 맛이 좀 나는데?"
 "일손이 많으니 작업이 금방 끝나겠는 걸. 영대야, 안 그래?"

제10장 왕대를 심어라

시대일보 하동지국장이자 청년회 간부로 있던 김계영은 예배당 건너편 전봇대에 설치해 놓은 투고함을 열었다. 투서는 세 통이 들어있었다. 심상소학교 훈도의 여생도 강간사건이 일어났을 때에는 하루에도 스무 통이 넘게 들어오던 투서가 사건이 마무리된 뒤부터는 사흘에 겨우 한두 통 들까 말까 한 정도였다.

"어디 보자."

사무실에 가져와 뜯어보았다. 한 통은 군내 주조조합에서 막걸리 값을 담합하여 비싸게 받는 것을 성토하는 글이었고, 또 다른 한 통은 김 양식에 반드시 필요한 대나무 채취량을 늘려달라는 요청이었다. 나머지 한 통을 뜯어보던 김계영은 깜짝 놀랐다.

참봉이 만주에 군자금을 대고 있다는 의혹의 글이었다. 김계영은 얼굴이 달아오르고 등골이 송연하였다. 투고자의 이름을 찾아보았으나 익명이었다. 애초부터 익명 투고는 무시한다는 방침을 정하고 있었지만 그냥 넘길 일이 아니었다. 책상머리에서 곰곰이 생각하던 그는 투서를 품속 깊이 갈무리하고 참봉을 찾았다.

"김 기자가 어인 일인가?"

"긴히 드릴 말씀이 있으니 이곳 사랑채에 다른 사람의 출입을 엄금해 주십시오."

"무슨 일이길래 그러는가?"

"그럴 만한 사정이 있습니다."

참봉은 장호인을 시켜 아무도 들이지 말라고 하였다. 김계영은 품속에서 투서를 꺼내 참봉에게 보였다. 읽어본 참봉은 잠시 굳은 얼굴이 되더니 이내 껄껄 웃었다.

"누군가 내게 앙심을 품고 있는 사람이 있는가보군. 김 기자 자네도 내가 이 종이에 적혀 있는 행동을 하였다고 생각하는가?"

김계영은 나지막이 말하였다.

"익명투서인지라 그런 판단을 할 계제가 못 되니 태워버리십시오."

그와 똑같은 투서는 경찰서에도 날아들었다. 경찰서 뒷마당에 떨어져 있는 것을 주운 사환이 순사 김재영에게 가져다주었고, 뜯어서 읽어본 그 역시 비록 익명일망정 예삿일이 아니라고 여겨 사법주임 마츠에게 보고하였다. 사안이 사안인지라 그 내용은 사법부장 산츠이 경부를 거쳐 서장에게까지 보고되었다.

서장은 제 이호 보안 훈령을 내린 뒤, 회의를 소집하였다. 순사 김재영과 오다는 그간 은밀히 조사해 온 사항을 보고하였다.

"여러 경로를 통하여 우리 하동과 서부진주 일대의 토지에 대하여 샅샅이 탐문해 본 결과, 비록 명의가 수십 명으로 되어 있기는 하나, 원소유자가 문묘직원으로 짐작되는 토지는 사천 마지기가 조금 넘습니다. 거기서 거두어들인 곡수(穀數)는 올해 팔천 석 가량으로 짐작되는데, 근래 삼 년 전보다 이천여 석이 줄었습니다."

"그러면 그 정도 산출이 나는 토지를 팔았다는 말이 되는가?"

"그렇게 추정하고 있습니다."

"토지 매금(賣金)은 어디에 썼던가?"

"기생집에 자주 드나들었고, 여러 곳에 기부금을 많이 내었지만 그것만으로는 석연치 않은 구석이 있습니다."

"으음."

마츠에가 말하였다.

"서장님, 지난번에 경무국에서 내려온 첩보공문을 보면, 조센진 지주들 중에 상당수가 주색잡기에 탕진하는 척하거나, 강도를 당하는 척하며 감시의 눈을 속이고 군자금을 대고 있는 일이 많을 것이라고 하지 않았습니까?"

"그러니까 그자도 기생집에 드나들면서 재물을 탕진한 것이 아니다?"

"그렇습니다. 겉으로는 손 크게 마구 탕진하는 척하면서 누군가와 비밀리에 짜고서 빼돌려 온 것이 분명합니다."

순사 김재영이 말하였다.

"정자 상량식 때 회봉이라는 자가 일장연설을 하였는데, 그가 말한 내용이 문묘직원의 속내와 무관하지 않은 것 같습니다."

"그렇다면 결국 그자는 기생집에 드나들면서 거액을 어디론가 빼돌려 왔고, 정자 건립을 통하여서는 군민들의 일체감을 이끌어내려 하였다는 결론에 이르게 됩니다."

"이 기회에 불령선인의 명단에 올려놓고 지속적으로 감시를 하여야 합니다."

"좋아, 계속 뒤를 캐보도록! 반드시 꼬투리를 잡아서 그자와 그자의 아우까지 단단히 본때를 보여주자고, 다들 알겠나?"

"하잇!"

참봉은 여경엽과 소요대를 거닐며 화심천을 흐르는 가을 물소리를 듣고 있었다. 산꼭대기는 울긋불긋한 고깔을 쓴 듯 단풍이 내려오기 시작하였다. 뒷짐을 지며 걷던 참봉이 입을 열었다.

"지난번 소학교의 일은 애썼네. 번번이 미안하구먼. 공은 자네가 세우고 찬은 내가 듣는 것 같아서."

"아닙니다, 형님."

"자네는 왜 경찰직을 일찍 그만두었나? 계속했으면 지금쯤 도 경무국장 자리 정도는 수월히 차고앉아 있을 터인데?"

"몇 년 해보았더니, 왠지 적성에 맞지 않더군요."

"그게 아니었겠지. 적성에 맞지 않았던 게 아니라, 양심에 맞지 않았던 게지."

여경엽은 한동안 물 흐르는 소리만 듣고 있다가 입을 뗐다.

"그런데, 형님. 요사이 경찰의 움직임이 심상치 않습니다."

"나도 알고 있네."

"너무 위험하니 얼마 동안만이라도 그놈들의 관심을 피하는 것이 어떻겠습니까?"

"그놈들이 나를 주목하고 있는데 갑자기 행동을 달리하면 더 큰 의심을 사지 않겠는가? 하고, 언젠가 올 것이 있다면 반드시 오고야 말겠지."

"어인 뜻입니까?"

"그저 그런 뜻일세."

"형규가 요사이 부쩍 달라졌다고 형수씨한테서 들었습니다."

"달라져?"

"그래서 제가 불러서 얘기를 나누어보았더니 만주로 가려고 하는 눈치였습니다."

"난데없이 만주라니?"

"하루 이틀 생각한 것이 아닌 듯했습니다. 만주라면 뻔하지 않습니까?"

"그 아이는 만주가 아니라 꼭 일본으로 가야 하네. 일본을 알고,

나아가 구라파와 같은 더 큰 세상을 경험해 보아야 하네. 그래야 온 세상의 큰 흐름을 알 수 있고, 그런 뒤에 막중한 일을 도모할 수 있는 자질을 갖추어야 한다는 말일세."

"저도 그렇게 생각하고 있습니다."

"틈나는 대로 잘 타이르게. 읍내에 작은집을 마련하고부터는 통 내 말을 들어야 말이지."

"형규말고도……."

"또 뭐인가?"

"별채 아이 말입니다. 그 아이와 영대의 사이가 예사롭지 않은 것 같습니다."

"그것에 관해서라면 나도 알아보았네. 그 아이가 제 아비 기일에 배를 빌릴 수 없어 그놈 배를 타고 갔다더군."

"그 전에도 섬진강에 배를 띄우고 둘만 탔었다고 합니다."

"그때는 내가 그 아이한테 영대 그놈을 잘 다독거리라고 당부를 했었네."

"어찌 그런 당부를 다?"

"영대 놈의 마음을 사로잡아서 일을 끝마치게 할 수 있는 사람은 그 아이 뿐이라네."

"그러다가 서로 정분이 나는 것 아닙니까?"

"영대 놈은 몰라도 별채 아이는 내가 잘 아니 그리 심려할 것 없네."

"형규나 별채 아이나……. 두 아이가 근래에 하는 짓들을 보니, 형규를 일본으로 유학을 보낼 때 짝을 지어서 보낼 계획이 아무래도 틀어질 것 같은 예감이 듭니다."

"형규는 자네가 일본유학의 경험을 들어 잘 달래보도록 하고, 별채 아이에 관해서 만큼은 내가 잘 알아서 할 테니 정자를 다 지을 때까지는 아무 말도 하지 말게."

갈마산 산정에서 작업을 하는 사람들이 열 명이 넘어 새참을 준비하는 일이 여간 신경이 쓰이는 게 아니었다. 참봉 집에서 내어오는 새참인 것을 아는 사람들인지라 자칫 소홀히 하였다가는 무슨 말이 나올지 모를 터였다.

"보리 누나!"

수돌이 소리쳤다. 보리의 뒤에는 참봉 집 여종들이 광주리를 이고 줄지어 올라오고 있었다. 맨 뒤에서 남옥이 오는 것을 본 영대가 일꾼들에게 일손을 놓게 하였다. 남옥은 짓고 있는 정자를 바라보았다. 지붕 한 면에 기와를 잇는 일만 남겨두고 있었다. 새참을 두어 술 뜨다가 만 영대가 다가왔다.

"지난번에는 고마웠습니다. 그 은혜를 어떻게 갚아야 할지……."

"그러면 내가 아는 청학동에 같이 가 주겠소?"

"청학동이 또 있습니까?"

"그대가 아는 청학동은 그곳이었지만 내가 아는 청학동도 있소"

"거기는 어떤 곳입니까?"

"신선 같은 사람들이 모여서 고상하게 산다고 생각하면 죽었다 깨어나도 못 가는 곳이지만, 사람 같은 사람들이 어울려서 화목하게 산다고 생각하면 쉽게 갈 수 있는 곳이오."

남옥은 말이 없었다.

"내가 가서 만나야 할 사람도 있소."

악양 동정호 호숫가에는 아낙네들이 물밤을 따고 있었다. 물밤 덩굴풀로 엮은 배를 타고 끝에 낫을 매단 장대를 물속에 넣어 물밤을 따 바구니에 담고 있는 모습이 세상 시름을 다 잊은 듯 한가로워 보였다.

형제봉 봉우리에서부터 단풍이 내려오고 있었다. 봄 철쭉이 분홍 치마라면 가을 단풍은 색동저고리였다. 굴곡을 이루며 이어지는 산 능선은 어깨까지 들어 올린 소매인 양 수려한 오색의 춤사위를 펼쳐가고 있었다.

"저런 풍경 속이라면 가을 신선이 부럽지 않겠소."

영대는 뒤돌아보며 말하다가 남옥의 어깨 너머를 바라보았다. 보리와 수돌이 왜 자꾸 처지나 했더니 걷다가 섰다가 서로 장난을 치면서 따라오고 있는 것이었다.

"수돌아, 이 보리 누나가 예뻐? 우리 아씨가 예뻐?"

"으음……. 몰라."

"몰라? 왜 몰라?"

"그냥 몰라."

"너 속으로는 아씨가 더 예쁘다고 생각했지?"

수돌은 헤 웃기만 하였다.

"너 그러면 앞으로 국물도 없어? 다시 말해봐, 누가 더 예쁜지."

"귀엽기는 보리 누나가 더 귀엽다."

"뭐? 이 녀석이?"

수돌이는 히죽히죽 웃으며 뒷걸음을 쳤다.

"보리 누나는 꼭 바보 같다."

"야, 수돌이 너, 오늘 이 누나한테 혼나볼래?"

푸드득 까투리 한 마리가 날아오르자 뒤따라 다른 꿩들이 다 날았다. 맨 나중에 오른 장끼의 꼬리가 푸른 하늘에 한 폭 그림을 그리는 듯하였다. 계곡을 흐르는 물소리가 동자승의 염불처럼 청아낭랑하게 들렸다. 산이 점차 깊어졌다.

야릇한 기운이 느껴져 영대는 멈추어 섰다. 저 앞 나무 아래에 시커먼 것이 보였다. 곰이었다. 가슴에 흰 무늬가 있는 그놈은 신기한 것을 보기라도 한 듯이 앞발을 들고 물끄러미 이쪽을 바라보고 있었다.

"움직이지 마오."

곰은 대가리를 돌리며 킁킁 냄새를 맡더니 천천히 다가오는 것이었다. 영대는 허리를 꼿꼿이 세우고 무릎만 굽힌 채 발밑을 더듬어 나뭇가지 하나를 집어 들었다. 그러자 곰이 멈추더니 어슬렁 숲으로 사라져버렸다.

남옥은 가슴을 쓸어내렸다. 보리는 남옥에게 붙어 섰고, 수돌이 영대에게 살금살금 다가와 속삭이듯이 말하였다.

"아재예, 잡지 그랬습니꺼?"

"이 녀석아, 잡아먹히지 않은 게 다행인 줄 알거라."

잠시 쉰 뒤에 다시 걸음을 옮겼다. 영대는 두 가닥이 난 굵고 긴 나뭇가지를 지팡이 삼아 짚으며 올라갔다.

"그날 쌍계사에서 주지스님이 염주를 돌리면서 뭐라고 중얼거리던데 그게 무슨 뜻이오?"

"……."

"그대는 알아들은 것처럼 보이던데?"

남옥은 그 말을 떠올렸다. 나무는 꽃을 버려야 열매를 맺고, 강물은 강을 떠나야 바다에 이른다는 말, 주지승 우담이 무엇을 얘기하려고 했던 것인가. 남옥이 분명히 알고 있는 것은 그 구절이 화엄경에 있다는 것뿐이었다.

"사람은 한번 태어났으면, 모름지기 큰사람이 되기 위하여 노력해야 된다는 뜻입니다."

"큰사람이라……. 어떤 사람이 큰사람이오?"

"저 같은 아녀자가 어찌 알겠습니까."

청학골에 들어섰다. 영대는 학 모양을 하고 있는 청석을 가리켰다.

"저것이 여기가 청학동이라는 표식이라오."

늙은이는 반갑게 맞이해주었다. 서서는 무릎을 펼 수 없을 만큼 낮은 천장을 한 방으로 기어들어가다시피 들어갔다. 수돌이는 들어올 생각이 없는지 보리의 손을 잡고 방문 앞에 서서 물었다.

"아재예, 지는 보리 누나랑 밖에서 놀면 안 되겠습니꺼?"

"너무 멀리 가지 마라."

늙은이는 방문을 열어놓은 채 차를 낼 채비를 하였다. 숯불을 담아 화로를 들여온 뒤에 큰 바가지에 물을 떠 왔다. 그리고는 시렁에서 작은 찻상을 내려놓고, 그 위에 다포를 깔고 다구를 올려놓았다. 다포에 칠언으로 된 대련이 적혀 있었다.

雪水茶煮天上味 눈을 녹인 물로 달인 차는 천상의 맛을 내고
桂花釀酒月中香 계수나무 꽃으로 빚은 술은 달 향기를 내네.

늙은이가 영대의 눈길을 알고는 물었다.

"글을 잘 아는가?"

"모릅니다."

"예전 어느 한겨울에 길을 잃고 이 산속에 들어온 중을 하룻밤 재워주었는데, 그 중이 나갈 때 바랑에서 꺼내 놓고 간 것이라네. 읍내 계영루에 올랐다가 적어본 것이라며."

"……"

영대도 남옥도 묵묵히 늙은이의 손놀림만 바라보고 있었다. 빈 철병(鐵甁)을 화로 위에 올려놓았다가 잠시 뒤 물을 조금 부었다.

무쇠주전자는 부그르르 끓는 소리를 내었다. 물을 퇴숫사발에 따라 내어 밖으로 버린 뒤, 다시 넉넉히 부었다. 물이 끓어오를 동안 늙은이는 차를 준비하였다.

"이 단차(團茶)는 지난해 섣달에 따다 뭉쳐놓은 것이라네. 입에 맞을지 모르겠네만."

늙은이는 방 한구석에서 작은 맷돌을 앞으로 끌어다 놓았다. 그리고는 찻덩어리에서 차를 조금씩 떼어내어 갈았다. 가루가 되어 흘러내린 것을 모아 세 잔에 나누어 담고 철병으로 끓인 물을 부었다. 댓개비로 만든 찻솔로 젓더니 영대와 남옥에게 권하였다. 남옥이 두 손으로 들고 한 모금 마셔보더니 조심스럽게 말하였다.

"찐 차이군요."

늙은이는 웃으며 끄덕였다.

"그렇다오. 연저차(燕煮茶)라오. 부초차(釜炒茶)도 있는데 그걸 드릴까?"

"아닙니다. 향기롭고 맛이 참 좋습니다."

"두 사람은 어떤 사이인가?"

"저는 일꾼이고, 이분은 감독관입니다."

"그래? 썩 훌륭한 감독관을 두었구먼. 지난번에 보니 정자를 제대로 짓고 있던데, 허허."

"오늘 찾아뵌 것은 다름이 아니고, 곧 낙성을 하게 되어 어르신을 청하고자 합니다."

"마음만 다녀온 걸로 하겠네. 여러 사람 모이는 곳에 있는 버릇을 들이지 못해서 말이야."

마당에서 사람들의 발자국 소리가 들렸다. 수돌이 영대를 불러대었다. 영대는 밖으로 나왔다. 수돌이 흙 묻은 차림으로 커다란 풀뿌리를 들고 있었다.

"그게 뭐냐?"

"지가 파낸 더덕입니다. 억수로 크지예?"

"왜 너 마음대로 그런 걸 파내?"

"저 아재들이 허락해 줬습니다."

수돌과 보리 뒤로 몇 사람이 서 있었다. 갈마산 산정으로 칡뿌리를 지고 온 사람들인 듯하였다. 영대는 인사를 하였다.

"그때 주셔서 가져온 막걸리는 아주 잘 먹었습니다."

"별말씀을 다하십니다."

방이 좁아 밖에서 어우러졌다. 산 사람들은 각자 들고 온 것을 내려놓고 후박하게 대접을 하였다. 마당 한쪽에 놓인 평상에 앉으니 절여 삭힌 것, 데쳐 무친 것, 잡아 삶은 것, 발라 구운 것까지 차려내었다. 그리고도 차린 것이 변변치 않다고 민망해 하는 사람들 앞에서 영대가 오히려 몸 둘 바를 몰라 하였다.

그들은 세상 소식을 묻지 않았고, 영대도 굳이 세상 얘기를 들려주지 않았다. 영대는 산속의 삶을 묻지 않았고, 그들도 구태여 자신들의 살림살이를 일러주지 않았다. 그냥 그렇게 둘러앉아 이따금 가을바람이 몰고 오는 단풍의 사연에 귀를 기울이는 것만으로도 충분하였다. 언젠가는 남녀노소 다 함께 어울려 마음껏 소리치며 한바탕 색동 춤을 춰보자는 슬픈 전언임에 사람들의 얼굴에 다 막연한 기운이 흘렀다.

"그만 일어나야겠습니다."

사람들은 보따리를 하나 주었다. 늙은이가 말하였다.

"여기서 나는 산물이 별 거 있겠는가. 가지고 가서 몇 끼 찬거리나 하게."

영대는 몇 번이나 사양하다가 보리에게 받아들게 하였다. 산 사람들이 청학 바위까지 내려와 손을 흔들어주는 모습이 너무나 애틋하였다. 수돌이는 돌아서서 두 팔을 아래위로 크게 휘저으며 소리쳤다.

"아재들예, 잘 계시이소!"

한 손에는 더덕뿌리를 또 한 손에는 꼬챙이 같은 나뭇가지를 든 수돌이 앞장서고 보따리를 안은 보리가 뒤따랐다.

"보리 누나, 내가 곰 잡아주께."

그러면서도 걸음은 주춤주춤하였다. 보리가 뒤에서 안심시켜 주었다.

"곰은 이제 안 나타날 걸? 토끼라면 모를까."

"그래? 그럼 토끼를 잡아야지."

그제야 걸음이 가벼워졌다. 영대는 맨 앞에 가는 수돌이를 눈에서 놓치지 않으려고 걸음을 맞추어 걸었다. 남옥이 잘 따라오는가 싶어 뒤돌아보았다. 서너 걸음 뒤에서 따라붙고 있었다.

"정자를 다 짓고 나면 달라고 할 것이 무엇입니까?"

"아직 다 짓지 않았소"

남옥은 더 묻지 않았다. 문득 여형규가 했던 말이 떠올랐다. 결백. 그가 생각하는 결백의 의미는 무엇인지 가슴이 답답하였다. 영대는 뒤에서 남옥이 내쉬는 한숨 소리를 듣고 수돌에게 말하였다.

"좀 쉬어가자."

"아닙니다. 힘들어서 내쉰 게 아니니 그냥 계속 가지요"

목소리가 달라진 듯하여 영대가 다시 힐긋 돌아다보았다. 남옥의 눈 밑에 얼룩이 진 것 같았다. 영대는 나지막이 말하였다.

"지난번에 드린 거, 그거 찬 모습을 한 번만 보았으면 좋겠소"

남옥은 대답하지 않았다. 이윽고 배를 매어 놓은 자개치 아래 미점마을 나루터에 이르렀다. 섬진강 위 드넓은 허공에서 물새 두 마리가 한껏 날개를 펴 서로 희롱하며 날아다니고 있었다.

"회봉 선생님이 풀려나셨소"

"오, 그것 참 반가운 소식이구려."

"정자가 낙성되면 회봉 선생님께 실기(實記)를 부탁할까 하오만, 다들 의견은 어떻소?"

"좋은 생각이오."

"상량문은 지난번에 율정(栗汀) 선생님한테서 받아놓은 것이 있으니 그대로 쓰도록 하십시다. 하고, 가장 중요한 현판은 어느 분에게 청하면 좋겠소?"

"글씨야 심 선다님을 따라갈 분이 없지 않을까 하오."

"발기문은 우리 향교의 도유사로서 이번 일을 추진하는 데 가장 애를 많이 썼으니 당연히 중보가 맡아야 하지 않겠소?."

좌중은 다 동감하였다. 여준규와 이병용이 하겸진을 찾아가 글을 부탁하여 받아왔고, 박민채는 심상우에게 가서 현판 글씨를 가져왔다. 참봉은 발기문을 썼다. 글을 다 모은 참봉은 진주에서 서각을 가장 잘하기로 이름이 높은 각수에게 맡겼다.

참봉은 뒷산으로 올라갔다. 영대는 지붕 끝에서 막새를 대고 있었고, 일꾼들은 주변을 정리하기에 여념이 없었다.

"다들 고생이 많네."

사람들이 다 인사를 하였다. 영대가 내려왔다. 정자에 오른 참봉은 사방을 둘러보다가 한 곳을 가리켰다.

"저 쪽에 왕대를 심거라. 대숲을 조성하라는 말이다."

영대는 의아스러웠다. 숲을 금방 만들 수 있는 것도 아닌데 참봉의 말투가 더없이 단호하여서였다.

"앞으로 새 세상을 살 우리 고장의 아이들이 다 왕대와 같이 푸르고 거침없이 쭉쭉 뻗어 자라나라는 염원을 담아서 심어야 할 게다."

"왕대숲을 만들라는 뜻이 단지 그것뿐입니까?"

참봉이 무슨 소린가 하여 영대를 쳐다보았다. 영대는 산 아래를 보며 말하였다.

"저기 저 신사며 군청이며 경찰서를 가리라는 뜻이 아닙니까? 왜놈들과 그 앞잡이노릇을 하는 놈들이 우글거리는 곳이니."

참봉은 헛기침을 두어 번 하고는 내려갔다. 영대는 참봉의 등에 대고 목소리에 힘을 주어 말하였다.

"한번 만들어보겠습니다."

영대는 일꾼들을 다 모았다. 대나무 숲을 만들어야 한다는 애기를 하자 정모와 배은홍이 입을 황새주둥이처럼 내면서 말하였다.

"강가에 대나무 천지인데 여기에 또 심으라고?"

"대숲을 옮기라는 말이야?"

다른 일꾼들도 불가능하다는 눈길을 거두지 않았다.

"대나무는 봄에 옮겨 심어야 하는데, 이 가을에 무슨."

"심어놓는다고 해도 올 겨울에 다 죽고 말 텐데."

영대는 목소리를 높였다.

"대숲 아니라 지리산도 떠 놓으라면 떠 놓아야지 무슨 불평이 그렇게 많아! 싫으면 관둬. 나 혼자라도 할 테니까."

반수(班首)인 영대의 말인지라 사람들은 더 투정을 부릴 수 없었다. 그들은 곡괭이며 삽을 들고 만지들 대밭으로 가 대를 뿌리째 들어내기 시작하였다. 얼기설기 땅속에서 이어져 있는 뿌리를 끊어내기란 쉽지 않았다.

꼬박 열흘에 걸쳐 매달린 끝에 한 마지기나 됨직한 대숲을 만들어내었다. 영대가 왕대숲을 급조하였다고 알리자 산으로 다시 올라와 본 참봉은 둘러보더니 아무 말도 하지 않고 내려갔다.

"뭐 잘못되었나?"

"글쎄? 영대야, 말 좀 해봐."

"잘못된 거 없어. 이제 정자 주변을 깨끗이 치우기만 하면 되니까 서두르자."

낙성연에는 군민들이 섬진강 모래알처럼 모여들었다. 온 산정에 바늘 하나 꽂을 틈이 없을 만큼 운집한 사람들은 잔치가 시작되기만 기다렸다. 정자 앞에는 유림을 비롯하여 내빈으로 초대를 받은 군수, 서장 등 관공서의 수장들과 조합장들, 유지들이 서 있었다.

유림은 참봉이 지은 발기문, 이중기가 지은 상량문, 하겸진이 지은 실기를 차례로 걸었고, 맨 마지막으로 심상우가 쓴 현판을 걸었다. 모든 사람들이 박수를 쳤다. 정모가 고개를 갸웃거렸다.

"섬호정이라? 왜 섬진강인데 호수 호 자를 쓴 거지?"

배은홍이 점잔을 빼며 가르쳐주었다.

"어허, 힘. 잘 듣거라. 우리 섬진강이 아름다운 호수처럼 보일 때가 많아서 그렇게 쓴 것이니라."

영대가 말하였다.

"무식한 놈들! 강을 멋스럽게 여겨서 높여 부를 때에는 호 자를 쓰기도 하는 거야."

"첫, 그게 그거지, 뭐."

내빈들은 정자에 올라 내부를 둘러보며 저마다 감탄을 하였다.

"저 마리때가 수백 년 묵은 칡뿌리라고?"

"허어, 내 일견에도 예사로운 재목이 아니로군."

"불타고 남은 재목으로 이렇게 훌륭하게 지었다니, 대목의 솜씨가 대단하구먼."

"왕대밭에 왕대 나고 산대밭에 산대 난다는 말도 있지 않습니까."

"그렇고말고요, 씨가 어디 가며 피가 어디 달라지리오."

"여기서 내려다보니 한눈에 우리 읍내가 다 들어옵니다그려."

"왕대숲까지 조성해 놓았으니, 겨울에 눈이 오면 저 대숲의 풍치가 여간 아니겠습니다."

장호인이 내빈들에게 말하였다.

"이제 상을 올리도록 하겠습니다."

내빈들은 정자 가장자리로 둘러앉았다. 참봉이 바깥에 있는 군중을 향해 말하였다.

"지난날 저 읍내에 있었던 객사에는 여러분들이 함부로 들어갈 수 없었지만, 이제 이 정자에는 누구나 언제든지 와서 우리 하동 땅의 풍광을 즐기고 마음껏 놀아도 되오이다. 오늘 만큼은 우리 고장을 위해 불철주야 애쓰시는 분들을 먼저 이 자리에 모셨으니 군민 여러분의 양해를 부탁하는 바이외다."

갈마산 산정과 능선과 비탈에까지 자리를 잡고 앉은 군민들이 음식을 가져다가 먹고 마시기 시작하였다. 영대는 정모, 배은홍, 또 소작동맹 사람들로 일을 가장 많이 도와준 황도성, 김영두, 그리고 청년회 간부인 김계영, 김태수 등과 한자리에 어울렸다.

"영대야, 고생 많았다. 자, 한잔 받아."

"그래, 너희들이 고생이 더 많았지, 간간이 화를 낸 것 이해해줘."

영대는 또 다른 사람들에게도 막걸리를 부어주었다.

"형씨들이 아니었으면 이렇게 빨리 끝내지 못했을 텐데 다들 고맙습니다."

황도성이 말하였다.

"우리가 돕는답시고 나서긴 했었지만 일이 서툴러 별로 도운 것도 없는 것 같소, 허허."

"집 짓는 일이 그렇게 힘들 줄 몰랐습니다."

김계영이 영대에게 술을 따랐다. 영대는 웃으며 말하였다.

"저런 거 짓는 일이야 아무나 할 수 있지만, 형씨들처럼 사람들을 가르치는 일은 아무나 못하는 일 아닙니까?"

김태수가 손을 내저었다.

"아닙니다. 인간만사 중에 제일 참되고 힘든 일이 다섯 가지가 있는데, 그 첫째가 집짓기요, 그 둘째가 농사짓기요, 그 셋째가 옷 짓기요, 그 넷째가 짝짓기요, 마지막으로 그 다섯째가 글짓기입니다. 이들 다섯 가지의 공통점은 사람이 살아가면서 사람 구실을 하는 데 반드시 필요한 것이라는 데 있습니다. 그에 비하면 다른 사람이 지어놓은 글을 읽고, 그 글이 제 것인 양 또 다른 사람들에게 떠들어대는 건 일 축에도 못 듭니다."

"그러면 지금 하신 말씀도 남의 글을 읽고 하시는 말씀입니까?"
"아, 이것만은 제 생각입니다."

다 웃었다. 아까부터 자꾸 주위를 둘러보던 정모와 배은홍이 서로 장단을 맞춰가며 안 보인다, 안 보이네 하며 입속 소리를 하였다. 영대는 둘러앉은 사람들의 눈치를 피해 눈을 부라렸다. 그래도 두 사람은 장난기어린 얼굴로 아랑곳하지 않고 계속하였다. 보다 못한 영대가 주먹을 쥐고 스르르 일어서려고 하였다. 두 사람은 그제야 알았다는 시늉으로 고개를 끄떡끄떡하였다.

정자 안에는 뒤늦게 불려온 기생들까지 스무 명 남짓 둘러앉아 있었다. 사람들이 다 겉으로는 웃고 있었지만 왠지 실낱같은 긴장감이 흐르는 분위기였다. 하동 일본인 대표 사이토가 참봉에게 말하였다.

"오늘 같이 좋은 날, 빈손으로 올 수 없어서 제가 벚나무 묘목을 한 그루 가져왔습니다. 약소합니다만, 받아주십시오."

사이토는 난간 밖으로 손짓을 하였다. 한 일본인이 다가와 절을 한 뒤, 들고 있던 묘목을 들어보였다. 말이 묘목이지 굵기가 어린아이 손목 만하였다. 서장이 미소를 띤 얼굴로 좌중을 둘러보며 말하였다.

"오, 우리 저걸로 이 섬호정 낙성 기념식수를 하십시다."

군수가 동조하였다.

"그것 참 좋은 발안입니다."

참봉은 침묵하고 있었다. 이병용이 옆구리를 슬쩍 건드리자 짤막하게 내뱉었다.

"그렇게 하지요."

참봉은 영대를 불렀다.

"저 나무를 받아서 이쪽 바위 뒤에 심게. 기념식수를 할 것이니 흙은 좀 남겨두고."

영대는 뜻밖의 일이라 망설였다. 고개를 들고 참봉을 가만히 바라보았다. 참봉은 눈을 감았다 뜨며 묵시적인 지시를 내렸다. 영대는 정모를 산 아래로 내려 보냈다. 잠시 후 그는 양손에 곡괭이와 삽을 한 자루씩 들고 올라왔다. 영대는 곡괭이를 받아들었다. 바위 뒤로 간 영대는 갑자기 생각이 달라져 정모에게 말하였다.

"연장을 바꾸자. 내가 삽질을 할게."

정모가 먼저 곡괭이로 땅을 파자 영대는 그 흙을 삽으로 떠내었다. 그러는 동안 일본인은 마치 귀중한 물건이라도 되는 듯이 벚나무 묘목을 안고 서 있었다. 심을 자리를 다 파낸 영대는 삽을 놓고 일본인으로부터 묘목을 건네받았다. 묘목을 건네준 뒤에도 일본인은 돌아가지 않았다.

"그만 가보시오."

그래도 일본인이 지켜볼 요량으로 갈 생각을 하지 않자 영대가 버럭 소리를 질렀다.

"이 멍청아! 하릴없이 서 있지만 말고 가서 물을 좀 떠 오란 말이야!"

그 소리는 정자에까지 들렸다. 일본인은 찔끔하여 돌아갔다. 영대는 정모에게 묘목을 주고 삽자루를 쥐었다. 정모가 묘목뿌리를 구덩이에 넣고는 우듬지를 잡고 세웠다. 영대는 흙을 퍼 넣더니 구덩이 속을 다지는 시늉을 하며 삽 끝으로 흙에 살짝 덮여 있는 뿌리를 팍팍 찍었다. 그리고는 재빨리 흙을 푹푹 떠 넣는 것이었다. 정모가 빙그레 웃다가 얼른 안색을 바로 고쳤다. 영대는 다 심은 묘목 옆에 형식적으로 떠 뿌릴 흙만 한 무더기 남겨놓았다.

잠시 후 일본인이 양동이에 든 물을 두 손으로 힘겹게 들고 왔다. 한 손으로 덥석 받아든 영대는 골고루 뿌려주었다.

"어르신, 준비가 다 되었습니다."

사이토를 맨 처음으로 하여 군수, 서장의 순서로 내빈들이 차례로 나와 삽으로 흙을 조금씩 떠 뿌렸다. 정자로 돌아온 참봉은 그지없이 못마땅한 얼굴이었다. 서장이 빈정거리는 말투를 내었다.

"기념식수까지 한 이 좋은 날, 어디 편찮으시오?"

"아까부터 배가 살살 아프오."

"허어, 어인 까닭일고?"

"조금 있으면 괜찮아질 테니 걱정하지 마시오."

 "그런데 요사이 가산(家産)이 많이 줄었습디다? 무슨 일로 재산이 그렇게 많이 축났소이까? 주색잡기로 다 탕진한 것은 아닐 테고?"

 "……."

 참봉은 말이 없었고, 유림과 유지들은 군기침만 하였다. 정재완이 입을 열었다.

 "이보오, 서장! 무슨 말을 그리 함부로 하시오? 그리고 어찌 오늘 이와 같은 자리에서 자꾸 말을 삐뚜름하게 하여 내빈들의 심기를 건드리는 것이오? 하고 싶은 말이 있으면 대놓고 물으시오! 만주에 군자금을 보낸 일이 없느냐고! 그렇게 바로 묻지 못한다면……."

 "어허, 물헌!"

 박민채가 소리쳐 정재완의 말을 가로막았다. 입이라는 칼집에서 말이라는 칼이 나온 듯한 분위기가 되자 모갑이 제 자리에서 일어났다.

 "소첩이 소리 한 대목 하겠사옵니다."

 모갑이 유성준과 이선유에게서 사사한 토별가를 이어가는 동안 참봉은 동쪽에 조성한 왕대숲과 서쪽에 심은 벚나무를 한 번씩 쳐다보고 나서 혼잣말을 하였다.

 '그래 천지신명이 비추어도 왕대를 먼저 비출 터, 어느 나무가 더 오래 가는지 두고 보자, 이놈들! 네놈들이 언젠가는 반드시, 반드시 뼈저리게 후회하는 날이 오고야 말리라.'

참봉은 모갑의 소리가 다 끝나기도 전에 복통이 심한 듯 아랫배를 움켜쥐고 정자에서 내려왔다. 장호인의 시중을 받아 그곳에서 조금 멀리 떨어지자 허리를 펴고는 왕대숲으로 들어갔다.

"어르신이 좀 오라고 하네."

장호인의 전갈을 들은 영대는 대숲으로 갔다. 참봉은 왕대 하나하나를 손으로 어루만지고 있었다.

"잘 심어 놓았군."

"벚나무 묘목뿌리를 몇 개 끊어놨으니 온전히 자라지 못할 것입니다."

"왜 그런 쓸데없는 짓까지……."

"공연히 부아가 치밀어서 그랬습니다."

"동교에 마련해 준 집은 그냥 네가 가지거라."

"원래 산에 사는 놈이라 필요치 않습니다."

"그러면 아이가 학교에 다니기 불편하지 않도록 화개 면소재지에 집을 한 채 마련해 주면 되겠느냐?"

"번잡한 곳에서 살 마음은 없습니다."

"허면, 장가를 들게 해줄까?"

"……."

"정자를 다 짓고 나면 한 가지 바라겠다고 하였는데, 이제 말해 보거라."

"때를 봐서 경운당 아씨한테 말씀드리겠습니다."

"지난여름부터 읍내에 나도는 소문을 아느냐?"

"모릅니다."

"너와 그 아이가 서로 눈이 맞았다는 말이 나돌고 있다."

"그런 일은 없습니다."

"그러면 그 소문은 어찌할 셈이냐? 소문은 아무리 헛소문이라도 사람을 죽일 수도 있다."

영대는 대꾸할 말이 없었다. 참봉은 두꺼운 돈 봉투를 하나 꺼냈다.

"섬호정을 잘 지어준 보답으로 주는 것이니 받거라."

영대는 머뭇거리다가 두 손을 내밀어 받아들었다. 그러자 참봉이 댓잎보다 날카로운 어조로 말하였다.

"불원간 소문이 가라앉지 않으면, 네 목숨을 내놓거나 이 하동 땅을 떠나거나 둘 중 한 가지를 선택해야 할 게다."

제11장 첫눈 오는 날

선유동계곡 속 집에 들어앉아 있자니 영대는 전에 없이 좀이 쑤시고 갇혀 있는 듯 답답하기만 하였다. 모든 일이 시들하여 겉손을 붙이는 때가 많아졌다. 허전하였다. 무작정 장날만 기다려졌다.

장터에 갈 때면 삿대 끝에 깃발을 매달고 다니는 것도 유치하게만 생각되었다. 장터에 도착해서도 갈마산 산정에 지어놓은 섬호정만 바라보게 되었고, 길에서는 두리번거리며 사람 얼굴을 하나 찾는 버릇이 생겼다.

참봉과 유림을 다시 생각하게 되었고, 세상이 달라 보였다. 낙성식을 하던 날, 참봉이 왕대숲에서 한 말이 너무 야속하였다. 한 번은 만나야 되는데, 만나서 꼭 할 말이 있는데. 하지만 남옥이 산속에 다시 찾아올 리는 만무하고, 섬호정에 나타날 이유도 없었다. 만날 수 있는 방법은 딱 한 가지 있었다. 청학폭포로 가는 것이었다. 하지만 그건 일 년이나 기다려야 될 법한 일이었다.

온 산을 창연하게 물들이며 짙어가는 단풍만큼이나 영대의 가슴도 온통 더운 그리움이 번져만 갔다. 하루가 다르게 더 차가와지고 맑아지는 계곡물이 산색을 더욱더 또렷이 비추듯이 날이 갈수록 영대의 머릿속에는 남옥의 용모가 귀밑머리털 한 올까지 남김없이 아로새겨지는 것이었다.

영대는 남옥의 흰 치마폭처럼 흘러내리는 등선폭포를 넋 나간 눈길로 바라보고 있었다. 검푸른 선유소로 떨어지는 물소리가 공허한 가슴을 멍들이고 있었다. 수돌은 바위 위에 쪼그리고 앉아 팔짱을 껴 무릎 위에 올린 팔목에 턱을 괸 채 불쑥 말하였다.

"아재예, 아씨 보고 싶지예?"

"……."

"나도 보리 누나가 억수로 보고 싶은데……."

수돌은 고개를 돌려 영대를 보며 말하였다.

"우리 읍내에 가서 삽시더. 아재예, 예?"

영대는 아무 대꾸 없이 앉아 있다가 갑자기 선유소에 몸을 풍덩 던졌다. 놀란 수돌은 자리에서 일어났다.

"아재예, 와 캅니꺼!"

영대는 쪼그린 걸음으로 폭포 밑으로 가더니 물줄기 아래에 눈을 감고 앉아 사정없이 퍼붓는 물매에 온몸을 내맡겼다. 그러더니 온 산을 진동시키듯 고함을 내지르는 것이었다.

"으아아!"

수돌은 학교에 다녀오겠노라고 영대에게 인사를 하고 먼동이 트기도 전에 집을 나섰다. 그래야 아침조회 시간이 되기 전에 교실에 도착하여 지각을 면할 수 있었다. 수돌은 등굣길 내내 고개를 떨구고는 무언가 생각에 잠겨 걸었다.

쌍계사로 올라가는 길 입구에 다다른 수돌은 눈을 들어 학교 쪽을 잠시 쳐다보고는 입술을 깨물며 그대로 지나쳐 걸었다. 화심리로 갈 작정이었다.

"다녀왔습니더."

"왜 이렇게 늦었어? 걱정했잖아."

"아재예, 지 오늘 보리 누나 만나고 왔습니더."

"뭐? 어디에서?"

"그 동네 개울가에 숨어 있다가 빨래하러 나오는 보리 누나를 만났습니더. 그래서 아재하고 아씨하고 만나게 해 달라고 말했습니더."

"그, 그래서?"

"아씨가 음력 초하룻날에 쌍계사에 불공을 드리러 가니까 그날 만나자 캅디더. 밤에 법당 앞에 있는 무슨 비문을 도는데, 그 돌이를 끝내고 보자 카데예."

"그게 정말이냐?"

"아재도 참. 그런 것 가지고 지가 거짓말 할까봐 그캅니꺼."
"그러면 어디에서 만나자고 하더냐?"
"우리 학교 운동장에 큰 은행나무가 있는데 거기서예."
"그래?"
영대의 낯빛이 밝아졌다. 그러더니 곧 정색을 하고 물었다.
"그런데 참, 너 오늘 학교는?"
"안 갔습니더."
"뭐? 학교를 빼먹었어?"
"다시는 안 그라께예."
"앞으로는 하늘이 두 쪽 나는 일이 있어도 결석하면 안 된다. 꼭 명심해라, 알겠나?"
"예, 알겠습니더."

영대와 수돌은 진명학교 운동장에 있는 오래된 은행나무 밑에서 초조하게 기다리고 있었다. 수돌은 땅에 수북이 떨어져 있는 노란 은행잎을 이리저리 발로 차며 돌아다녔다. 영대가 어둠속에서 형체만 보이는 학교건물을 보며 물었다.
"네가 공부하는 교실은 어디 있어?"
"우리 일학년 일반은 저 왼쪽 끝입니더."

수돌은 손가락을 들어 가르쳐 주었다. 건물 위로 보이는 밤하늘에는 보일 듯 말 듯 가늘게 그어놓은 초승달이 떠 있었다. 온 하늘은 깨 몇 말을 뿌려놓은 듯하였다. 흘러가는 푸른 빛 은하수 가에 견우별과 직녀별이 보였다. 그 사이를 흐르는 은하수에서 아무리 찾아보아도 전에 벌래재에서 견우가 놓았다며 남옥에게 나오는 대로 둘러댄 징검다리는 없는 것 같았다. 그때 어떻게 그런 말이 불쑥 나왔는지 영대는 스스로가 대견스럽기만 하였다.

"아재예, 저기 옵니더."

두 사람이 걸어오고 있었다. 다가온 보리가 영대에게 고개만 조금 숙여 인사를 하고는 수돌에게 말하였다.

"수돌아 우리 저기 그네 타러 가지 않을래?"

"좋아. 가자."

수돌은 영대와 남옥에게 손을 흔들고는 보리의 손을 잡고 갔다. 남옥의 저고리 밑에 노리개가 달려 있었다. 영대는 그것의 모양만 보고도 단번에 무엇인지 알아보았다. 남옥이 낮은 목소리를 내었다.

"날이 찹니다."

"그렇소 가을 날씨가 한겨울 같소."

"정자를 다 짓고 나면 원하는 것 한 가지를 달라고 하였는데, 그게 무엇입니까?"

"내가 뭘 달라고 할 것 같소?"

"모르겠습니다."

"이미 알고 있지 않소? 모른다고 하지 마오."

남옥의 입에서 아무 말도 나오지 않았다.

"내가 뭘 달라고 할지 그대가 알고 있는 것, 그것을 주오. 다른 건 아무것도 필요 없으니 오직 그것만 주오."

여전히 말이 없는 남옥을 보는 영대는 몹시 애가 탔다.

"나랑 함께 떠나주오. 저 산속에 있는 그대의 청학동으로 가든, 악양에 있는 나의 청학동으로 가든, 가고 싶은 곳은 그대가 정하오. 설령 그곳이 지옥이라도 같이 가겠소."

"지옥이라……. 무서운 말이군요."

"이도저도 아니고 멀리 가고 싶다면, 산속에 있는 청학동이 아니라 바다 위에 떠 있는 청학동에 데리고 가주겠소."

"그런 곳도 다 있습니까?"

"오래 전에 아버지를 따라다닐 때, 한번은 남해에 가서 일을 한 적이 있었소, 멀리 안개 속에 떠 있는 섬을 물으니 청학이 사는 섬이라고 청학도라고 합디다. 거기 가서 집을 짓고 비탈을 일구어 밭도 갈고, 물고기도 잡으며 이 지긋지긋한 세상을 잊고 오래오래 같이 삽시다. 비록 선친은 청학과 더불어 사시지 못하였어도 그대만은 선친이 평생 꿈꾸었을 그런 곳에서 살게 해주겠소."

남옥은 쏟아내는 영대의 말을 듣고 묵묵하기만 할 뿐 가부간의 말을 입 밖에 내지 않았다. 담 밑 그네에 앉아 있는 크고 작은 사람의 형체에 가만히 눈길을 대고 있었다. 영대는 그런 남옥을 목마르게 쳐다보았다.

수돌은 발로 땅을 슬쩍 박차며 그네를 조금 흔들었다. 그리고는 그냥 앉아 있기만 한 보리에게 말하였다.

"나는 아직 보리 누나의 나이도 모른다. 누나는 몇 살이고?"
"열다섯 살."
"그래?"
수돌은 가만히 생각하였다. 그리고는 자신 있게 입을 열었다.
"그러면 나랑 두 살 차이밖에 안 나네."
"뭐라고? 수돌이 너는 열 살이잖아?"
"아니! 그거 잘못된 기다. 원래는 열세 살이다."
수돌은 의젓하게 보이려고 목소리까지 굵게 내며 애를 썼다. 보리는 그 모습을 귀엽게 여기다가 문득 물었다.
"수돌이 너 이 누나 좋아해?"
"좋아하지, 그럼."
"누나로서가 아니고 다른 뜻으로 좋아하지?"
"다른 뜻 그게 뭔데?"
"누나를 여자로 생각하고 있잖아, 이 녀석아."
"녀석, 녀석 하지 마! 나 녀석 아니야! 잘 알지도 못하면서."
수돌은 벌떡 일어나서 영대한테 가려고 하였다. 보리가 얼른 수돌의 옷자락을 잡아당겼다. 수돌은 중심을 잃고 보리의 품으로 넘어졌다.
"이 귀여운 녀석!"
보리의 품에 안긴 수돌은 별안간 심장이 터질 것만 같고, 얼굴이 화끈거리며 숨이 멎는 것 같아 꼼짝도 할 수 없었다. 보리는 수돌을 꼭 안고 은행나무 쪽을 바라보았다. 두 사람이 안타깝기만 하였다.

영대는 더 참지 못하고 남옥의 두 어깨를 와락 끌어안았다. 영대에게 안긴 남옥은 아무런 저항도 하지 않았다. 또 어떤 감정도 드러내지 않았다.

"그대는 참 아리땁소"

영대는 남옥에게서 나는 향기를 맡았다. 무슨 내음인지는 모르겠지만 천상 선녀도 그런 향긋한 향기를 가지고 있지 않을 것만 같았다. 코끝으로 들어온 향기는 온 머릿속을 아늑하게 누비고 다녔다.

남옥은 큰 석상이 두 팔을 휘둘러 자신의 몸을 단단히 구속한 듯하였다. 빠져나갈 수도 밀쳐낼 수도 없었다. 걷잡을 수 없이 머리가 어지러웠다. 얼마 지나지 않아 다리가 후들거려 더 이상 서 있을 수가 없었다.

두 사람은 한 덩어리가 된 채 노란은행잎더미 위로 쓰러졌다. 영대의 바위 같은 몸이 남옥을 눌렀다. 영대는 무턱대고 남옥을 더 세차게 안기만 하였다. 남옥은 치마저고리 위로 천근무게가 더해지는 느낌이었다. 눈을 감고 있는 남옥에게 영대는 속에 있는 말을 다 하였다.

"내일 밤에 같이 떠납시다. 화심천 어귀에 배를 대어놓고 기다리겠소 아무 것도 챙기지 않아도 되오. 몸만 빠져나오오. 밤길이 무서울 것 같으면 보리를 데리고 오오 넷이 함께 하동 땅을 벗어나

멀리 가자는 말이오."

 늦은 밤, 사랑채에서 참봉과 단 둘이 마주 앉은 여경엽은 잔뜩 굳은 얼굴로 말하였다.
 "경찰이 군자금을 댄 혐의를 짙게 드리우고 있습니다. 익명투서가 경찰서로 날아든 일이 있었답니다."
 "으음. 대체 어떤 놈일고?"
 "제 생각에는 아주 가까이에 있는 놈인 것 같습니다. 그렇지 않고서야 어느 놈이 알고서 감히 그런 짓을 할 수 있겠습니까?"
 "가까이 있는 놈이라……."
 "그런데 형님, 토지가 누구 앞으로 가장 많이 되어 있습니까?"
 "그야 당연히 장 서방이지. 그렇다면 장 서방이?"
 "사람 속은 모르는 일입니다. 돌이켜 보면, 별채 아이와 영대 놈이 가까워지게 된 것도 다 장 서방의 머리에서 나온 계책 때문이 아닙니까?"
 "정녕 장 서방이 우리 집안을 망하게 한 뒤, 토지를 가로채려는 속셈을 깊이 품고 그랬다는 말인가?"
 "물증이 아무 것도 없으니 아직은 알 수 없는 일이긴 하지만, 아무튼 집안사람들의 일거수일투족을 잘 살펴보십시오. 아무도 믿지 마시고요."
 "잘 알겠네."

"하고, 경찰이 아직은 이렇다 할 물증을 못 잡았지만 아마도 진주까지 비밀리에 수사를 하고 있는 것 같습니다."

"진주?"

"사인랑 말입니다."

"거긴 왜?"

"형님이 자주 드나드시는 요릿집이니 당연한 것 아닙니까?"

"으음. 안팎으로 단속을 단단히 해두어야겠군."

참봉을 물을 한 잔 마시고는 화제를 돌렸다.

"형규와는 얘기를 좀 해봤는가?"

"그 아이는 명년에 졸업을 한 뒤에 유학이든 뭐든 더 이상 학업은 하지 않고 만주로 가겠다고 합니다. 고집이 여간 아닙니다."

"뭐라고? 끝내 만주로 가려 한다고?"

참봉은 여형규를 불러오라고 소리쳤다. 사랑채에 든 그는 결연한 낯빛으로 앉았다.

"만주가 저 건너 마을이라더냐?"

"……"

"내가 죽는 꼴 보려거든 만주로 가거라."

"아버지!"

"시끄럽다. 졸업하면 별채 아이와 혼례를 치른 뒤에 일본으로 가거라. 그 아이와 함께 가라는 말이다."

여형규는 대답을 하지 않았다.

"그만 나가보거라."

참봉은 방문을 열고 나가는 지식을 보며 혀를 찼다.

"쯧쯧, 고양이가 범 흉내를 내려고 하는 꼴이라니!"

"형님, 어쩌면 우리가 알지 못하는 사이에 다 자란 범인지도 모릅니다."

"저 아이 얘기는 더 하지 말게."

"참, 섬호정을 다 지었으니, 별채 아이와 영대 놈의 문제도 해결해야 하지 않겠습니까?"

"영대 놈에게 똑똑히 알아듣게 얘기를 해두었으니 제 놈이 처신을 어떻게 해야 되는지 잘 알고 있겠지."

그때 장호인이 밖에서 나지막이 아뢰었다.

"어르신, 진주에서 웬 사람이 뵙고자 찾아왔습니다. 사인랑에서 보내서 왔다고 합니다."

"그래? 들이게."

사내는 들어와 절을 하고 앉았다.

"어르신, 소인은 현호라고 합니다. 모갑이 보냈습니다."

"내놓아보게."

현호는 모갑이 평소에 즐겨 차는 칠보노리개를 꺼내놓았다. 참봉은 한눈에 알아보았다. 머리를 올려줄 적에 자신이 선물한 것이었기 때문이다.

"그래 야심한데 어인 일인가?"

"금남면을 거쳐 오느라 늦었습니다."

"금남면이라면 물헌 댁에?"

"그렇습니다. 오늘 낮에 진주경찰서 고등계 순사들이 사인랑을 발칵 뒤집어놓고 갔습니다. 얼마 전에 물헌 정 선생이 군자금으로 거액을 내놓았는데, 그것을 가지고 가던 사람이 삼랑진역에서 부산발 경성행 기차로 갈아타려고 변소에 숨어 있다가 그만 불심검속을 당하여 체포되었습니다."

"그래서 다 불었단 말인가?"

"고문이 시작되기 전에 혀를 깨물고 자결하였습니다."

"그러면 경찰이 어떻게 사인랑을?"

"그 사람이 진주역에서 승차하였음을 알려주는 기차표가 나왔는데, 왜경이 그의 사진을 찍어서 들고 다니면서 진주역에서부터 탐문을 하면서 역추적을 해나갔습니다. 그랬더니 요릿집 거리에서도 보았다는 사람이 나왔고, 결국 사인랑에서 나오는 것을 보았다는 인력거꾼의 진술을 확보한 뒤에 갑자기 들이닥쳐 수색을 벌였습니다."

"그래서 꼬투리가 잡혔는가?"

"아닙니다. 기생들이 손님으로 왔다가 간 사람이라고, 사인랑에는 처음 온 손님이라고 입을 모았기에 별 혐의는 얻지 않았습니다."

"다행한 일이로고"

"그런데 중요한 건 그 일이 아니고, 조만간 어르신 댁에 화가 미칠지도 모를 일이 있습니다."

"내 집에 화가 미칠지도 모를 일?"

"그렇습니다. 혀를 깨물고 자결한 자의 짐 속에서 돈다발이 나왔는데, 일부 다발에서 연초 냄새가 났다고 합니다. 수사를 한 결과 전에 하동에서 연초수매인들이 강탈당한 돈으로 밝혀졌습니다. 그런데 하동경찰이 무슨 이유에선지는 몰라도 어르신 큰 자제분의 전신사진을 당시의 피해자들에게 보여주었다고 합니다. 그랬더니 그들이 범인의 체격과 비슷하다고 진술하였다는 것입니다."

"뭐라고? 멀쩡하게 학교에 잘 다니고 있는 우리 형규를 흉악한 강도로 몰아?"

"그 뿐만 아니라 그 이전에 하동 일본인 대표로 있는 사이토 집을 턴 것도 이 댁 큰 도련님이라고 지목하고 있는 모양입니다."

"이런 날벼락이 있나?"

"예기치 못한 일이 일어나기 전에 누구나 납득할 만한 명분을 내세워서 하동 땅을 서둘러 떠나게 해야 할 것입니다."

집으로 돌아오는 길에 영대는 수돌의 눈치를 살피기만 하였다. 말을 해야 하나 말아야 하나 몇 번이고 고민하던 끝에 가까스로 입을 열었다.

"수돌아, 우리 다른 데 가서 살까?"

"다른 데 어디예?"

"멀리 섬에 가서 살자."

"아재가 가고 싶다면 그러지예, 뭐. 거기도 학교는 있겠지예?"

"아니, 없어."

"학교가 없다고예? 그라마 안 갈랍니더."

"보리도 같이 갈지 몰라."

"예? 보리 누나랑 같이 간다고예? 그라마 아씨도 같이 가겠네예?"

"글쎄, 아직은 몰라. 내일 되어봐야 알아."

"공부야 나중에 하면 되지예, 뭐. 같이 가입시더."

"정말이야? 후회 안 하겠어?"

"후회는예. 솔직히 말하면 학교에 다니기 싫었습니더. 싱구장이 만날천날 우리보고 욕이나 하고 그래서예."

영대는 수돌의 머리를 쓰다듬었다. 집에 도착한 영대는 잠을 이루지 못하였다. 평생 산 곳을 떠날 생각을 하니 가슴이 착잡하였다. 내일 밤, 남옥이 나타날지도 의문이었다. 만약에 나타나지 않는다면, 그때는 어떻게 해야 할지 아무 생각도 떠오르지 않았다.

곁에 누워서 자는 줄로만 알았던 수돌이가 뒤척이더니 몸을 돌려 물었다.

"아재예, 아씨가 얼마나 좋습니꺼?"

"너는 보리가 얼마나 좋으냐?"

"여자 중에서는 세상에서 제일 좋습니더."

"나도 그만큼 좋다."

"아재는 아씨랑, 나는 보리 누나랑 그렇게 우리 넷이 죽을 때까지 같이 살았으마 좋겠습니더."

"그렇게 될지도 모르지."

"참말예?"

"그래 그렇게 된다면 나도 참 좋겠다."

뜬눈으로 새다시피 한 영대는 새벽 일찍 자리를 박차고 일어나 짐을 싸기 시작하였다. 깨우지 않아 늦잠을 잔 수돌이 아침밥을 차렸다. 영대는 밥맛도 없었다. 수돌이 상을 치우고 설거지를 끝낼 무렵 영대는 짐을 다 쌌다. 짐이라고 해봐야 이불과 옷보따리, 솥과 밥그릇과 수저, 몇 가지 연장이 다였다.

"아재예, 책이랑 공책 같은 거 가지고 가도 됩니꺼?"

"그래."

수돌은 몽당연필 하나도 버리지 않고 책보에 꼭꼭 쌌다. 그러는 동안 영대는 아비의 산소에 가 하직인사를 올렸다. 다시는 못 돌아올지 모르니 안녕히 계시라고 마지막으로 풀을 뜯는 영대의 눈시울이 붉어졌다.

오후가 되자 눈발이 듣기 시작하였다. 올해 첫눈이었다. 눈발은 점차 거세져 어느새 함박눈이 되었다. 온 산을 태우는 듯한 단풍불을 재 한 줌 남김없이 덮어 꺼뜨릴 것처럼 새하얗게 쏟아 붓는 눈이었다. 영대는 마루에 앉아 평생 처음 대하는 광경을 하염없이 바라보았다.

'눈이 너무 많이 내리는데. 밤에 꼭 나타나야 하는데.'

하루가 그렇게 긴 날은 처음이었다. 날이 어두워지기 전에 영대는 수돌을 배불리 먹였다. 밤길을 떠나면 언제 밥 구경을 할지 모를 일이었다. 영대는 지게를 지고 수돌은 책보를 둘렀다. 영대는 수돌의 머리에 볼끼를 매어주고 작은 삿갓을 씌웠다. 어깨에서부터는 도롱이를 둘러 폭설을 바로 맞지 않도록 해주었다. 그리고는 저도 채비를 단단히 하였다.

"자, 이제 출발하자."

수돌은 집을 향해 손을 흔들며 말하였다.

"집아, 나중에 내가 다시 올 때까지 잘 있거래이."

"다시 안 온다."

"참, 그렇지. 집아, 우리 기다리지 말고 그냥 잘 있거래이."

남옥은 한 걸음 앞조차 내다보기 힘들 만큼 퍼부어대는 눈발을 헤치고 산길을 올랐다. 눈이 쌓여 발목까지 빠지는 길이었다. 앞서 가는 보리가 조심하라며 불을 비춰주었다. 산등성이에 올라선 뒤부터는 길이 조금 편하였다.

남옥은 섬호정 안에 들자 장옷을 벗었다. 보리가 들고 있던 청사초롱을 내려놓고 장옷을 건네받아 눈을 털었다. 조바위를 머리에 쓴 남옥은 어둠 속으로 흐르는 섬진강을 향하여 섰다. 보리가 곁에

서서 물었다.

"아씨, 어르신께서 그 사람을 험하게 대하시지는 않겠지요?"

남옥은 입을 다문 채 집을 나오기 전에 사랑채로 가 참봉과 나눈 대화를 떠올렸다.

"이르신, 오늘 밤 그 사람이 먼 길 갈 채비를 한 채 마을 앞 강에 배를 대어놓고 저를 기다릴 것입니다. 바라옵건대, 다른 사람을 시키지 말고 어르신께서 몸소 가시어 좋은 말로 타일러 보내주십시오."

"알겠다. 내 너를 믿은 보람을 이제야 얻는구나. 아무 염려하지 말거라. 잘 타일러 보내마."

사방은 고요하였다. 초롱의 불빛에 비친 눈발은 소리 없이 쌓여만 갔다. 밤이 얼마나 깊어 가는지 알 수 없는 시간이 흘렀다. 멀리 강 위로 불을 밝힌 나룻배가 한 척 떠내려 왔다. 배는 섬호정에서 가장 잘 보이는 곳에 멈추더니 그대로 머물렀다. 오랫동안 배는 떠나지 않았다. 어느새 남옥의 눈이 젖어들었다. 남옥은 저도 모르게 가슴에 차고 있는 목각노리개를 매만졌다.

"수돌아!"

보리는 가만히 부르다가 흐느끼기 시작하였다.

"흐흐흑, 수돌아! 이 누나는 못 가!"

나룻배는 강물 위에 박힌 듯이 꼼짝도 하지 않았다.

"아무리 기다려도 소용없단 말이야! 그러니 어서 그냥 가!"

남옥이 눈발에 젖은 목소리를 열었다.

"청사초롱을 끄거라."

"아씨?"

"끄라고 하지 않느냐."

보리는 차마 불을 끄지 못하고 머뭇거렸다.

"어서 끄래도!"

남옥이 소리치자 보리는 불을 껐다. 사방이 칠흑같이 어두운 가운데, 강 위에 떠 있는 불빛만 일렁거렸다. 불빛은 한참 동안 그 한 자리를 지키고 있더니, 조금 움직이는 것 같았다. 보리는 눈을 비비고 다시 바라보았다. 물길을 따라 가는 게 분명하였다.

"아씨!"

짧게 외치는 보리에게 남옥은 긴 한숨 같은 음성으로 말하였다.

"자고이래로 여자의 몸과 마음이 어디 여자 자신의 것이더냐."

"아씨, 흐흐흑!"

보리는 더 크게 흐느끼며 주저앉았다. 강 위를 떠가던 불빛이 시야에서 사라졌다. 남옥은 가슴에 차고 있던 목각노리개를 끌러 떨리는 손으로 몇 차례 쓰다듬었다. 그리고는 가만히 정자의 난간 위에 올려놓았다. 남옥은 정자 안을 둘러보면서 섬호정 기둥들을 한 차례씩 쓸어내렸다.

보리는 일어나 강을 바라보았다. 불빛은 온데간데없고 무거운 어둠만이 드리워져 있었다. 남옥은 장옷을 썼다. 보리는 섬호정 댓돌을 천천히 내려가는 남옥의 발밑을 초롱 불빛으로 비추어주었다.
　대문이 활짝 열려 있었다. 여형규가 안마당에 서서 눈발을 고스란히 맞고 있었다. 얼마나 오래 서 있었는지 머리 위에 소복하게 눈이 쌓였다. 남옥은 장옷을 어깨까지 벗어 내리고는 고개를 숙였다.
　"따라가지, 왜 안 갔소?"
　남옥은 대답하지 않았다.
　"가시오. 마음이 떠난 그 몸을 붙들어 둔들 무슨 소용이겠소"
　남옥이 차분히 말하였다.
　"어르신의 힘만으로는 안 될 일이었던지라, 제가 할 수 있는 일을 하려고 했을 뿐입니다."
　"그것뿐이었소? 그놈에 대한 감정은 티끌만큼도 없이 정녕 그것뿐이었소?"
　"······."
　"하고, 그놈은 그대에 대한 감정이 없었소?"
　"저는 모르는 바입니다."
　"모른다? 어찌 그런 말을 하오?"
　"도련님, 정녕······."
　"정이란 그렇게 드는 것이오. 귀신도 모르게 스며들듯이."
　"그렇지 않습니다."
　"듣기 싫소! 지금이라도 늦지 않았으니 이 길로 그놈을 따라 가

제11장 첫눈 오는 날　303

오."

남옥은 쓰러지듯 꿇어앉았다.

"차라리 저를 죽여주십시오."

"못 죽여서 이렇게 서 있기만 하는 줄 아오? 우리 집에 든 뒤로 한 일이 있기에 이렇게 말로 타이르고 있는 것이오. 그놈을 따라가면 몰래 서방질하여 야반도주한 화냥년이라는 욕을 들을 것이고, 안 가고 이 집에 계속 있으면 죽을 때까지 부정한 년이라는 굴레를 쓰게 되오. 사태가 이러한 마당에 어쩌겠소? 가겠소, 아니 가겠소?"

남옥은 얼어붙은 것처럼 조금도 움직이지 않았다. 남옥이 쓴 조바위 위에도 눈이 쌓이고 있었다. 여형규는 남옥을 가만히 내려다보다가 매정하게 고개를 돌려 멀리 서 있는 삼복에게 소리쳤다.

"길손 가시니 문단속 잘 하거라. 오늘밤부터 내 허락 없이는 아무도 이 집에 드나들지 못한다, 알겠느냐?"

여형규는 남옥을 한차례 쏘아보고는 안으로 들어가 버렸다. 삼복이 우물쭈물하기만 할 뿐 어찌할 바를 몰라 하였다. 잠시 후 남옥이 일어섰다. 그리고는 그 자리에서 큰 사랑채를 향하여 두 번 큰절을 올렸다. 또 작은 사랑채를 바라서도 두 차례 큰절을 올리고는 몸을 돌려 대문으로 향하였다. 보리가 남옥의 팔을 잡으며 외쳤다.

"아씨!"

하지만 남옥은 걸음을 멈추지 않았다. 대문을 나선 남옥은 뒤돌아보지 않고 공허한 얼굴로 계속 걸었다. 보리가 울면서 뒤따랐다.

떠밀기라도 하듯이 거침없이 날리는 눈발이 남옥의 등을 때렸다. 두 사람은 걸음 소리도 내지 않고 깊은 어둠 속으로 사라져 갔다. 내리는 눈발이 그들의 발자국을 흔적도 없이 덮고 있었다.

천지가 적막한 가운데 육중한 대문이 굳게 닫히는 소리가 울렸다.

"끼이익, 철컹!"

제12장 각색 없는 사연

 눈시울이 붉어진 노신사는 손수건을 꺼내 두 눈을 훔쳤다. 공보손 선생은 연신 거참, 거참 하며 탄식을 하였다. 그리고는 나는 아무 말도 하지 않고 막걸리 사발을 들었다. 나는 노신사가 누구인지 어느 정도 짐작은 하면서도 눈치를 채지 못한 척 물었다.
 "어르신은 어떻게 그때 그들의 이야기를 그토록 상세하게 알고 계십니까?"
 "내가 누구인 것 같소?"
 "그러면 어르신의 함자가 바로 수 자 돌 자라는 말씀이군요."
 노신사는 인정도 부정도 하지 않았다.
 "우리가 하동을 떠나던 그날 밤 아씨가 형규 도련님으로부터 쫓겨났다는 말을 들은 건 그로부터 삼 년 뒤였소 흘러든 바람말로 전해 들은 영대 아저씨와 나는 청학도에서 나와 행상을 하면서 전국 방방곡곡을 찾아 헤매고 다녔소."

나는 또 물었다.

"그래서 찾으셨습니까?"

"아니오. 결국 못 찾았소 아저씨는 생전에 먼발치에서나마 단 한 번만이라도 보기를 소원하셨는데 말이오."

"참 안타까운 일이었군요."

"그러다 참봉 어르신이 자리보전하다가 별세하던 해에, 그러니까 영대 아저씨가 정자를 낙성한 지 꼭 팔 년이 되던 그 해에 나는 홀로 하동을 지나는 길에 섬호정에 들렀었소 그때 학교에서 교편을 잡고 있던 남대우 형을 우연히 읍내 주점에서 만났는데, 그에게 영대 아저씨와 아씨의 사연을 들려주었더니 묵묵히 듣고만 가더니, 그 다음 날 저기 있는 것처럼 하동포구라는 제목으로 지은 시를 한 편 건네줍디다."

"그랬군요. 그런데 참봉이 돌아가신 뒤에도 그 집안은 만석꾼의 재산을 그대로 유지해 나갔습니까?"

"가산은 해마다 기울어 갔다고 들었소 돌아가실 무렵에는 사천 석으로 줄었다는 말을 들었소."

"삼 년마다 이천 석씩 준 셈이군, 거참."

"형규 도련님이 일본 유학을 마치고 돌아와 보니, 참봉 어르신이 군자금을 댄 사실이 왜경에 밀고 되어 집안은 풍비박산 지경에 이르렀다고 하오, 그 사실을 안 그는 그때부터 무슨 생각에서인지 날이면 날마다 사람을 피해 산으로 들어가 사냥으로 소일하며 살았다고 합디다. 그나마 남은 토지도 해방 후 실시가 된 농지개혁 때 다 잃었다는 말도 있고."

"그럼 그 집사라는 사람이?"

"그건 잘 모르겠소."

"영대라는 그분은 언제 돌아가셨습니까?"

"임자년 봄에 세상을 버리셨으니, 지금으로부터 꼭 사십 년 전이 되오."

노신사는 갑자기 생각난 듯이 말하였다.

"참, 영대 아저씨가 돌아가시자 나는 선유동계곡에 있는 그 선친의 묘소 아래에다가 장사를 지내드렸는데, 삼우제를 올리러 가보았더니 누가 심어두고 간 것인지는 알 수 없는 노란 개나리가 무덤 앞에 한 묶음 심어져 있었소."

"아씨가 다녀갔다고 생각하셨겠군요?"

"그렇게 믿고 있소 영대 아저씨가 그 꽃을 좋아한다는 말을 들은 사람은 내가 쌍계사 경내에 있던 진명학교에 입학문의를 하러 갔을 때 처음 만난 아씨와 보리 누님뿐이었으니까."

"보리 누님도 다시 본 적이 없었습니까?"

"그렇소."

노신사의 힘없는 대답에 나는 묵은 상처를 건드리는 것 같아 말

길을 돌렸다.

"어떻게 보면, 당시에 참봉은 유림과 함께 객사를 헌 재목을 사다가 이 섬호정을 지었고, 청년들은 청년 회관을 지었고, 또 군민들은 장학기금 혜택에다가 소작료까지 낮춰졌으니, 다들 나름대로의 목적은 이룬 셈이었군요. 다만, 영대라는 분과 아씨만 빼고는."

"그렇게 본다면 아씨도 섬호정을 완공시켰으니 목적을 이루었다고 봐야 되지 않겠소?"

"그러면 결국 영대라는 분만 헛물을 켠 셈인가요?"

"글쎄요, 영대 아저씨가 처음부터 아씨를 원했는지, 아니면 아씨를 원하는 척 하면서 이 정자를 당신 손으로 짓고 싶어 했는지 나로서는 그 속을 아직도 모르겠소."

"나중에는 아씨를 원하게 되었지요?"

"그랬었소."

"요새도 유림이나 뭐 그런 데서 장학기금을 운용하고 있습니까? 당시에 참봉이 기금을 조성하였다면 상당한 토지와 임야 같은 것이 기부되었을 텐데."

노신사는 고개를 저었다.

"그때의 장학기금은 아마 흐지부지되었을 거요. 소작료도 일제의 산미증산 계획에 따른 수탈로 점차 높아져 갔을 테고, 또 청년 회관도 세월이 지나면서 본연의 명맥이 끊어졌으니 그나마 보수를 해 오면서 온전히 남은 건 이 섬호정뿐이라고 생각하고 있소."

"이 정자는 앞으로 얼마나 더 가겠습니까?"

"그야 알 수 없지 않겠소? 지을 때 그때 당시를 기억하는 사람들은 거의 다 세상을 떠났고, 또 더러 살아있다고 하여도 이 정자에 얽힌 사연은 자세히 모를 것이니, 자손에게 남길 얘기도 별로 없을 터이고 아무튼 내 기억에도 희미하게 잊혀져가는 그때의 사연보다는 이 섬호정이 더 오래가겠지요."

노신사는 한숨을 쉰 뒤에 다시 말을 이어갔다.

"사람은 보수를 해도 죽음을 피할 수 없지만, 이 정자는 제때 손만 본다면 언제까지나 이 자리에서 하동 땅과 섬진강을 굽어보고 있지 않겠소? 저 사철 푸른 왕대숲과 더불어 말이오."

나는 수긍을 하였다. 잠시 아무 말도 하지 않고 앉아 있는 나를 보며 노신사가 입을 열었다.

"여기 손 선생한테 작가 선생을 만나도록 해달라고 청한 것은 이 섬호정에 관하여 내가 알고 있는 것을 사실 그대로 들려드리고 싶었기 때문이라오."

"그러셨군요."

"이제 내가 겪고 아는 얘기는 다 들려드렸소. 작가 선생이 소설로 짓고자 한다는 이 섬호정 건립과정에 얽힌 실제 이야기를 말이오."

"고맙습니다, 귀한 이야기를 들려주셔서."

"그런데 한 가지 묻고 싶은 것이 있소."

"편하게 물어보십시오."

"이러한 사연이 각색되지 않고도 그대로 글이 될 수 있겠소? 만약 작가 선생이 그렇게만 해 준다면 이 늙은이가 몇 푼이나마 지필묵 값에 보탬이 되도록 하리다."

나는 아무 말도 하지 않았다. 공보장이 노신사의 말을 거들었다.

"우전, 소설을 따로 구상할 것도 없이 오늘 들은 걸 그대로 쓰면 되겠네?"

"제 생각에는 겪으신 그대로 어르신께서 직접 적으시는 게 낫겠습니다."

"저승 문턱에 서 있는 내가?"

"아직 건강해 보이십니다."

"앞으로 얼마나 더 살지……. 그러면 내가 대충이라도 적는다면 작가 선생이 소설적 기법으로 잘 다듬어 줄 수 있겠소?"

"어르신께서 겪으셨던 일을 그대로 적으면 되는데 무슨 기법이 필요하겠습니까? 오늘 여기서 제게 들려주신 것처럼 그대로 적으시면 됩니다. 하등 다듬을 것이 없는 내용이라는 말씀입니다."

"그래도 문장이란 게 보통 사람의 것과 전문가의 것이 어디 같겠소?"

"분재가 아무리 보기 좋다고 하지만, 그냥 절로 자라있는 산야의 초목만 하겠습니까? 말씀해 주신 옛 사연에 무턱대고 손을 대면 오히려 인공의 흠만 더할 것 같습니다."

"으음."

잠시 침묵이 흘렀다. 나는 정자 난간 밖으로 눈을 돌려 하동포구라는 시가 적혀 있는 빗돌을 보았다.

하동포구 팔십 리에 물새가 울고
하동포구 팔십 리에 달이 뜹니다.
섬호정 빗돌 위에 시를 쓰는 사람아.
어느 고향 떠나온 풍류랑인고.

하동포구 팔십리의 굽도리배야
하동포구 팔십 리에 몸을 실어라.
백사장 모래 위에 남아 있는 글씨는
꽃바람에 쓸리는 충성 충 자요.

하동포구 팔십 리의 물결이 고와
하동포구 팔십 리의 인정이 곱소.
쌍계사 종소리를 들어보면 알게요
개나리도 정답게 피어줍니다.

시비의 내용 중에서 '시를 쓰는 사람아'라는 대목에 다시 눈이 갔다. 노신사가 말한 여러 사람들 중에서 특히 영대와 남옥, 그 두 사람이 앓았던 아픔을 한 편의 시로 드러낸다면 어떤 시가 될까.

두 사람 다 고통스러운 시대의 불행한 나그네로 쓸쓸히 사라졌음이 못내 안타까웠다.

"작가 선생, 내 술 한잔 받으시오."

"예, 어르신."

아흔이 넘은 노신사로부터 귀하고 값진 이야기를 듣고 난 나는 섬호정을 소재로 삼아 소설을 짓고 싶은 생각이 싹 가셔버렸다. 그때의 그들이 서로를 가슴 깊은 곳에 묻은 채 떠났던 것처럼, 나도 그들의 이야기를 각색이 필요 없는 한 편의 사연으로 언제까지나 내 가슴 속 깊이 묻어두고 싶을 뿐.

하용준 河龍俊

그간 발표한 작품으로 장편소설 『유기(留器)』(1999), 『신생대의 아침』(2000), 『쿠쿨칸의 신전』(2001), 『제3의 손』(2005, 인터넷 연재)이 있고, 단편소설로는 「귀화(鬼話)」(2005)가 있다. 장편 『유기』는 2009년 글누림출판사에서 『유기』(전2권)로 재간하였다.
2006년부터 독자들과 만나고 있는 대하역사소설 『북비』(전15권)는 현재 출간 중에 있다.
제1회 문창文昌문학상을 수상하였다.

E-mail : oojun1@naver.com

섬호정 蟾胡亭
ⓒ 2012 하용준

초판 1쇄 발행 2012년 7월 31일

지 은 이 하용준
펴 낸 이 최종숙
펴 낸 곳 글누림출판사

책임편집 이태곤
편   집 임애정 송지연 권분옥 이소희 박선주
디 자 인 안혜진 이홍주
마 케 팅 박태훈 안현진
관   리 이덕성

주   소 서울시 서초구 반포4동 577-25 문창빌딩 2층(137-807)
전   화 02-3409-2055(대표), 2060(편집), 2058(영업)
팩   스 02-3409-2059
전자메일 nurim3888@hanmail.net
홈페이지 www.geulnurim.co.kr
등록번호 제303-2005-000038호(2005.10.5)

정   가 12,000원
ISBN 978-89-6327-200-9 03810

출력·안문화사 인쇄·바른글인쇄 제책·동신제책사 용지·에스에이치페이퍼

* 잘못된 책은 바꾸어 드립니다.